皆川盤水全句集

春耕俳句会 編

角川書店

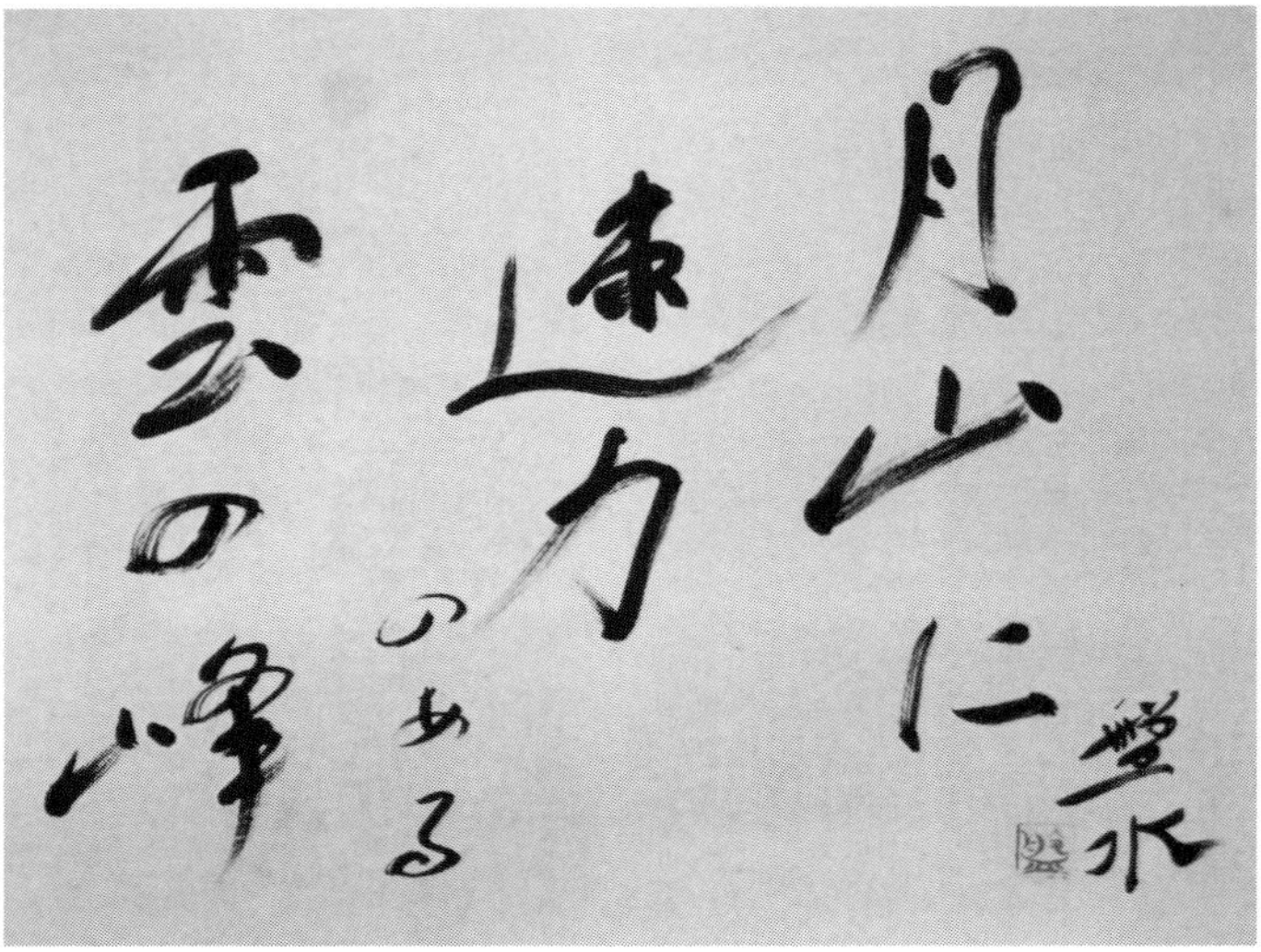

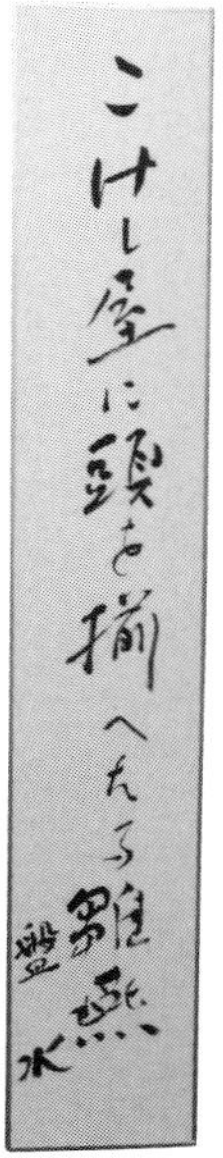

色　紙　月山に速力のある雲の峰
短冊右　盆梅が満開となり酒買ひに
短冊左　こけし屋に頭を揃へたる雛燕

皆川盤水全句集

目次

積荷

序　　沢木欣一　　13

第一部（昭和二十二年より昭和三十二年）　　15

飾り馬　新年　　21
運河の陽　春　　22
忙裡の髪　春　　25
青東風　夏　　29
夜汽車　秋　　33
青き冬菜　冬　　38

第二部（昭和三十三年より昭和三十八年六月）

白き鳩　　昭和三十三年　　41
鞍馬の餉　昭和三十四年　　43
牛の乳房　昭和三十五年　　48
蝸牛　　　昭和三十六年　　52

板谷

花野　昭和四十八年拾遺　133
種井　昭和四十九年　135
雪海苔　昭和五十年　136
山鳥　昭和五十一年　138
冬蝗　昭和五十二年　143
あとがき　146

山晴

涅槃西風　昭和五十八年　149
山晴　昭和五十七年　151
牡蠣筏　昭和五十六年　153
御柱祭　昭和五十五年　155
花胡桃　昭和五十四年　163
青榠樝　昭和五十三年　171
あとがき　179

定本　板谷峠　189
花　野　昭和四十八年拾遺　191
種　井　昭和四十九年　193
雪海苔　昭和五十年　198
山　鳥　昭和五十一年　206
冬　蝗　昭和五十二年　215
定本へのあとがき　222

寒　靄　225
手　焙　昭和五十八年『山晴』以後拾遺　227
鈴　蘭　昭和五十九年　232
春の山　昭和六十年　240
鶏合せ　昭和六十一年　249
葛の花　昭和六十二年　258
あとがき　266

随　處　　　　　　　　　　　　　　　　　267
　『寒靄』拾遺　昭和六十三年　　　　　269
　鮪宿　　　　　　　　　　　　　　　　270
　木綿注連　昭和六十四年・平成元年　　280
　桜南風　平成二年　　　　　　　　　　290
　尾白鷲　平成三年　　　　　　　　　　301
　厩出し　平成四年　　　　　　　　　　310
　あとがき　　　　　　　　　　　　　　314

曉　紅　　　　　　　　　　　　　　　　317
　平成四年『隨處』以後拾遺　　　　　　319
　平成五年　　　　　　　　　　　　　　329
　平成六年　　　　　　　　　　　　　　341
　平成七年　　　　　　　　　　　　　　352
　あとがき　　　　　　　　　　　　　　357

高幡
平成七年拾遺 359
平成八年 361
平成九年 366
平成十年 379
あとがき 391
山海抄 406
平成十一年 409
平成十二年 411
平成十三年 423
平成十四年 433
あとがき 441
花遊集 451
平成十四年拾遺 453

装丁　國枝達也

皆川盤水全句集

凡　例

*皆川盤水の既刊句集十二冊を底本として完全収録した。ただし、重複作品は後出の句を削除し、第三句集『板谷』については、第五句集『定本 板谷峠』に採録されなかった作品のみ収めた。

*『花神現代俳句 皆川盤水』（花神社刊）より、既刊句集に未収録の作品五十六句を「句集未収録初期作品」として収めた。

*明らかな誤記・誤植と判断した箇所、地名表記の誤りについては訂正した。

*句の表記は、新字体・旧仮名遣いを原則としたが、「鑵」「雞」など一部原本通りとした箇所もある。漢字の振り仮名は、現代仮名遣いとした。第一句集『積荷』は、本集に収載するにあたり、現代仮名遣いに統一した。

*本集編纂にあたり、連作俳句の配列を一部修正した。

*初句索引・季語索引は、十二句集の収載句と「句集未収録初期作品」五十六句を対象とした。

*句碑作品十一句と句集未収録の二句を巻末に参考として収めた。

*本集に収めた作品に、今日の人権意識に照らし不適切と思われる表現があるが、作品の時代的背景、および著者がすでに故人である事情を鑑み、原文のまま収録した。

第一句集

積《せつ》荷《か》

*本句集は全句集収載にあたり、現代仮名遣いに統一した。

序

皆川盤水氏と親しくなったのはそう古いことではない。私が東京に出て来てからであるから、七年位前である。しかし今では学生時代から知り合っていたような感じがするから不思議である。見聞の狭い私は、盤水氏に教えられることが多い。実生活の上での苦労人である盤水氏は、単刀直入に私の蒙を啓いてくれる。

「風」の同人のなかで、盤水氏ほど多忙な人は恐らくないであろう。運送会社の経営ということについて私は知識がないが、多くの人を動かし、物量を移動させるのであるから、その気苦労は大変なものであろう。統率力がなければ人は動かないであろうし、時間を追う仕事であるから一刻も油断出来ない。柔軟な融通性と、実直さ律気さとを兼ねそなえていなければものにならないと思われる。運送の外に、氏はいろ〳〵と幅広く事業に参加、席の暖まる暇もない活動ぶりである。最近はゴルフ場設立に奔走されているらしい。特別に忙しい氏であるが、この人から私は忙しくて困るという言葉を聞いたことがない。句会が終ってから遅くまで一杯やることがあるが、彼は莞爾として「明日は四時半に家を出なければならない」とさりげなく洩らすから、こちらは驚かざるを得ない。毎日、四時半起きばかりでもなかろうが、ともかくフル運転をしていないと気のすまない人である。

こういう人はいったい何時、何処で俳句を作るのであろうかと、実のところ私は氏に尋ねたことがある。彼曰く、「電車の中で眠りながらでも作りますよ。」盤水氏はほんとうに俳句を作ることが楽しくてたまらないらしい。俳句の専門家のような顔をしていて、私など恥かしい思いになることがある。暇なときに句を作るのでなく、忙しいから句を作るとも言えよう。私などもかなり忙しく、算術的には句を作る時間がなか〳〵ないのであるが、盤水氏の前では緊張せざるを得ない。

ひたすらに実生活と取組んで寧日のない盤水氏が今度長年の句業をまとめて一冊の句集を編まれることになったのは、まことにめでたく嬉しいことである。一口で言えば、こゝに集められた一粒一粒は氏の生活からの一滴一滴のようなものである。

極めて健康な、向日性の強い生きる喜びの素朴にこもった盤水俳句に私は羨望を感じることがある。今度まとめて作品に目を通し、何と明るく健やかな俳句であることかと思った。日本の庶民の健康なエネルギーが、身近かなところに発見されて嬉しかったのである。

早梅に風がすさぶる浅間かな

春の鳶農婦の乳房みずみずし

枇杷熟れて人間の眼をひらかしむ

男体《なんたい》山の雨となりたる躑躅かな

胸にくる昼の蚊太し平泉

雁の列海は濁れり沼のごと

富士に砲熄み犬とび歩く春の崖

火祭終え天ががら空き括り桑

ゆで栗に一家大声税きたる

大らかな句である。近代人の末梢的な、いら〳〵した神経などは何処にも見当らない。また現代の生活のいやらしい垢などは少しも留めていない。湯気の挙がる黒土から掘り出された、万葉人的な明るさである。これは明朗純真な氏の性格を反映するものであろうが、生活への積極的な意欲、意志の強い努力が産み出した明るさに外ならない。俳句で本音が吐けるということは、余程の修練を経なければ不可能であるが、初めから易々と、ぬけ〳〵とこれの出来る人がいる。盤水氏などはその部類の人である。実業家の仮面の下にやわらかい詩人の肌を大事に秘めていると言える。決して器用な才人の俳句ではない。むしろ無器用であるが、言いたい本音はスーッと作品に滲み出るから妙である。原始人のように何を見ても、感動が新鮮な人である。農婦の乳房に感心し、枇杷の実に驚きの目を開き、平泉の昼の蚊の大きさに驚き、犬となって春の崖を跳び、ゆで栗に素朴な声を挙げる。これに何の衒いもない。

盤水氏は昭和三十三年より「風」同人に加わったわけだが、句集を編むに当ってそれ以前の句は全部捨てたいという気持を洩らされた。私はそれに反対をした。「風」に参加してから氏の俳句は自分の生活を正面から詠い、その環境に逞しく目が注がれるようになり、作句も真剣味を増したかの如く、私は我田引水的に考えているが、確かにそうであろうが、新しいもの必ずしも期待通りの成果を収めているとは簡単に言えない。私はどうしても「風」参加以後をひいき目に見るが、もっと巨視的に第一部と第二部を比較して、冷静に批判してくださる人があれば、ありがたいのである。

花曇り工員が消す残置燈
夕風に斑雪をふみて春の猫
一日のたそがれ誘う春落葉
火の山の暁とぶ蝶のさびしさよ
ひぐらしに町のひとつの書肆古ぶ
茄子の紺夕べ放せし犬かえる

これらは初期の句であるが、皆捨てがたい。詩のなつかしい母郷の匂いが新鮮である。格が正しく、俳句の壺を充分のみこんだ詠み方である。

第二部から愛誦の句を抜けば、

冬すみれ灯台の畑海に墜つ
冬すみれ肥曳く牛に道ゆずる
桶に浸す蕗が真直ぐ啄木忌
獅子舞がすたすたゆけり最短路
土の芯まで熱とおりたる焚火消す
寒い雲雀送電塔の下は湿地

七夕竹夜業の窓に息づく蚊
蟹を売る能登朝市の雨急なり

皆川氏は身体は余り丈夫でないようだ。昨年も癌の疑いで東京の同人をはらはらさせた。充分加餐され、一層本格的に作句に精進されるよう祈る次第である。

沢木欣一

二月七日

第一部　（昭和二十二年より昭和三十二年）

飾り馬　（新年）

飾り馬曳き少年の何欲る眼
飾り馬街を離れて音が澄めり
破魔矢白し闇の深さに立ち向う
三日晴れ小笹囲いの青菜畑
繭玉に昼を灯して食堂車

耳たてゝ犬落着かずどんどの火

松過ぎて屑買いが来る風の中

初漁や船に真直ぐ犬馳けり

松過ぎてより履く靴の底重し

仰ぐ凧の影が田にのび昼酒効く

朝餉賑やか成人の日の海苔の艶

運河の陽（春）

伊豆、三津浜にて

磯畑に空の肥桶冬すみれ

戦遠し白光の富士冬空に

冬浜の老婆の足型うすく消ゆ
水餅を日も夜ものぞき見飽きたり
雪解憂し昼より膝に酒こぼす
大風の中の松籟義仲忌
恋猫を子がみる小さき覗き窓
立春の肉を焼きつゝ妻うたう
夜の炉に松笠匂う鳴雪忌
鳴雪忌清香という梅咲いて
春の鳩翔けて運河の陽を奪う
三月尽子が蹴る毬《まり》をわれも蹴る

万愚節濠の白鳥人をみる

三枝氏母堂の告別式に列し春の甲斐路行　四句

峡中の大月駅の花の冷え
峡の朝日に翳あざやかな山桜
春の富士眩しみ葬り路を帰る
春の富士暮れぬ甲斐路の山脈《やまなみ》に

故郷行　三句

菜の花にまぶしむ旅もみちのくなり
芹青しみちのくの川ひえびえと
磐梯《ばんだい》山は春嶺を率て鳥曇

野火止平林寺　二句

平林寺青葉の奥の鐘をつく
庫裡の下流る丶水に春惜しむ

早苗とるみちのく乙女遠雪嶺

忙裡の髪（春）

風の日の夫婦の無言花終る

山吹に雨粗き日の暮春かな

松籟のごうごうとなる花の冷え

社業進展せず

鳥曇り塵労の身に川重し

花曇り工員が消す残置燈

花曇り工員いつものごと黙し

軽井沢　三句

高原の星の明るさ雪解風

早梅に風がすさぶる浅間かな

春の駒東風にあらがうごと歩む

水鳥が水に睦めどかゝわりなし

故山田孤舟氏（獺祭の古き同人）

遠くゆく汽車をみており春の炉に

母の忌や蓬髪われは春の風邪

みちのくは荷馬車が多し啄木忌

笹鳴の音だけの籔肺重し

夕風に斑雪をふみて春の猫

恋猫を咳入れて呼ぶ出勤前

万愚節荷屑のなかの縄太し

一日のたそがれ誘う春落葉

漸く我が家建つ

春落葉ふむつまさきを雀翔つ

買い替えしベレー帽に雨菖蒲咲く

政治の貧困汚職の報つゞく

汚職のニュース寄居蟲に似し咄《はなし》かな

蝌蚪の水昏れても樹々の闇青し

春の鳶農婦の乳房みずみずし

花苺小さな風にみな動く

湯河原にて　二句

薫籟や橋をうつせる水の底

独歩の碑木の下闇の樹の間に

鳥雲に入り少年と遊びたし

病後那須行　七句

火の山の霧降る夜の夏炉かな

火の山の暁とぶ蝶のさびしさよ

ひぐらしが霧の上より澄みひゞく

夏座敷屋根昏るゝとき雷しきり

火の山の秋風にとぶ蝶錆びて

稲妻に鯉がおどれり一睡あと

ひぐらしに町のひとつの書肆古ぶ

常磐線久の浜海岸にて

蟬しぐれ絶壁どれも海に向く

汗衣干す遠方白い雲と帆と

青東風　（夏）

東京や無帽青東風出勤す

メーデーの列膨脹す怒濤のごと

卯月浪艀荷役が夜に入る

梅売りの去りたるあとを二度の虹

新茶煮る香の暗きより椎の星

夏潮や橋に吹かる、鳩の胸

膝の上に蟻がきており河童の忌

筍飯心旅めく灯の下に

草刈るやつぶてとなりて雀翔つ

十薬や曇る日農夫唖のごと

風鈴が鳴れり惣菜市場の昼

泥鰌鍋つゝき怪談本を読む

泥鰌喰う集金あとの汗の銭《かね》

枇杷熟れて人間の眼をひらかしむ

遠花火夜はやわらかき妻子の手

箒草思わぬ人の封書手に

茄子の紺夕べ放せし犬かえる

走り梅雨塗るセメントに青き翳

館山にゆく　三句

海の入日が青田にきらきら週末列車

青田昏る房総の海に雷あがり

蕊太きひまわり旅に下痢きざす

みちのく行　二句

花合歓や田祭終えしみちのく路

螻蛄《けら》ないて馬臭みちゆく野の曇り

伊達郡桑折町は墳墓の地

立葵篤農多き伊達郡

日光中禅寺湖畔大黒屋にて　六句

緑憂し雨夜の湖の青葉木菟

夜鷹啼く刻過ぎてより霧こゆし

老鶯や炉の火絶やさぬ湖畔宿

大瑠璃の真珠の声が湖心まで

重き荷の登山者の夜を啼く閑古

男体山《なんたい》の雨となりたる躑躅かな

まむし屋の紺の暖簾に走り梅雨

菊さし芽する曇日の父の声

桐の花少女は窓を閉じて病む

平泉中尊寺　五句

炎暑の野へ帯をのべたる衣川

虫の跡虚し杉の深さに夏の霧

伽羅の御所うすうすとぶ昼蛍

北上川雷後かゞやく雲とべり

胸にくる昼の蚊太し平泉

たわたわと蝶が野に落つ梅雨の旅
原爆忌黒き貨車きて蝶とばす
デパートに絵皿の薔薇や巴里祭
梅雨の蝶登山電車はしずかに発つ

夜汽車（秋）

石神井公園に遊ぶ　四句

河骨の黄がてんてんと水の秋
木の実拾えば旧知のごとく懐しき
木の実踏んでうるおう土のひそけしや
草の実や溜り水飲み犬去れり

常磐炭鉱にて　二句

坑口へ別るゝ道の夜霧濃し

雞頭を咲かせ三代の坑夫たり

八月や書籍抜きたるまゝの棚

八月尽往き合う人の貌あたらし

九月むなし白き飯食う風の中

中野の古刹宝仙寺　三句

十方に翳る銀杏樹秋日濃し

鵙の昼墓地の真上の大銀杏

風に鳴る銀杏樹鵙がきりきりと

深川清澄町倉庫

秋の運河夕暮艀に猫ないて

日本橋箱崎町

川を吹く秋風こゝは舟溜り

犬は箱に庭木の影も十三夜
秋雲を仰ぐ母系の吾子の眉
秋灯に花舗香ばしれり母の死後
深秋の光陰菊にあつまれり
椋鳥わたる渡舟の手札古めかし
雁の列海は濁れり沼のごと
黄落や白鳥おのが水尾の中

新井薬師にて

花街の時雨れてその後鵙聞かず
白菊に日走ればくる蝶一つ

富士山中湖　四句

曼珠沙華渡舟出てより沼まぶし

曼珠沙華湖の日やがて湖に落つ

湖岸の灯つくまで濃ゆし曼珠沙華

蓼の花牧場の柵は濡れやすし

唐辛子吊りて土工等火酒に酔う

木枯に古き蔵守る男の咳

枯菊に日射せば濃かり海の彩

塩屋岬　四句

磯焚火海へのびたる一けむり

機動船爆ぜつゝ沖へ磯焚火

磯焚火漁夫の足あと乾きし昼

磯焚火老いし漁夫ほど煤け顔

鳥海山

鳥海の霧晴れ狩の犬通る

鵙の鋭声落葉の音と相へだつ

水上温泉に遊ぶ　二句

冬菊に霜とけていし山の温泉

谷川岳

魔の山を仰ぎ時雨に身を細む

磐城、湯の岳

湯の岳の頂に雪爪日和

常磐線綴駅にて

構内に石炭の貨車霜夜の笛

冬暁の炭鉱《やま》のサイレン凍てひゞく

炭鉱《やま》の少年飼う冬の鳩みな煤け

武蔵野深大寺吟行　五句

脊をまろめ寺をいづれば笹鳴けり

武蔵野の枯れゆく伽藍日矢のなか

寒林を抜けまなじりに師走富士
寒鯉のひそけさ女の足音も
四十路近し寒林に顎引きしめて

青き冬菜　（冬）

立冬の風曳く朝の牛乳車
笹鳴きの来て昼を打つ鳩時計
手袋をはめつゝ独語雪来る日
橋の霜消えて運河の鳩とび翔つ
師走富士見て来てかたき飯嚙る

冬鷗去り運河に星のうつりくる

錆ういて乾ける船渠冬の鷗

光りとぶ冬鷗港を見る人に

冬鷗が航跡を追い港昏る

多摩川にて　二句

光りきしは野の凍てを来る石負女

雪の日のにんにく臭き土工部屋

雪虫に午後は枯れゆく日の匂い

遠き日の記憶の亡母よ冬木の芽

落葉焚いて心の歪むさびしさよ

雪空に青木の朱実垂れ久し

冬菜青し妻の家計簿刻明に
冬の蜂地に落ち夜をつくりけり
髪刈つて蛸買いくれば師走風
冬の運河に白き鳩みて胸満たす
蠟涙の学の灯遠し貞徳忌
一茶忌の犬があまえる膝頭
酉の市酒醒める刻帰心あり
クリスマスコーヒー熱く朝は飲む
町の銭湯桶を日向に寒の入
塩つかむ妻の手太き十二月

極月の夜風となりし竹の音

極月の夕富士をみるねんごろに

第二部（昭和三十三年より昭和三十八年六月）

白き鳩（昭和三十三年）

桶にふくれる蚕豆朝は南風《はえ》の音

葉がくれの梅や少年に犬馴れて

燕の子旅の牛乳呑みこぼす
東京遠し松籟に蝌蚪沈みては
農婦来て新樹の噴井溢らしむ
護岸工事の昼餉のバケツ蟻の列
松葉牡丹犬と留守居の喉渇く
蟹をバケツに子の一日の青葡萄
漂う盆供艀涼しき食器の音
遠い蜩旅の古井に膝濡らす
箱に詰る葡萄漆黒平和遠し
鍋底景気梨剝く音の虚しさよ

木場は秋運河ふちどる不況の材

倉庫暗し野分の底に野鼠あつまり

秋の蝶飯場の芥よく溜まる

砧ゴルフ場にて

声が力の朝鵙占むるゴルフ場

赤い柿農の婚りの土間暗し

枯菊へ歩す父の下駄緒がゆるむ

輓馬の餉　（昭和三十四年）

旅の夫婦水翔つ鴨に遠眼鏡

油状なす冬の運河に艀の蔭

旅客機過ぐくろい工区と枯葦と

枯山に遠く猟銃音餅ふくれる

雪花に艶めく父の大茶碗

新年早々納税

冬日の窓に真顔独りの煤け顔

煤け妻旅恋う膝に蜜柑のせ

春泥の野をきてながし輓馬の飼

富士に砲熄み犬とび歩く春の崖

野火の闇農夫に光る井戸の星

春泥をゆけば戸車鳴る音す

道路工事のオイルが臭し柳の芽

遠きサイレン丸太の動く春の洲に

深大寺にて　三句

桶に蕗浸す茶店の裏は泉

寺の菜園茎立ち黒い春の鯉

木瓜の昼蕎麦すゝる子の鼻の汗

雨の薔薇切るや妻子に声かけて

子雀睦む竹垣赤き郵便夫

子燕や旅の靴べラ鈴つけて

祭近し鯉とぶ音が貯水池に

夜の羽蟻銀行の扉が厚く重し

極暑の倉庫稼ぐ裸に川臭し

夾竹桃水をそまつに撒水車

父がとりだす古き大皿洗鯉

鉄積む運河朝はしずかな祭笛

運河夕焼艀の食事のトマト青し

ドラム荷役の人夫両手の鹹い汗

帽を阿弥陀に少年被り百合匂わす

葡萄熟れて時間の愚痴の郵便夫

紫蘇は実に時間を急ぐ郵便夫

倉庫の隅に荷屑はりつく颱風あと

ゴムホースで藪に捨水朝顔枯る

風発行所沢木欣一氏

着ながしの日曜ぬくし秋の薔薇

鉢を乾かす日曜妻と鵙の下

影太き壁の蜂の巣花八ツ手

東雲にて

黒い枯葦工場のながい約束手形

豊洲埠頭　二句

船底の鋲音海へ枯葎

晴れる船渠雀の群れが枯葦翔つ

南房野島崎灯台　四句

冬すみれ灯台の畑海に墜つ

灯台の白さまばゆき三十三才

山畑の縞なす麦芽海に展ぶ

目白籠持つ少年に海青し

刈田ゆく荷重き馬車に面と対う
放ちし犬に葡萄枯れたりひかりなく
冬沼に少年が漕ぐ大きな声

牛の乳房　（昭和三十五年）

牛の乳房張る朝美しき枯木の影
枯れたる河口軍歌のごとく潮騒す
酒場ボルガの友に金銀の凍て星よ
枯山より海みし独語風が消す
雀自在に電線ゆるがす枯野富士

冬すみれ肥曳く牛に道ゆずる
飼桶ならす馬に声かけ野火の闇
集団就職野に恍惚と雲雀落つ
鳩鮮し二月の運河に肥艀
妻の留守上澄む水餅屑屋来る
鳩舎繕う少年二月の陽を帽に
スキーヤーに満員のバス濡れマッチ
椿の下に練炭灰捨て雀追う
日曜農夫の白きタオルに地虫出る
歯磨コップに花活け寒い決算期

安い苺地下街になるオルゴール

借りた植木の梅が萎んでおにぎり屋

赤羽浮間にて

風の日の雲雀遠くに無電塔

川原臭しトロの軌条に土筆の列

東風の艀セメント荷役の粉がとぶ

桶に浸す蕗が真直ぐ啄木忌

肉買う春夜うしろパチンコ玉撥ねる

土地値上り春の木株に芥溜まる

つつじ満開夜更けの銭湯地が湿める

手籠に透く玉葱工夫の早い夕餉

氷片が歯ぐきにしみる大き虹
南瓜のつるが厨に太し平和祭
いつも没陽の一隅切りて蟻の平和
社用に恪勤受話器の嘘の暑気中り
帰る燕潮にふくらむ黒い艀
サルビヤの朱が無遠慮に選挙始まる
晴れた海へ鯊舟朝刊紙の匂い
溜まる汐木浮桟橋に一帰燕
魚樽の底干され台風裡の日射し
陸稲豊作唸るバイクがほこりのなか

何鳥ぞ枯るゝ葡萄の夜明け前

多摩川稲城にて
戸板に梨売る老婆たのしむ黒薬罐

蝸牛　（昭和三十六年）

獅子舞がすたすたゆけり最短路

遠近の凧や乞食が火を焚けり

朝の冬海老婆の豊かな脊負籠

ビルは無番地枯るゝ柳を郵便夫

冬の蝶詩鈍き日の独り言

荷屑で火を焚く倉庫人夫に暗い沖

奥多摩氷川行　二句

峡の老婆日を脳天に豆を干す

時雨るゝ空炭負う少年に赤犬蹤く

両手に冬菜妻がとびこす水溜り

浚渫船の吐く泥黒し寒日和

風邪で休校糸ひく納豆に子がと惑い

灰皿汚して商談冬の熱帯魚

冬日の駅の鳩や寒さの底の旅

長靴干す霜荒れの垣軸として

朝日まぶし厨芥車あとの寒雀

水湊や納税あとの陽が迅し

はね泥乾くドアーの外の冬椿

遠きサイレン冬菜が乾く艶もちて

墜ちし冬蝶鉄色の濃き江東区

秩父火祭　四句

冬嶺が囲む火祭太鼓火が走る

腹で打つ火祭太鼓冬嶺の底

火祭終え天ががら空き括り桑

旅に嚙む林檎や武甲天に澄む

再び安房白浜行　三句

キップ売場に冬蜘蛛遊ぶ安房ぬくし

海は明るし冬花畑に海女の翳

冬の仙人掌灯台守がパンを焼く

荷役の熱気が鳩の輪みだす春の港
とぶ燕倉庫事務所の薬罐の湯気
人夫の太い手倉庫の隅の紙の桜
春の競馬鮮人で混む房総線
軽荷の春旅駄菓子屋で買う土地の酒
汲み水を薔薇垣におき妻子待つ
風に吹かれ影を細めり初夏の軍雞
艀の音に裸灯が揺れる梅雨倉庫
秩父にて　二句
顔にふるゝ夏草少年に川流る
褪せる山吹石灰工場の換気筒

蝸牛風の行方に軍歌流る
夜蛙や男ばかりが酒の話
地の隅に毛虫を焼いてほてる足
荒れ梅雨の艀溜りに迷い鳩
海より油紋ひろがり艀の睡る刻
夾竹桃艀溜りの油紋濃し
田草取りの憩う泥足森暗し
ビヤガーデン空の天井飛行雲
女が睡る冷凍蜜柑汽車暑し
運河に午報黴蒸す倉庫硬い顔

夕日の前まで透明炎天の工場風呂
町工場のパン屑を得し灼け雀
夕餉たのしむ艀の老婆に花火あがる
鉄積む艀の音にたゝかれ下痢萌す
夏星豊かな満潮艀の夕餉あと
鳩が胸反らす夏暁の倉庫裏
地のひゞはしる運河炎天痲疹の子
暗い倉庫の天井煤け灼け雀
星涼し杭が同じの艀仲間
皿盛りのトマトを買つて怠け人夫

蟻地獄荷役終りの昼の酒

檜原行

溝萩やバケツで洗う登山靴

両国駅にて　二句

秋霖や汽車発着のこぼれ米

新米搬ぶ運河きらきら朝の鳩

土の芯まで熱とおりたる焚火消す

酉の市艀の洩れ火満潮に

海の果より夜がつゝみくる陽の枯山

冬の果樹園　（昭和三十七年）

冬日に乾いた陸橋そのまゝ夕暮へ

ゆたかな麦の芽森の奥より乞食くる

冬の磐城へ旦暮マスクの一日旅

枯木の鳩みつめる暗い倉庫裏

冬の旅地酒が沸けば遠嶺星

寒の水棒飲む漁夫に暗い沖

風邪声嗄る埋立人夫に麦のびる

細き手で風邪薬飲む雪明るし

芽をふく玉葱春闘のビラ食堂に

有田、岩尾対山窯にて

土の器に月日過ぎゆく柿若葉

薔薇に日闌け港が睡し旅人に

手にねばる吊皮港に鰹売られ
艀の音春日の人夫の酒焼け顔
春の雲艀に昼のパン売りくる
折弁当に春風一杯鉄橋赤し
光る蚯蚓に驚く断水時間の妻
芽葡萄と木椅子に暮色と、のえり
アパートよりみおろす桜屋根に雀
春潮や手をむらさきに雲丹を剝く
温室部落同じ日附の苗揃う
寒い雲雀送電塔の下は湿地

花桐に大粒の雨常磐線
蚕豆や隣りの酒徒に親近感
七夕竹夜業の窓に息づく蚊
梅漬ける壺の円さを幾度も撫で
青葡萄はなたれて鳩羽裏みす
夕日肩に手応へつよき麦を刈る
雨の青田を白鷺がとぶ羽裏みせ
錆び鉄線を夏草がこえ運河臭し
高架線でわたる夏河胸に祝辞
冷たい牛乳運転手が脱ぐ白い軍手

乾草踏み工員かえる錆び鉄塔

午報に睡い人夫シャツの型の日焼

嬰児の声夕陽が雛頭の位置に

ゆで栗に一家大声税きたる

常磐線に林檎のポスター汗くさい少女

洗濯バサミ増え青葡萄小さい棚

肉焼いてコック休めり旱星

自転車にはだしの農夫曼珠沙華

鶴川にて　二句

雨に拾う落栗鳥は歩くのみ

雨の鵙するどく射抜き峡田昏る

すゝき揺れて寧し工員らの祝宴

風北陸大会　沢木欣一、加倉井秋を、安藤正一氏らと能登行　三十二句

旅鞄に冬衣つめこみ能登に発つ
冬白浪障子におのが名海女部落
海女小屋を囲む冬菜畑悪路沿い
海女部落落葉の音は誰にも聞え
海女部落の端は無番地枯れ枯れて
火を焚く海女に赤犬が蹤き海枯れる
海女の井戸落葉を溜めて底暗し
冬鷗群るゝ海女の部落は先細り
冬芒井戸が同じの海女部落

烏賊漬ける寒さや海女のゴムズボン

朝市に海女がひきずる雪合羽

冬の鳶晴れても暗し日本海

枯岬鳶が身を緊む日本海

つぐみ喰う単作地帯を走る汽車

海女部落足許暗くつぐみ喰う

灯台の冬霧まといつぐみ喰う

冬の海女言葉の要らぬ網繕う

海女の手籠にみし折れ葱と紺足袋と

風を引張り網干す海女の腰強し

電線に枯蔓からむ海女部落

音もなく枯れ風蝕の海女の墓

輪島朝市　六句

麗々と寒鰤売らる能登朝市

蟹を売る能登朝市の雨急なり

能登朝市冬鳥賊漬と柚子匂う

雑餌売る冬の老婆は陽の虜

朝市にかぶさる雨雲葱のみどり

能登朝市終りしあとは荒時雨

能登の旅　五句

掌中に柚子を匂わせ能登の旅

鰈干す海の朝日がしみこむ軒

寒流や能登の便りを投函す
飢え鳶や荒波が研ぐ海女部落
海荒れて雛汚れいる能登寒し

八ヶ岳行野辺山にて　二句

雪原が晴れ八ヶ岳雪あらわ
寒き胃に枯れ落葉松の森尽きず

清里、清泉寮に泊る　二句

面はゆく夜の暖炉に聖書読む
イエスの図燭の火明日は雪山見ん

聖アンデレ教会

教会のピアノ雪晴の空に鳴る

ポール・ラッシユ博士

雪晴のピアノ微笑の神父来る
冬の果樹園人が集り人臭し

歳晩の葬花車かさかさ市電抜く
注連飾る学校棲みつく鳩がいて

倉庫（昭和三十八年）

運河芽吹き汚れ雀に貯炭の山
冬鷗油槽煤けて夕陽の彩
母の忌の薬罐噴きおり雨の雲雀
長女宝仙学園中学校入学
母をこす脊丈すみれに日が当る
花の運河の雨に濡れいて決算期
水栽培の球根腐る倉庫事務所

水鳥をみる飲食のあとの顔

牛久沼　四句

沼へはみだす茶店に春の家鴨なく

沼のほとりの杉菜やわらか足型も

楤の芽の太さとろりと旅の酒

赤羽

睡いゴルフに河原がまぶし葭雀

山梨行　三句

野蒜摘み奈落となりし昼の酒

夏蚕匂う山坂がちの甲斐の国

山の清水に葡萄のつるがのびきつて

山根村《やまんね》にて　二句

遠景に部落展けて青桑風

馬鈴薯《いも》咲けり峡田は杉に囲まれて

武井久雄医師に

青桑風白き麓の診療所

ほとゝぎす甲斐の奥嶺の雪光る

高島茂氏に

酒提げて立つ山坂に黒揚羽

蠅生れ潮ひいて浮く艀の底

運河暑し浚渫船を夜へのこし

蠅取リボン倉庫事務所の南風強し

風東京同人と日光行

麦秋の鈍行列車に墓域をみる

いろは坂

夏木立坂登りきて声嗄るゝ

八ヶ岳山麓に遊ぶ　十句

落葉松に郭公奥の信濃は雨

蕗の雨カメラを抱いて渓流とぶ

渓流をのぞく夏蚕の匂う洋服で

芦平集落

古蔵に山蛾はりつく花アカシヤ

黄菖蒲に雨千曲川奔流す

花アカシヤ渓谷底まで透きとおる

花アカシヤ峡の痩田は川に落つ

高原の霧俄かなり緋のダリヤ

夏蚕匂う部落夜更けてまどかな月

甘藍に蝶とび高き八ヶ岳

跋

もう三、四年前になるであろうか、句会のあとなど、飲み屋の席で隣り合せになると、私はよく盤水さんとこんな問答を交した。

「盤水さん、そろそろ句集を纏めなさいよ。」

「今年はきっと出します。もう大体原稿もまとまったし……」

ところが、一向に句集は出ず、徒らに歳月は流れた。私は盤水さんは句集を出す気はないなと判断して、その後、あまりしつこく句集をすすめる話は遠慮することにした。

　今度いよいよ盤水句集が実現することになって、ゲラ刷りを見せて貰ったときに、この句集が周到な準備の下に成立したことを切実に感じた。盤水さんが句集を出す用意の出来ているのに、もう一年、もう一年と耐えてその発刊の日を延ばしたのは、この句集に一句でも多く最近の快心の作品を収録しようと願った作家としての執心であったことをつぶさに知ったのである。

「いい句集が出来ましたね。」

と私はただひと言、心から盤水さんに云って俳人独特の以心伝心の仕方で喜びを伝え、私の前に抱いた小さな誤解をあやまりたい気持で一杯である。

皆川盤水さんは実業家、経営者として、働きざかりの立派な仕事をしておられる一方、古くから俳句に親しみ、長い俳句経歴をもっているが、それに飽き足らず、新しい俳句を探求する熱意に燃え、先頃から「風」のグループに属し、その持ち前の世話好きと活動性によって、多くの会員から敬愛され、グループ活動のリーダーとなって尽力されることが多かった。作風は社会人としての健実な活躍を裏付けするように、隅々にまで眼の行き届いた堅実な構成を求めて破綻がなく、常に新しさを求める向上心は素材の探求を深めることに飽くることなく、やゝメカニックに「もの」に即して、具象的なイメージの照応を求める手法は確実の上に更に確実をつみ重ねつつある観がある。最も安心して読める現代俳句の典型的な作品であるといえよう。

盤水さんが社会的にあのように多忙な実業人でありながら、何故にこのように激しく文学に身を打ちこまずに居られないかという心の秘密は私共友人にとって、最も興味のふかい処である。おそらく、この句集「積荷」の句はその秘密を解く鍵を随処に与えているのであろう。読者は一人一人自分でその謎を解くつもりで、この句集を味読して頂きたいと思う。

冬浜の老婆の足型うすく消ゆ

緑憂し雨夜の湖の青葉木菟

酉の市酒醒める刻帰心あり

枇杷熟れて人間の眼をひらかしむ

桶に浸す蕗が真直ぐ啄木忌

例えば私はこんな句の前に佇立して、私なりの謎解きに耽って時の経つのを忘れることが出来る。

盤水さんの経営者としての働く者への愛情の注ぎ方なども、この句集から顕著に伺われて、盤水という作者の人間を解く鍵が与えられる。俳句というものは小さい形ながら、文学ともなれば作者の人間表白の場であって、触れれば指の切れるような切実さがある。

花曇り工員が消す残置燈

光りきしは野の凍てを来る石負女

十薬や曇る日農夫唖のごと

葡萄熟れて時間の愚痴の郵便夫

野火の闇農夫に光る井戸の星

集団就職野に恍惚と雲雀落つ

短い詩型のために極度に感傷は圧縮されてはいるが、これらの作品のもつ細かいきめの中から作者の人間性を感じとることはさして困難ではないであろう。

盤水さんの句の一つの昂揚が少年の句において発揮されることも見遁すことが出来ない。例えば、

飾り馬曳き少年の何欲る眼

目白籠持つ少年に海青し

冬沼に少年が漕ぐ大きな声

鳩舎繕う少年二月の陽を帽に

時雨る丶空炭負う少年に赤犬蹤く

などにみられるように、氏の活動性、若々しい気力が少年という対象に乗りうつるのではなかろうか。

その活動性と関係があるのか、風をうたった句も多い。はげしく動くものを静謐の場から望むこと、それが著者の詩心をゆさぶるのであろうことは疑

いがない。

松過ぎて屑買いが来る風の中
風の日の夫婦の無言花終る
早梅に風がすさぶる浅間かな
夕風に斑雪をふみて春の猫
極月の夜風となりし竹の音
風に吹かれ影を細めり初夏の軍雞
風を引張り網干す海女の腰強し

日常に多忙な著者に旅の句の多いことは当然であろうが、激務より解放された旅の中に実に佳句が沢山詠まれている。

冬すみれ灯台の畑海に墜つ
火祭終え天ががら空き括り桑
冬の仙人掌灯台守がパンを焼く

などはいずれも秀れた旅の句であり、最近の風北陸大会に能登へ旅をされた時の一連の大作のごときは文字通りの白眉として、この句集を飾り、この句集の発行を満を持して待たれた著者の忍耐を稔りあらしめたものと云えよう。

冬白浪障子におのが名海女部落
冬の海女言葉の要らぬ網繕う
蟹を売る能登朝市の雨急なり

一巻を読み了えて十六年間の精進の重みとはかかるものかと愕然とする気持であるが、以上に挙げなかった二三の感銘句を録しておこう。

稲妻に鯉がおどれり一睡あと
冬すみれ肥曳く牛に道ゆずる
海は明るし冬花畑に海女の翳
冬芒井戸が同じの海女部落
蕗の雨カメラを抱いて渓流とぶ

私の家は新井薬師にあり、著者とは中野線を中心にして南北に二粁ほどの近距離に住み合せている。たまたま、この句集に

新井薬師にて
花街の時雨れてその後鵙聞かず

の一句を見出した。十年以上も昔の句であろう。今は新井薬師も家が密集し、花街も昔よりはや、廃れ、それより鵙などは一向聞かれなくなってしまった。

茫然として昔が恋しい思いがする。深夜、この稿を書して、今後、益々精進されて、第二、第三の句集へ発展されんことを切に祈って跋とする次第である。

田川飛旅子

後記

私は漸く句集『積荷』を出版するにあたって、心から安堵している。それは、積荷を終えた船のごとく、艀のごとく、車のごとく出航出発を待っている。題名の『積荷』は、私の青春時代より始まって、つい最近までの職業の上からとったもので、厳寒の大連港の荷役、緑の美しかった春から夏にかけての揚子江上海を中心とした荷役、眩しいほどに空の青かった仏印サイゴン港の荷役、又、戦後の混沌とした世相下の東京港の荷役等より、現在の江東区深川清澄町の小さな事業所にいたったまでの職業、そういう意味で、この句集の題名を『積荷』とした。

私は昭和二十一年に仏印より引揚げてきて以来、戦後の無秩序と混乱のなかに、俳句の上に何かを求めたいと願いつづけてきた。又その反面、私は私の職業と俳句にどれだけの関連があるのか、そんなことも真剣に考えてみた。言うなれば、私は、ひたすら人間として、自己を起点として、社会的な広い視野のなかに、絶えず自己を錬磨してゆかなければならないと努力をつづけてきた。この句集の一句、一句は慌しい時間のなかに作った心の所産、即ち〈生活の翳〉の人生記録であると思うと、更に、私は職業に、俳句に努力しつつ人間個としての豊かさを増してゆかなければならないと念願している。私は戦前、戦中、過去の俳句の上で、傾倒して教えを乞うた作家を持たなかった。又そういう機会にも恵まれなかった。ただ、兄の二樓（ホトトギス系、「鹿笛」に所属）の句書を拾い読みして、「雲母」、「馬酔木」等に時折投句していたにすぎなかった。しかし、戦後の修業過程にあっては、幾人かの先輩に教えられる所が少くなかった。こういう意味で、俳誌「かびれ」の大竹孤悠氏にお礼を申し上げたいと思う。

昭和三十三年夏、私は「風」の沢木欣一氏、田川飛旅子氏、加倉井秋を氏、西垣脩氏、坂本一郎氏等の厚い友情によって、同人の仲間に加えていただいた。「風」の仲間の友情は、戦後の俳壇にあって、常に、人間性の復活を標榜し、若々しいグループであっただけに、又文学としての俳句の上から、社会性の問題、更に造型化の問題などで、常に、現代俳句の大きな問題の時代の脈の中心にあっただけに、私の過去の俳句観を更に新らしいものにしてくれた。と同時に、私の作句意欲も倍に増して興味が湧いてきた。私の句に心の豊さが些かなりとも出ていたならば恐らくこれらの友情と励ましによる賜物であろう。
終りに序文をいただいた沢木欣一氏、跋をいただいた田川飛旅子氏に感謝を申し上げると同時に、この書の発刊にいろいろと御配慮をいただいた「風」同人の神崎忠氏に心よりお礼を申し上げたいと思う。

八ヶ岳山麓小海大州鉱泉の宿にて　　皆川盤水

第二句集

銀《ぎん》山《ざん》

水仙　（昭和三十九年拾遺）

水仙や紙屑溜めて一日寝る
蜆買ふ多勢のなかの妻の顔
おもむろに富士暮れてゆく蓮掘りに
枯蓮田赤子が泣いて暮れにけり
梅二月艀の奥に鮭匂ふ
にはとりの艀に鳴ける四温かな
花八ツ手浚渫船が黒ずめり
肥艀春の運河を幾つ曲る

雛の日のデパート混めり雪来るか
暖房車腰ふりて越す葡萄園
葡萄園枯れ鶏鳴の残りをり
大菩薩嶺の風に消えたる雉子の声
葡萄園風をおこして寒明くる
葡萄園の涯燦爛と雪の嶺
葡萄園雪嶺のせて春立ちし
青胡桃吊橋ひとりづつ渡る
吊橋渡る佐久の乙女に嶺の燕
郭公や青笊盛りの佐久の蕎麦

八ヶ岳大きく昏れて夏蚕太る

青胡桃蝶濡れてゐる松原湖

夏蛙佐久はびつしり山の雲

新居関

番所に一つ消火器があり花菜雨

酔つて帰る躑躅満開足許まで

満腹して天皇の日に髪染める

木の芽味噌夜の雨が灯をやはらげり

突風に子雀落ちてしまひけり

植樹祭始まり雨の川奔る

運河昏れてゆくさびしさや梅雨の傘

「ぼるが」にて　二句

鏡太郎忌酒席にひかる青林檎

鏡太郎忌無数のコップ酒で満たす

浅草の鳩夕空に扇子買ふ

椎落葉浅草に夜深まり来

鰻食ふカラーの固さもてあます

勿来の関崖径を蛇放浪す

運動会蝶舞ふたかき一樹あり

菊花展ひとりが洩らす風邪の咳

常磐炭鉱　二句

梨剝くや炭鉱長屋岩より暮る

梨売に炭鉱の路地雨溜る

柿熟るる村のマラソン万国旗

夜長し膝うすうすと書を読みて

牡蠣食ふや木枯に貨車つなぐ音

冬至粥母の面輪のおぼろげに

青田（昭和四十年）

寒椿竿竹売に風絶えず

菓子の紅和紙に浮きたる野の施行

寒鯉に瞠りてゐしが山の暮

寒鯉がいきいきと躬を緊めてをり

寒卵風呂の火の粉が田にとべり

左義長やどの家も径つながれり

芹摘みの母が小さくなりにけり

芹摘みに一日暮れて火を焚けり

奥多摩吉野梅郷　三句

梅林へ吊橋揺らぐ行かざらむ

梅林のおでん屋に靴溜りたり

梅の根に藁敷きつめてあふれける

跳ね泥を拭く三月の噴水に

南佐久　六句

桃の花濡れ土に鯉割きてをり

麦秋や佐久の農夫は鯉を愛す

七夕竹飾る信濃の味噌食つて
鯉汁を桑摘みし娘にもてなさる
佐久の人蕗煮る厨開けはなつ
鯉を割く俎厚し花杏
釣鐘草八《や》ヶ《つ》岳に涼しき雲流れ

伊達の桑折へ墓参に

酒飲むや夜汽車を映す青田あり

塩屋崎

パンを焼く燈台守に濃き菫
出勤や変圧器鳴り薔薇溢る
寝酒飲み鈴虫の壺もち歩く
颱風が二度くる厨梅の壺

胸病めば

酒飲んで栗食ひちらす弱き父

敗兵に似て冬菊に佇ちにけり

日もすがら墓が光るよ曼珠沙華

鮨食ふや枯蓮に雨はじけとぶ

宝仙寺　三句

冬の鵙大銀杏の根網目なす

冬の鵙亜浪の墓がてらてらす

亜浪忌の空のひろさの鶫冴

冬雲雀桐畑を行く常磐線

手賀沼に鰻を食ひて年忘

逃げ腰の家鴨逃げ声沼小春

炭鉱《やま》《いわき市》の捨湯溢れて優し冬田の川
大寺《宝仙寺》は大き穴掘り煤払
年忘焚火の跡を踏みてかへる
歳の市を戻りしばらく薪を割る
塩鮭を女抱きゆく田の日暮

茄子の花　（昭和四十一年）

かんばせに初荷艀の大水輪
恵方詣太き欅に霰かな
ストーブが燃えきつて何か音たてる

鳰浮けり鉄塔を塗るペンキ屋に

墓地裏をくる雨の日の浅蜊売

安房白浜　二句

冬すみれ燈台日誌のぞきみる

猫柳燈台守がカレー煮る

母の忌の桜ひたすら芽吹きをり

桜芽吹きをるを迂闊に忘れをり

子雀が桑垣に群れ高麗の里

高麗の鴉桑解く婆を囃しをり

高麗の里睡蓮が濃く浮びたり

梅漬けける厨に男燐寸の火

梅漬ける明るさ酔へり朝の酒

出羽の旅　十三句

みちのくの夜汽車冷えゆく初蛙

雪嶺より引きたる水に芹匂ふ

旧有路家〈蚤虱馬の尿する枕もと〉あり

木の芽鍋母屋の奥も風の音

旅人入れて媼のやさし木の芽鍋

出羽堺田

堺田駅雪風となる端午かな

山刀伐《なたぎり》峠越ゆ苗代時を恍として

山毛欅の花落石の音さだかなり

初蝶や山刀伐峠ぬかかる径

市野々

峠みて人蔘を蒔く出羽女

尾花沢・養泉寺
紅花の芽が古寺に満てるかな

大石田
最上川みる虎杖を手に余し

猿羽根峠　二句
地蔵堂に早苗饗の唄最上川
春落葉きらかにふる最上川

中日新聞俳句会にて　三句
小金井の水路の音や荻青葉
若楓禅寺は戸を開け放つ
茄子の花新聞記者に奇蹟なし
干す梅に雀馴れきて夕明り
母のみが夜干しの梅に執着す
睡蓮に巷の風の慌し

秩父　三句

蟷螂生る鉱泉宿が茶殻干す

鉱泉宿の細き煙突樫の花

樫の花鉱泉宿に飯が噴く

那須行　八句

鮎食つてみる下毛野の祭獅子

祭笛芒がくれの簗の小屋

佐久山の城跡はいま蟬の森

掌に重し黒羽の寺の青あけび

たぎちつつひぐらしの鳴く雲巌寺

雲巌寺雷一撃の大欅

雲巌寺出でて茶店の茗荷買ふ

こぼれ萩地にしたしめり休み窯

浮塵子とぶ楽器をみがく青年に

紫蘇の実嚙んで真一文字の颱風待つ

種鶏頭墓地に青竹括る音

炉の母が鶏頭の種とりつくす

四十路迅し栗飯に声温み合ふ

浅草の月は隈なし熊手市

宝仙寺

亜浪忌の大銀杏枝張りてをり

旅をして枯野電車に鍵拾ふ

葉牡丹や女子寮で水使ふ音

銀山（昭和四十二年）

寒鯉をみて一日をたのしとす

酔ふときが一服の刻炬燵かな

勿来の関

みちのくの関の岩坂萩若葉

頬白の鉄路にあそぶ勿来関

萩若葉高《たか》処《み》の関の晴れ渡り

岡倉天心居

春潮のたゆたふ巌六角堂

いわき市にて盲腸を手術す

春深雪炭鉱の汽笛と久に知る

鯉汁に眼鏡のくもる二月かな

風の日の棚を突きでし梨の花

藤の花旅のはなしの男声

春落葉夕べの富士は雲溜めて

罌粟の花男は拳あそばせて

子雀のとびたきさまや黐の花

昏れ刻の子雀わが頭越えにけり

雨に沁みし靴脱ぎ枇杷を数箇食ふ

福島県伊達郡桑折町半田は、わが墳墓の地
往昔、半田銀山ありき　六句

廃銀山馬鈴薯の花ここに尽く

囀りや廃銀山は煙草畑

山墓に戸惑ひてをり鴉の子

山の墓線香焚けり夏蕨

桑畑の日に曝されて羽抜鶏

羽抜鶏廃銀山は蚕飼村

文知摺石

若楓石の面《おもて》が青臭し

古口より草薙へ　三句

夏蓬牛小屋前の子規の句碑

河鹿鳴く最上《もがみ》川を下る濡手拭

月山のてつぺんに雲ほととぎす

鬼灯一荷売りて農婦の髪濡るる

盆太鼓山の驟雨に濡れにけり

黍焚く火万葉集の筑波山

烏山　五句

葛の花雨截つて飛ぶ山鴉
酒の瓶芒に埋め簗番老ゆ
簀の小屋のとぼしき畳蜻蛉とぶ
萩こぼれ影濃くなりし簗の番
簗小屋を日照雨いろめき過ぎにけり

南足柄町　二句

葛の花足柄地蔵目が細目
露けしや地蔵堂より祭笛
朝顔の種採りし妻肉焦がす
枯朝顔括くるに妻が加はれり

くらがりに庖丁研げり花八ツ手
加賀に来て火鉢を買へり実南天
石蕗の花豆腐屋水をこぼすかな
老眼にあからさまなる黒葡萄
鰺くふや十月の雨やはらかし

苗代寒　（昭和四十三年）

獅子舞の納めし寒さ夕汽笛
水餅やつかのまに消ゆ昼の火事
梅ふくらむセメント塀を犬が嗅ぐ

藪入の公園に凧あがりたり

奈良　五句

万燈会の浄き火にとぶ雪の片

万燈会深くほぐるる一灯あり

万燈会終りし闇も夜半なり

鑑真大和上御廟

寒林の奥にぬかづき身じろがず

青空に奈良の松風寒雀

人蔘・牛蒡雪よりだして雛飾る

雛の日の蒟蒻を煮る男かな

白鳥の水輪の泰き雛の日よ

光太郎忌春の落葉が釘函に

枝なかに夕べの雀初桜
デパートに鯉池売れり初桜
春の地震打刃物屋を猫とびだす
煙突高きフィルム工場花蜜柑
写真工場に同姓多し花蜜柑
花蜜柑髪の根解きて足柄女

春耕句会の連衆と蔵王へ　十一句

白河の関筍積んで牛戻る
常闇のごとき関趾初蛙
藤の花連珠をなせり白河関
椿咲かせて関趾はみな血縁よ

須賀川駅暮れつつありぬ白牡丹

花通草蔵王こけしの丹がやさし

こけし屋に雉子の声せり独活を売る

蔵王残雪こけし屋の瀬を鶺鴒飛ぶ

茂吉の墓目ざせばこぞる松の蕊

桐咲くや金瓶村は水匂ふ

茂吉の寺蕨を浸す水つめたし

昼も夜もぶつかり合うて春の鯉

水虫痒くみるデパートの古陶展

まくなぎや錆釘が浮く葡萄棚

花おしろい音こめて打つ盆太鼓

信号を待つ盆僧に会釈せり

深川清澄町倉庫

向日葵や鮭焼く匂ひの倉庫裏

出水跡川原がまぶし初の鴫

梨畑へ細き電柱初の鴫

花茗荷手にのせて濃し土くれも

鶏頭に雀の騒ぐ墳墓あり

青栗に風鮮やかな毛越寺

空蟬や山の日照雨の毛越寺

雷はれて束稲山がよこたはる

平泉詣での汗に雨後の蟬

臥床　四句

木の葉雨酒を忘れて粥すする
闇深く師走の雨を聴き寝たり
冬薔薇の葉が少なしと思ひ病む
日にとんで雀枯色全かり

雛燕（昭和四十四年）

煤け雀明るきにとぶ三日かな
豆腐屋の竹藪径や寒の入
小正月焚火汚れのセメント塀

室生寺の雪踏んで来し初の旅

初雪が大雪となり父のごとし

長谷寺　三句

初旅の山艶やかな初瀬かな

寒牡丹空とんできし一羽毛

修正会の鳶影おとす初瀬かな

乙字忌の海の荒ぶをみて旅す

勿来の関寒の田を打つ日射かな

濡れ靴に新聞を詰め茂吉の忌

浜名湖の沖濃き曇り春氷

残る鴨入江の渚つやめけり

春蚊出て鮎の孵化場生臭し

東風波に声をのせゐて牡蠣を剝く

塩山へ　四句

ものの芽や老仲間にて径普請

雪嶺に遠眼して買ふ花の種

啓蟄や永昌院は斑雪山《はだれやま》

辛夷咲き石仏は身をあたたむる

立石寺　六句

蔵王夏雲桜桃が垂る水の辺に

こけし屋に頭を揃へたる雛燕

紅花も蒔きしと言へり出羽女

立石寺大瑠璃鳴ける岩襖

著莪の花芭蕉塚前火を焚けり

燕の子山寺の杖荒削り

篠の子飯山寺の瀬が奔騰す

上の山・山城屋旅館主人は茂吉の実兄なり　三句

花菖蒲覗くに古き湯治宿

杜鵑花咲き炭を大切に湯治宿

満開の杜鵑花旅籠に縄梯子

金瓶村

早苗饗や茂吉の家の牛やさし

柿の花板谷峠にまぶしめり

山椒喰峠田の水あまりたり

紫蘇畑鉄塔の下いつも濡れ

蓮池に梅雨の雀が溺れをり

尻屋崎　四句

下北や塩の白さの海猫さわぐ

たなご漁燈台指呼に声を出す

たなご漁荒磯大きく濡らしたり

鋭声なす鴉・郭公・尻屋崎

信濃行　八句

秋蚕太る障子に山の日をあつめ

花木槿牛小屋の棒磨滅して

花芒牛は頭《こうべ》を垂れがちに

露けくて穂高山葵田人入れず

鶺鴒あそぶ桃源境の山葵田に

山葵田にゐて初鵙を聞きつくす

山葵田へ崖径暗し秋螢

早稲田刈る男に夕日照りこめり

花紫菀暮光が墓地に漂へり

青木の実うす紅させり秋彼岸

湖北 四句

賤ヶ岳一戸の茶店鰤を売る

酔客も居ず古戦場枯れつくす

古戦場にしたしみてとぶ初の鴨

鴨の群余呉の夕日がつつみたり

根雪（昭和四十五年）

伊賀上野　四句

伊賀城に鍵束の音夕笹子

猟銃音城山にゐて聞き咎む

鼬罠落莫と城ありにけり

忍者屋敷に日射失せたり冬の鵙

亀山

機関庫へレールが混めり寒雀

近江坂本　三句

湖よりの飛雪とどめて登山駅

登山駅汚れ鏡に風花す

夕焼の杉山と湖寒に入る

小豆粥父の鍬の柄木目浮く

初漁や焚火うけ継ぐ煤け漁婦

石油の香鼻をつくなり初荷舟

鳶が輪を緊む雪の信夫の林檎園

医王寺の裏に斧音藪柑子

白石在鷹巣紙漉　五句

蔵王漉紙雪に一枚づつ匂ふ

雪に漉きし紙はなまめく白さあり

火の神の棚に湯気上げ楮蒸す

紙漉女憩ひの薬罐噴かせをり

冬終る尾長が紙漉く小屋に来て

弥治郎集落　三句

時ならずこけし屋に寄る春隣

こけし屋に蔵王の春の没日かな

猟人が声あげてをり夜の出湯に

石田波郷先生百ヶ日法要　三句

波郷の墓みやびやかなり春の雪

春深雪波郷の墓をおほひたり

冬泉滾滾椿湛《たた》へけり

手賀沼に畦径多し初雲雀

切手甘し初の雲雀を聞きし夜

小坂峠　五句

一日光る伊達の桑折の苗代田

まんさくや峠の水の音をなす

番所跡雪に暮れたる彼岸かな

菩提寺・長泉寺

春分の田の涯にある雪の寺

雪間草炭焼小屋の自前畑

白布高湯

山の湯の大屋根替へや人走る

今年竹寺にあそぶ子汗匂ふ

青東風や土浦駅に鰻食ふ

小鳥屋へ土橋を渡る麦の秋

桜の実茅葺の屋根濡れやすし

枇杷すする古書を漁りて戻りし夜

チーズ直ぐ口に溶けたり青田の旅

ウクライナの土産とて、古沢太穂氏より向日葵の種子を貰う

日曜のノルマにあらず向日葵蒔く

宮城県築館　三句

苗代に松風の音昼新た

苗代寒ム風の雀ががやがやくよ

踏んで消す泥線香や松の花

羽黒・象潟へ　五句

鏡池杉の青さを溢れしむ

松の花山伏村に酒屋あり

郭公や修験道を霧とざす

鷹の子の風に鳴きいづ南谷

松の蕊吹き上げてをり蚶満寺

梅漬けて声の大きなわが母よ

箱根芦ノ湖畔、古谷実喜夫氏の宿　三句

湖風に百合のほぐるる辺に寝たり

ほととぎす山湖は霧の色得つつ

百合匂ふ土産物屋が湖に向く

ビヤガーデン終り余白のあるごとし

蟇あゆむ我が庭遁れむとしてあゆむ

花白粉黒き実をもち晩夏なり

祭太鼓に菰かけてある雨月かな

老いし父昼も睡れり葛の花

西伊豆・子浦　四句

山畑を浅く耕し日焼海女

紫蘇畑に火を焚いてをり日焼海女

日焼海女生姜と草履買ひにけり

盆の物買ふに落合ひ日焼海女

山形県・亀岡文殊堂　四句

文殊詣り蒟蒻掘りし手を提げて

文殊詣り風出て溢る林檎の朱

紅葉晴文殊詣りに鳶舞ふよ

文殊詣りの老婆新米供へけり

「風」北陸大会　二句

柿の朱や鳶の羽音の小浜線

浮寝鳥金銀の星待ちてをり

飛鳥野の径が別れる枯葎

紫蘇畑の無惨に枯れし御陵かな

石棺の日にただよひて穴まどひ

鐘撞くや残菊の香の飛鳥寺

當麻寺の茶垣を覆ふ烏瓜

歳の市始まる藁塚遠く見て

飾売まづ暮れなづむ大欅

山茶花の日の没り際も年の内

桑畑（昭和四十六年）

買初のこけし一つを妻に渡す

伊豆山　二句

落椿海より崖に濤のぼる

二月尽海のにほひの蜜柑山

秩父　三句

秩父早春昼の酒屋に鶏鳴けり

講宿に火を恋うてをり山椿

山の子の竹馬青し春隣

山形県・銀山温泉　平本萩水、高木良多の両氏同行　四句

雪代の山の湯の闇滝こだま

汚れずに雪代に乗る家鴨かな

雪代に家鴨つるめり開拓村

猿羽根峠雪風にとぶ猫柳

薄暑くる夕月をみて酒飲みに

若楓墓地は鴉の足溜り

青嵐近江路は水しろがねに

湖国の空のまぶしや柿の花

六月の山旅をして褌替ふ

梔子の花や真昼の隠れ酒

石のせて硝子屑埋む濃紫陽花

魚野川鮎漁　五句

鮎宿に持ちこまれたる地酒かな

簗守の夜更かし酒や月の下

雁木より飛燕浦佐は山の国

月の瀬や金剛力の簗の音

菰の花流れつきたる鮎の宿

浦佐・行方秋峰居　三句

西瓜食ふとき新涼の夜汽車の灯

早稲の香や日照雨かすかな音すなり

軽雷や早稲田はすでに沸く匂ひ

震災忌青田の上に筑波あり

通草甘し伊達の桑折の雨降る夜

山葡萄いま朝日満つ伊達郡

懸煙草畦とびとびに山鴉

花巻　二句

賢治の碑水田の辺まで栗落つる

色鳥に雨の残りし賢治の碑

飛鳥　二句

稲雀白眉のごとき石舞台

古径が稲田にまぶし石舞台

秩父　五句

括り桑山墓に日が射しとほる

味噌樽のころがつてをり枯桑畑

桑畑の木の間を来たる鶲かな

桑畑にきく鶏鳴や枯秩父

花八ツ手巡礼寺が草鞋売る

くちなしの実が風に鳴る師走かな

海よりの雀が遊ぶ避寒宿

雪渓（昭和四十七年）

雪嶺は汽車の汽笛をいつも返す
節分の一樹に鶫がまのあたり
残雪や野鍛治の土間に水の音
囀りや雪吊の縄捨ててあり
浦佐・堂押祭　二句
堂押祭見てスキー宿に寝ねし
堂押祭声をしぼれば揃ふなり
目刺焼く頃夕雀声つなぎ
目刺焼く突貫工事の灯の下に

出羽の国苗代に花吹き溜る

杉の花木の香まとひて木樵来る

毛越寺山雲の下初蛙

毛越寺祭の終り走り梅雨

奥多摩の山見えてゐる苗木市

桃売が来る東京の濁り空

白桃を買ふや篠つく雨の中

伊賀上野行　五句

電柱に搦みて伊賀の葛の花

芋嵐伊賀の古径細りけり

青柿の雨滴大粒伊賀古径

伊賀人の土間艶やかや梅擬

新大仏寺・重源上人の像を拝す

豊年や上人坐像涼しき眼

宮城県北・花山御番所跡　四句

番所守車前草に足沈めたり

花山番所尺余の丈の夏蕨

小綬鶏が来てゐる番所鬼灯畑

遠稲妻松が匂へり番所跡

鞴祭の鶏頭に来る朝雀

蓮掘に夕べくろがね色の水

樗の実屋根より高し安房小春

波郷忌が近づき石蕗は黄を競ふ

声強く頰白の来し谷汲寺
残り柿山の入日にまぎれなし
巡礼をなぐさむほどの吊し柿
盆梅が満開となり酒買ひに
寒餅を喰ふやはるかな欅見て
梅の寺くらがりのもの凍ててをり
耕人は汽車来る時間知つてをり
初蝶や桑畑にとぶ鉋屑
母の忌の風が椿にあふれたり
山形県長井
雪嶺がたそがれてきし桃の花

小野川温泉　四句

せきれいがとどまつてをり芹の水

種浸し斑雪田にある松風よ

岳よりの朝日まともの種番屋

昼なかは誰もゐぬなり種番屋

山形県荒砥

最上川雪崩のあとの空残る

栃木・太平山にて　三句

城垣に掌をおけば来る山の蟻

煤け宿山側閉ざし竹の秋

桜の実禰宜が注連かへ遊びをり

安房白浜行　五句

卯浪濃し風にかんばせあててゐて

海風にふくれてをりぬ安房青田

松の花渚にちかき海女詰所

浜木綿や山すぐそこの海女詰所

卯月浪白磁のごとく砕けたり

燈台の草叢の紫蘇匂ひけり

蚊遣火の落ちたる灰のたどたどし

桃冷やす水にとびきし白き蝶

羽黒山行　六句

夏山やいま最上川ゆるやかに

神鏡にうつる夏越の花匂ふ

杉山の驟雨眼に入れ桃を食ふ

萩咲けり雨大粒の羽黒山

羽黒の坊の大屋根に来し石叩

講宿の太る青柿まぶしめり

月山に登る　平本萩水、高木良多、阿部月山子同行せり　四句

雷の大きく鳴れり月の山

月山筍羊羹色の味噌汁に

雪渓や底の水音生きてをり

月山に速力のある雲の峰

あとがき

句集『銀山』は『積荷』（昭和三十九年刊・風発行所）に続く第二句集である。この間何年か頑健でなかった私は、ささやかな実業のかたわらに俳句を「業余のすさび」として、絶えず気ぜわしく駆け足で学んできただけに、取り立てて申すものは一つも無い。今後は俳句のひろびろとした、甚深な世界に更に一途に心をこめて学んでゆきたいと思う。

題名の「銀山」は、みちのくの福島県伊達郡桑折町在にある墳墓の地、半田銀山よりとった。私の家系が長年この銀山守であったからである。この銀山は往昔この国の三大銀山として、佐渡の相川、但馬《たじま》の生野の両銀山とならんで栄えたのであるが、年移り人変り、今は亡びたる山野が茫々と残るのみである。又、近くの伊達の大木戸（奥の細道）を越えると、厳寒は峻厳なる蔵王の雪のしろがねを満目にすることができる。この句集は、その季節にこの附近の亡びゆく風景の中に没入して、歴史を思いながらつくったものが多い。

師沢木欣一氏には相変らずあたたかく厳しい御指導を賜り、又、志城柏（目崎徳衛）氏にはいろいろと篤く御教示賜ることが多かった。感謝に堪えないものがある。上梓にあたっては、田沼文雄、直井烏生、高木良多氏等に御芳情を頂いた。白凰社の高橋社長にも併せて謝意を表したい。

昭和五十年三月

皆川盤水

第三句集

板《いた》谷《や》

＊本章には『定本　板谷峠』（平成二年刊）に採録されなかった作品のみ収めた。

花野 （昭和四十八年拾遺）

草薙辺り 二句

蟇つるむ星の光れる羽黒山

竹煮草鉱泉宿は石のせて

板谷峠深き新樹の茅潜

武者幟大桑畑の伊達郡

菊畑金色に明け出羽の国

林檎売りカンテラの火を熾しをり

炭焼夫鉱泉宿に貰ひ風呂

ねんごろに蝗煮てをり炭焼夫

里神楽風もたらしぬ脊戸の山
城山に鳶《とんび》や鴉青写真

種井（昭和四十九年）

手賀沼に旧道があり鴨睦む
山始め伊達の桑折の雪中に
大土間に鼠捕りおく深雪宿
白石鷹巣　三句
かげろふや紙漉小屋に誰も見ず
蔵王漉紙買ふ明るさの啓蟄よ
まんさくや紙漉小屋を水めぐる

沈丁花鋲打ちてをる靴屋かな

桃の花日当つてゐる蔵王かな

苗代田満月に底みせてをり

げんげ田の父雪嶺を眩しみぬ

燕来る月山径は落花前

松島に遊ぶ

燕来て松島湾の濁り初む

梅雨冷えや葭の青さが鉄橋に

梅雨晴るるとき睡蓮の浮き立てり

左沢《あてらざわ》線

さくらんぼとるに小梯子押し立てる

立石寺霧こめてをり李熟る

「花守」二十周年　志城柏氏に招かれて小千谷行

小千谷祭鳴きふえてきし法師蟬

雨がちの竹林に雲秋彼岸

父の忌の木槿を濡らす狐雨

稲架の径炭焼小屋につづきけり

鼠とる薬をもらふ初冬かな

遠筑波むらさきいろに冬至かな

行く年の雨が椿の葉に濃かり

雪海苔　（昭和五十年）

蠟涙の香がゆらゆらと雪の能

櫛引町の黒川能見学

雪の能雅びに雪も降りにけり

波渡崎にて　二句

雪海苔を摘むや指先暮れはじむ

雪海苔に風浪ただに高きかな

「雪海苔」は庄内で寒海苔のことなり

春落葉しきりとみたる風邪心地

蟇出たりしきり頭もちあげて

石川桂郎氏病めば

炬燵熱しねむり深めし貌をして

宝仙寺

墓地沿ひに石刻む音楠若葉

苗木売り縄屑風にとばしけり

高野山行　二句

墓道の下闇に殖ゆ黒揚羽

青巒の大寺に入る人小さし

上田市在の更埴森の里　二句

蜂飼ひの箱鮮らしき杏村

鎌と鍬みがきて売れり杏村

近江路　二句

幻住庵泉のくらき早苗月

近江路のみじか夜明けし黄鶺鴒

寝惜しみて枇杷を食ひをる一日かな

出羽三山へ　二句

講宿の南瓜のふとる日照雨かな

河骨の黄は星のごと鏡池

月山登山　二句

日焼して湯殿詣での銭踏めり

月山へ古径けはし水芭蕉

ストマイ聾になる

十薬干し一《ひと》日《ひ》人中遠くあり

飯山線にて野沢へ　二句

桃車来て町の灯のともりけり

星鴉こだまをかへす花野かな

金木犀青空仰ぎあたたかし

いわき市高野の栗山にて　六句

栗山に栗の毬焚く焚火かな

栗飯や肥えたる女うつくしき

栗山に雞《にわとり》の声したしけれ

栗山にひつそりとゐる懸巣かな

深霧の栗の番屋に捨火鉢

盗人の雨戸破りし栗番屋

竹林の青にうつとり日向ぼこ

浜松へ　二句

浮寝鳥湖の暮るるに交みをり

冬暖の浜名湖に年暮れんとす

植木屋に人足繁き年の暮

池普請の餅を貰ひぬ湯治客

雉子鳩が旦暮に来たり冬椿

去年今年鶏頭古りし朱を残す

冬の鵙朝日が多摩の横山に

甲斐初鹿野へ

榠樝の実たわわに甲斐の兜屋根

谷川に橿鳥の声薬掘る

山鳥　（昭和五十一年）

庭の葱掘って年祝《ほ》ぐ妻の声

諏訪湖　三句

寒天干す畑にどつかと雪残る

寒天小屋湖の洩れ日のさし来たる

寒天干し田の面の雪をまぶしめり

綿虫や夕日消えゆくこまやかに

蔵守りの老のしはぶき鳥総松

凍解くる浅草雀ばかりとぶ

桃の節句大雨となり賑はしき

花冷や母炭ついでさりげなし

山形県米沢在の荒砥・鮎貝にて　三句

山桜黄昏さそふ雪残る

木の芽和鴉が声を競ひけり

一夜にて苗代小田の霞みけり

古刹・瑞龍院　三句

鶏小屋の一隅まぶし雪崩かな

雪鳥に篁の風すさまじや

照り戻る大竹藪や春炬燵

毛虫焼く妻白粥を炊きしあと

酒田港より飛島へ　二句

桑の実や島の社は床高き

礁とんで小舟漕ぎだす眼張釣

梅干してゐて鉢巻をしたりけり
軽鴨の子の水尾が消ゆるよ瞬く間
赤松の赤うつくしや秋の蟬
国立市・谷保天神
梅林に多摩の横山初の鵙
日記買ひ鰻を食ひてあたたまる
佐渡へ　二句
貝割菜みな藁屋根の能舞台
能舞台冬の白鷺遊びをり
鶏頭の枯れたるを見て年惜しむ

冬蝗（昭和五十二年）

蟹喰つて髭をのばしぬ二月尽
風邪声の女もまじる春スキー
福島県双葉郡に草野心平氏の「天山文庫」あり
天山文庫芽吹き明りの水の音
墓参　四句
黒つぐみ雪の蔵王嶺大きかり
桃の花父の山墓照らしをり
鶯があたまの上や父の墓
百姓に日がなまばゆき桃の花
筑後柳河
鰻屋に川より来たる蝶まどふ

いわき市　五句

浜街道夜風ゆたかな盆踊

祐天上人はいわき市の出身なり

じやんがら踊盆道に鉦鳴らすなり

盆浪や燈台守の雨合羽

燈籠が匂ふ林檎の木の下に

風吹けば地にすれすれの青ふくべ

威し銃北上川の真青に

平泉

平泉晩夏の鴉大きかな

羽黒・三光院　三句

橡の実を拾ふ冷たさ南谷

置賜郡雨の野に鳴る威し銃

牧径の刈萱に触れ雨合羽

花畑の暮色といふに染まりをり

花畑に雨の音する源義忌

あとがき

この句集は草間時彦氏のおすすめで参加（＊）することになった。『積荷』（昭和三十九年刊）、『銀山』（昭和四十八年刊）につづく昭和四十八年より五十二年暮までの句を収めたものである。句集の題名の板谷は、私の旅がともすれば北方志向型なのでこの板谷峠を越える旅が多かったからである。

板谷峠は奥羽線の福島から米沢へ行く途中の峠で、断崖のそそりたつ渓谷にあり、福島県と山形県を繋ぐ最大の難所。四季折々の景観は美しく、きびしく胸を打たれる。

今回も師沢木欣一氏、高木良多氏（風同人）にお世話になった。また、東京美術の木下子龍氏にも御面倒をかけた。併せて深謝申し上げたい。

昭和五十四年師走

皆川盤水

＊「現代俳句俊英30人集」第十八巻（東京美術刊）に参加。

第四句集

山《やま》晴《ばれ》

涅槃西風　（昭和五十八年）

多摩の嶺の一つは雪や初詣

太占祭御師が幾度も酒運ぶ

奥多摩御嶽神社の正月三日に行われる豊年祈願神事

初鴉面を上げて鳴きにけり

ふるさとの友人K氏より

阿武隈山の匂ひ切なる蕗の薹

薄氷の岸を離るる光かな

山桜尿前の関渓音す

大鱒を秤る背筋をのばしけり

城ヶ島

柾の実岩山を背の造船所

頰白や海よりの風麦畑へ

早梅や雀が飛んで水に影

年男夜は遊女に誘はるる

鶏が縄嚙んでをる春田かな

芦原を犬が出てくる涅槃西風

猪垣のある梅林の裏出口

乳吞児がゐてせはしなや春炬燵

伊豆にて「風」同人会

踏青や伊豆の天城嶺直ぐ上に

梅林へ門を開けたる多摩の寺

岐阜行

花菜風水ゆたかなる美濃の国

浜松

鰻池鏡のごとし初桜

根尾谷へ

根尾人の担ひてきたる柳鮠

薄墨桜雪折れあまたありにけり

どしやぶりの谷汲寺の落花かな

引く鴨に風こもりゐる芦間かな

無住寺に闘鶏ありしあとまざと

最上川声こまやかな河原鶸

山晴　（昭和五十七年）

初山へ大握り飯五つほど

山科・宇治へ

踏青に野寺の鐘を撞きにけり

鳳凰堂にちらちら見ゆる恋の猫

生垣の檜葉の匂へる節分会

河原鶸平等院を羽撃ち飛ぶ

米沢在にて

浅葱や野川するどく街中へ

春雷の大きく鳴りし虚子忌かな

雪割にためらひてゐて叱らるる

桑畑を探梅電車まつしぐら

磯開海女が煮しめを運びくる

経師屋の来てゐる春の炬燵かな

彼岸寺つぎ足す炭の匂ひけり

諏訪行　三句

ぬかるみを雀が跳べり初桜

赤彦忌風音はげし湖の空

鳥雲にボートを洗ふ女かな

一位の芽水音ゆたか曾良の墓

駒ヶ嶺・光前寺

ひたぶるに大瑠璃の声雪解寺

天龍川の渦瀬光れり桃の花

掌をひらき雪代山女見せにけり

大盛の秀衡椀の菜飯かな

「風」発行所

かんばせに牡丹の風たのしめり

蜆売門前市の端くれに
松蟬や折弁当の紅生姜
くりかへし鯉の跳ぶ音青芭蕉
河鹿宿くらやみに湯を落しけり
蓑市の夕冷えてきし隅田川
田植縄すぐ山雨に濡れにけり
濁り田の藻にまじりゐる蛇苺
朴の花講の女が昼の湯に
出羽の国ひろびろと田を植ゑ終る
八朔やからからと鳴る車井戸

大雨に桜桃の荷の着きにけり

夜振火や風の出できし胡桃の木

破れ傘多摩川たたく雨の音

寄合の酒のはじまる銭葵

高尾山裏・美女谷鉱泉にて　四句

蛇の衣鉱泉宿の薪小屋に

髪切虫鉱泉宿の長廊下

庭先に酒瓶溜る鳳仙花

物置に鶏鳴けり鮎の宿

草市の荷を解けばすぐ蝶きたる

羽黒山空かがやけり八重葎

駒鳥鳴けり白鉢巻の修験者に

小走りに岩飛んで来る峰行者

雪渓が天際までの月の山

通草蔓流れてきたる出水かな

青栗の供へてありぬ岩不動

空蟬の三つほど拾ふ不破の関

葛の花流るる水の底見えて

鰡飛ぶや北上川に星あまた

兄の忌

二樓忌の阿武隈山に雪来るよ

奥信濃へ　六句

蜻蛉や一茶の里に四方の山

秋燕に火をあげてゐる野鍛冶かな
奥志賀の晴れたる空を帰燕かな
戸隠の大岩畳秋つばめ
鶲渡る山の日の出の御師部落
酒臭き御師が囮をかけてをり
山晴れに魚板の音や懸大根
峡の駅電球拭きて年用意
罠かける声桑畑にあがりたり
むかご蔓寺の戸口に吹かれをり
学校に自然薯掘りの声とどく

犬連れて米屋の来たる小春かな
晩稲田の黄の透きとほる一茶の地
縦横に街空を鶫親鸞忌
水筒の忘れてありぬ紅葉山
伊豆山の海を見下ろし毛糸編む

奈良にて　二句

黄をつくす枯萩に雨元興寺
初しぐれ奈良の土塀の鵯こだま
枯蓮田どこからも見え筑波道

明石町辺り

船具屋が罐に火を焚く年の暮

牡蠣筏　（昭和五十六年）

頬白の来る御師の家初国旗

手毬歌晴れたる御嶽峰つづき

冬雲雀甘藍畑に見えし波

一乗寺谷　四句

雪螢振りむくときにもう見えず

檀の実大き礎石に落ちてゐし

渋柿を採るにぐつしより濡れにけり

雪沓を吊る山の寺がらんどう

梅の寺大縄束のころがりて

吉備の野に藺田を見て来し初の旅
越冬燕雲の切れまの萱山に
いかめしく魴鮄髭を反らしけり
方頭魚いよいよ赤し雪の市
梅の寺日のまざまざと庫裡障子
高尾山へ
雉子迷ひ来し初山の電車かな
青空に破魔矢の鈴を鳴らし来る
広島にて「風」中国新年句会　三句
牡蠣の海航く砲艦の高々と
岬山の江の濃みどりや牡蠣筏
大潮の音戸の瀬戸を千鳥翔ぶ

茂吉忌の松風雪をこぼしけり
亡母の雛口紅褪せてゐたりけり
蔵王嶺は裾ひろがりや梅の花
梅林にしばらく焚火あがりけり
御師の家の太き蠟燭春炬燵
谷戸深く鴉下り来し初桜
桑畑を出し初蝶をまのあたり
黄水仙鶏が掻きだす畑の塵
夜に入る雀の声の立夏かな
野良の靴寺に干しあり今年竹

小瑠璃鳴く黒羽町の郭あと

暮れてなほ椋鳥の声する那須代田

菊苗に光さしをり坊泊り

豆腐屋の笛牡丹に夕明り

「風」発行所
辻通男君送別会

ひたすらにミュンヘンビール飲み給へ

苗運び寺の径を借りにけり

ビール酌む本の神田に遊びては

田植餅配る老婆が粧ひて

さくらんぼ人なつかしむ出羽の牛

羽抜鶏井戸端に来て吹かれをり

佐渡ヶ島行　五句

青葉潮船に高さをくりかへす

夏薊荒磯の雨は音たてて

蝸牛日蓮寺の常夜燈

廃坑の道ひんやりと花サビタ

荒梅雨の佐渡の山河の仏見る

本間工房にて

六月や竹工房の竹匂ふ

浅草三筋町は斎藤茂吉の住みし処

浅草の三筋町にて氷菓食ぶ

油虫一撃したり日焼妻

秋立てりこまごまと鳴く四十雀

秋の薔薇蜂をあつめてゐたりけり

箒目の浮く薔薇園の朝の道
根木打藁埃とぶ厩前
河豚鍋や恩師を囲むまん中に
三浦三崎の本瑞寺に松本たかしの墓あり　二句
海を背のたかしの墓や寒椿
大蘇鉄ゆさぶる三崎ならひかな
雪空に手摑みで売るししやもかな
湖風の強き近江の水菜畑
花榲風ざうざうと湖の寺
山吹に田水明るき近江かな
青鷺が干瓢棚に下りて来し

講宿の念仏和讃竹の秋
夕澄みて夏書の墨の匂ひけり
青瓢やうやくかたちなせりけり
山女釣新樹の谿の濃きなかに
盆唄に声を絞りし女かな
左千夫忌の朝日きりりと田に出たり
八朔の夜空は山の匂ひせり
秋の蛇掃除してゐる校庭に
水原秋櫻子先生逝く
喜雨亭先生追悼の雷むさし野に
青空に疾風の音や菌狩

小鳥網沢水飲んで張りにけり

岡倉天心旧居・五浦にて

一湾に天心旧居秋つばめ

初紅葉天心の墓土饅頭

鱸汁高浪の音刎来路に

鶏頭の枯れざまに年つまりけり

山の湯に女にぎやか茸汁

櫨紅葉窯出しの炭いぶりをり

塵取りにきのふの塵や冬薔薇

海音す入日惜みて鮪売

墨堤の大潮匂ふ年の暮

浅葱や雪しづる音牛小屋に
どやどやと注連持ちこみぬ鮪船
葱鮪汁港灯れば海見えず
フレームに海女自転車を乗り入れし

御柱祭　（昭和五十五年）

入間野に松風の音小豆粥
泥鰌掘る父が落日まぶしめり
寒卵大漁船に売りに来る
春待つ寺欅の丸太燻らして

豆の花揺すりて雨の雀かな
青梅のけふよく見える立夏かな
さくらんぼ眩しきほどに最上川
星空のきらきらとある夜干し梅
針供養木魚佳き音をだしにけり
鰐船に雪の立山聳えけり
「風」同人会熱海行・新潟勢の諸兄と
雪国を来し人梅に声を出す
頰白が桑畑移る雪解どき
梅匂ふ道祖の神に注連張れば
蜆売りコーヒー店を覗きをり

杣人がランプ拭きをり杉の花

御柱祭　三句

おんばしら祭の諏訪湖波立てる

おんばしら雉子鳴く磧雨どどと

おんばしら御《おん》幣《ぺい》切れて湖に飛ぶ

桑の花まぶしみあへる農夫かな

初桜朝の雀がこゑつくす

山繭に光こぼして雪の嶺

犬ふぐり鉄瓶の鳴る石工小屋

花の寺軍鶏放たれて鬩つくす

海棠や蚕室の匂ふ伊那の町

こまやかな婆が声音の厩出し

春嶺の眩しさに掌をあたためる

花人の覗いては行く馬肉宿

地雲雀や庚申塔は塩道に

高遠城大藤波をこぼしけり

風狂の俳人井上井月

伊那の田に井《せい》月《げつ》の墓犬ふぐり

時鳥茶籠ころがる寺の裏

蚋いぶす釣堀小屋に茄子の花

伊那の田に日照雨しきりや犬ふぐり

紫雲英田に大きな父の影ありき

故新田次郎氏の法要、上諏訪・正願寺にありたり

山上の春の時雨の仏かな

大欅父のごとしや青東風に

武州・御嶽山

巣立鳥垣根つづきの講の宿

朴の花一瓣さはに白磁いろ

風呂の火の常磐木落葉くすぶれる

卯の花腐し上野の山に古仏見て

さくらんぼ眩しきほどに川の渦

馬肉屋に桑苗配る声のして

伊那の田にさざなみなせる藤の花

日の昏れの雀せはしや花山椒

早乙女の弁当の絵は藤むすめ

羽黒山　四句

講宿に瀬の音のする夏蚕かな

夏の炉に月の光の羽黒山

大声の篠の子とりの坊の妻

山の井の深きより来る藪蚊かな

沖縄へ

沢木欣一句碑、辺戸岬に建つ

わだつみの蒼さの句碑や花蘇鉄

句碑除幕式に来賓の国頭村村長

蘇鉄の実村長が手に二ッ三ッ

黍畑に夏雨の音辺戸岬

花蘇鉄袋小路の壺屋窯

新城太石氏

泡盛や那覇牧志町守宮鳴く

大守宮徳利椰子に鳴きてをり

芭蕉布の風をはらみて織られをり

蒲《く》葵《ば》笠を購ふ山《やん》原《ばる》の土用かな

火を焚いてゐる八朔の茶碗売

伊達郡桑折町半田山墓参

霧ごめの山墓に桃食ひにけり

威し銃八高線の山並みに

穴まどひ豁越えて来し祭笛

懸煙草揺れ合ふ畦の穴まどひ

燈台に荒磯の音や囮鳴く

兄の忌近づく

黄菊白菊兄ありし日の木椅子かな

三崎港・岬家にて

鮪宿清方の絵を床の間に

たかしの墓桜の冬芽日おもてに

鯉売りの顔見せてゐる冬の宿

黒羽　二句

尉鶲郭にとなる桑畠

年の瀬の田の畦を来る箒売

大鮫を揚げたる船に怒濤かな

軽井沢・フジテレビ山荘

浅間嶺に雪来し夜の濁り酒

声あげて来る浅間嶺の木枯しよ

花胡桃（昭和五十四年）

安達太良の吹降りとなる菊花展

人混みを犬が走れり初時雨

風呂の火の大榾運ぶ秋祭

鯉売りの声きこえたる冬座敷

佐渡　三句

報恩講落葉とぶなり真野の浦

鰤起し大佐渡小佐渡つらぬけり

葱積んでゐる泊船に怒濤かな

冬柏近づきゆけば音をだす

波崎町へ

鮫糶《せ》りしあとべたべたと日暮れけり

烈風の海女の部落の青木の実

冬鷗朝の利根川にほひ満つ

磯鵯や萱山とぎれ海に墜つ

蜑垣のとぎれとぎれや水仙花

冬かもめ両国駅の古時計

節分の夕日の沈む櫟山

春の富士子が駈けだして毬を蹴る

近江へ　二句

雪解風安土の城に踏みこめば

魞挿すや日のこまごまと湖の国

牡丹の霜除けとれば友の来る

渡り漁夫一座をなせり夜行車に

甲斐・永昌院にて　三句

時かけて野蒜を掘れり風の中

裏富士の夕日が寒し野蒜掘り

花胡桃厩の口のまだ寒し

蕗味噌やかまどの棡がはねてをり

秩父・金昌寺

囀りに大き影据ゑ仁王門

日射すまで風が冷し葱坊主

鶏鳴の川越えてきし桃の寺

干鱈焼く田よりあがりし泥足で

遠野へ　二句

山毛欅の花機関車峡をひたゆけり

田掻馬たてがみの泥吹かれをり

尾花沢・大石田　二句

荒筵流るる春の最上川

紅花を縄垣にして養泉寺

ふるさとに雨降りつづく木の芽漬

朝焼けや農学校の大蓮田

故平本菽水氏の葬儀

君の棺に水木の花の揺れやまず

盆花とおぼしきものが網棚に

西瓜売り厚き筵をひろげけり

甲斐・猿橋の夏祭を見る　二句

雨空の猿橋祭百合匂ふ

川風の猿橋祭青芒

山椒魚月山の霧すさまじき

寒河江にて

蛇捕りが慈恩寺径を出で来る

早稲の香や土浦駅の鰻飯

伊達郡桑折町

懸巣鳴く廃銀山の父の墓

露けしや貌をそろへし山の鯉

鳥威し桑折の町のまん中に

湯の町のはづれは暗し寝待月

菊畑に声を出したる秋蛙

歌人安藤野雁はみちのく伊達郡半田村出身なり

秋蚕匂ふ桑折陣屋の野雁の碑

青榠樝（昭和五十三年）

山国の日輪を飛ぶ寒鴉

浜名湖にて第一回「風」同人総会

田鷚や貝殻まじる湖の畑

犬吠にどつと日の落つ蕗の薹

笹囲ひして舟かげの冬菜畑

いま獲れし鮃のとどく娼家かな

奥多摩・広徳寺

草擦つてこらへし蟇の出でにけり

探梅や野川の底の滑らかに

春の星欅の高き空にあり

うつうつと水辺の昼の青き踏む

故角川源義氏像、俳句文学館に飾らる

うべなへる源義の像初桜

本郷に鮭焼く匂ひ啄木忌

苗代寒残り湯こぼす山の宿

鉱泉宿一と雨あとの牛蛙

白河へ　二句

鴉の子二所明神へ声落す

花空木白河関へ道祖神

羽黒にて　六句

宿坊に酒が匂ふよかきつばた

羽黒宿坊嶮なす屋根を替へにけり

大瑠璃や杉の秀照りの羽黒山

残雪に大き幣とぶ湯殿山
郭公や羽黒の朝のきつね雨
最上川とつぷり暮れて鯰鍋

黒川能上演見学

筒鳥や藪のなかなる能舞台
能の人田植布子を着て来たる
羽抜鶏つつじの中に隠れけり
羽抜鶏盥の水を飲みにけり

成東　二句

蟬時雨左千夫の家の牛蒡畑
蟬取りの来てゐる左千夫生家かな

波崎海岸　二句

夕凪やのこぎりでひく大鮪

利根川の夜風すさまじ遠花火

那須　二句

遊行柳稲の香はげし日の盛り

遊行柳水音がして雷育つ

雁の棹いくたびも父仰ぎしと

甲斐・恵林寺　二句

青榠樝乾徳山に雲通ふ

恵林寺の大がかりなる鳴子かな

葡萄園楽器抱へて青年ら

あとがき

『山晴《やまばれ》』は『積荷《せつか》』『銀山』『板谷』『自句自註・皆川盤水集』につづく、昭和五十三年以降五十八年秋までの作品三三二句を抽いたものである。

句集名とした「山晴」は、雑誌「俳句」五十八年二月号に寄せた句、「山晴れに魚板の音や懸大根」よりとった。

今回も、沢木欣一先生の、また作品蒐集に高木良多君（「風」「春耕」同人）の助力を得た。出版の労は、この度もさきの『俳壇人物往来』につづき、白凰社の高橋社長、相田昭氏にとっていただいた。関合画伯とともに感謝申し上げたい。

昭和五十八年九月七日　丹波の旅より帰りたる日

皆川盤水

第五句集　定本

板《いた》谷《や》峠《とうげ》

花野　（昭和四十八年拾遺）

桜の実野良の薬罐の飴色に

花胡桃鞴鳴らして野の鍛冶屋

鷺飛んで水を濁せる薄暑かな

草薙辺り

最上川烈風となる鯰鍋

板谷峠

竹煮草鉱泉宿は石の屋根

うろうろと雉の子出たる峠かな

山墓に遊び疲れし羽抜鶏

峠より日の濃くなれり紅の花

残菊の香や大寺の縁障子
つぶて雨本降りとなる花野かな
ねんごろに蝗煮てをり母の家
父の死やきらきらせまる白木槿
秋祭雲の白さの幟立つ
稲架裾にころがつてをり出羽の茄子
こけし屋に朝顔の種こぼれゐる
冬耕に我が影のあり父もあり
寒鯉の浮くかに見えて沈みたり

種井（昭和四十九年）

山薯の穴知つてをり初鴉

手賀沼に旧道があり鴨の声

父の辞書炉辺にありし思ひかな

鳶の輪のさだまつてゐる雪嶺かな

背戸に炭こぼれてありぬ深雪宿

大いなる鼠罠置く深雪宿

深雪宿炭火ほのほとなりにけり

白石・鷹巣　四句

啓蟄の紙漉小屋に誰も見ず

啓蟄や紙漉小屋の大薬罐
沈丁花茶を淹れてゐる紙漉女
まんさくや紙漉小屋の水の音
苗木市海近ければ海の音
雨雲の垂れてきたりし種井かな
蔵王嶺の大雨となる種井かな
桃の花蔵王朝より雲の中
花林檎蔵王は雲の湧く山か
梨の花貨車が棚田を出でしかな
苗代田満月に底透きてをり

げんげ田の上の雪嶺を眩しめり

平本菽水氏

蓬摘む男が酒の匂ひせり

湯花干す筵おさへの田打鍬

雪嶺へ音楽ながす農具市

松島に海胆喰ひて靴濡らしたり

海胆喰ひて松島湾を放浪す

左沢《あてらざわ》線

桜桃園荒草刈つて風通す

さくらんぼ買ひ山水に顔うつす

さくらんぼ奔流耳をつきてをり

硝子屋が一《と》日来てをり銭葵

厩より雀とび翔つ銭葵
世に隠るごと鰻屋にくつろげり
棉の花道路工事に塩の壺
盆唄や青唐辛子煮てをれば
盆唄や桃畑に桃ころがつて

「花守」二十周年　志城柏氏に招かれて小千谷行

雨こまやかな小千谷祭の花火かな
白木槿父の忌の火を焚きいだす
梨剝きてはらから父の忌に籠る
栃落葉ひるがへるとき艶めきて

能登・禄剛崎　三句

冬怒濤宙にかがやくものありて

燈台に枯葉飛ぶ音日本海
頰白の吹きとばされし枯燈台
引越荷引きだす声や枯むぐら
枯菊を焚きゐて埃かぶりけり
空也忌の球根土に埋めけり
柚子の香や雪をまぶしむ母のゐて
寺にゐる鶫がしたしや歳の市
岩茸を鉱泉宿の土間に売る

雪海苔　（昭和五十年）

年酒酌む赤子のつむり撫でながら

庄内行

一燈は豆腐屋の灯よ雪の山

羽黒山

雪折れのきびしき音の近づきぬ

雪の駅筵の上のヒヨコの荷

旧正や鶏の餌散らす雀来る

櫛引町の黒川能見学　十句

能見むと雪のマントの女に蹤く

雪の能馬も厩に息づけり

蠟涙のいまゆらゆらと雪の能

雪の夜の燭炎えたたす舞の袖

黒川能夜更け吹雪となりにけり

黒川能囃す農の手ふしくれて

延年の能いきいきと雪の家

雪に映え能衣の彩の佳かりけり

黒川能夜更けて雪のつもりけり

黒川能客も主《あるじ》も酒臭し

波渡崎にて　四句

雪海苔摘み身のすみずみをひた濡らす

「雪海苔」は庄内で寒海苔のことなり

雪海苔を摘むに合羽を縄しばり

雪海苔に風浪高き日本海

荒浪に雪海苔摘みの声消さる

妻病むこと久し
妻癒えてきし家うらの鶯菜

初雷の大雨となる伊達郡

志城柏氏新居　二句
正月の凧入間野の松の上

正月の凧上げてをり靴の泥

秩父嶺に雪来しといふ初電車

左義長の厩もつともも暗かりき

蟇ぬつたりと出し桃霞

家ふかく酢飯匂へる母の日よ

苗木市縄屑風にとばさるる

高野山行　三句

金剛峯寺の大煙出しや若楓

寺道の下闇にいま黒揚羽

青嵐大寺に入る人小さし

上田市在の更埴森の里　五句

講の旗杏の花に触れてゆく

山暗し杏の花の漂へば

蜂飼ひの箱並べたる杏村

花杏雪嶺明りの善光寺

善光寺杏の花がそここに

毛虫焼き怠けてをるや空に月

幻住庵

椎の根に漣打てる泉かな

鯖鮨に雨うつくしき近江かな

高木良多氏は佐原の出身なり一日誘われて遊ぶ　五句

鴨高音梓の花の雨あがり

あやめ田に泳ぎおくるる子鴨かな

人声にま近の鷭の潜りたり

濁り鮒日のあやめ田のさざなみに

佐原の町一めぐりして鰻食ふ

出羽三山へ

文月の葛がびつしり最上川

講宿の大き南瓜に日照雨かな

河骨は星のごとしや鏡池

月山登山

桃を食ふ大雪渓を直前に

雪渓を行者の鈴のわたりをり
鬼やんまいたどりの藪抜けてでる
月山の暮天うつくし雛燕
強力が滝に近しと急ぐなり
月山の岩径けはし水芭蕉

寒河江・慈恩寺

古寺にすさまじきもの蟻地獄
電工夫茄子畑の辺に憩ひをり
夜干し梅仕舞ふに赤き月出たり
白桃に一雷とほき日暮かな
庭下駄で銭湯通ひ竹煮草

黄蜀葵夜空の雲の未だ明るし

越中八尾の風の盆　三句

風の盆踊衣裳の早稲のいろ

風の盆川に照りこむ夕日かな

刈伏せし稲が匂へり風の盆

飯山線にて野沢へ

桃車霧湧く町に来りけり

露けしや林檎畑の父の墓

白木槿ごつてり盛りし法事飯

金木犀雨の雀がこもり鳴く

新聞をこまめに読めり金木犀

いわき市高野の栗山にて　三句

暮れどきの鼬でて来し栗番屋

栗山の橿鳥の声したしけれ

栗山に懸巣の声の日暮かな

木曾へ　二句

ふんだんに山雀の鳴く妻籠宿

恵那山は雲被て深し緋連雀

古書展に会ふ顔なじみ波郷の忌

浜松へ

浜松に鰻を食へる四温かな

鰭酒を廻し飲みをりサラリーマン

富士見ゆる日和となりぬ都鳥

池普請の餅を賜はる湯治客

去年今年鶏頭の種子朱を残す

穴まどひ鉱泉宿の風垣に

唐辛子ひききて老婆二度の風呂

殿《しんがり》の冬至南瓜の巨きかり

甲斐・天目山へ

古戦場竹伐る音の吹かれをり

源義・桂郎逝けば

もどかしき光の見ゆる冬の山

山鳥（昭和五十一年）

古伊万里の赤絵の喜色三ヶ日

学校が田んぼにありぬ凧日和

諏訪湖　五句

寒餅の搗く音のする曾良の墓

赤彦の家に一樹の冬柏

寒天小屋の障子ゆすぶる湖の風

寒天を干し田の雪をまぶしめり

寒天小屋諏訪の大社の雪みちに

高遠　二句

桜鍋城の鴉の聞えけり

綿虫や夕日消えゆく城山に

大いなる朝日となりぬ猫の恋

だらだらと塩汁鍋を食ひ終る

芹焼や両国駅の古時計

梅見客水の匂へることと言へり

初寅や葛飾の道野川沿ひ

負け鶏をにんにく臭き男抱く

負け鶏を遊ばせておく葱畑

花冷の炉明りに見ゆ葱の束

桃の節句いつしか雨となりにけり

夕雉子峡田の畦に吹かれをり

花冷や母いくたびも炭をつぐ

最上川上流の荒砥・鮎貝にて

雪嶺の裾野がやさし桃の花

木の芽和疾風しきりの最上川

古刹・瑞龍院　二句

古寺に樶みちのあと榛の花

大寺の鶏鳴の鋭し雪崩あと

蕗味噌の青きに父と酔ひにけり

菜飯炊く生まま木が泡を噴きてをり

柳鮠川原の焚火煙りをり

山鳥の羽音つつぬけ桑畑

白布高湯・天元台スキー場　二句

スキー靴乾かしてをり春暖炉

残雪に声出してとぶ初燕

画架立てる美校の生徒蓮巻葉

木ごもりに地鳩の声の雨水かな

塵取りを持つて毛虫を焼きにけり

羽黒・三光院

大揚羽来る宿坊の韮畑

講宿の焼印の濃き登山杖

講宿の行場の池の蠑螈かな

男声ばかりや湯殿詣での宿

酒田港より飛島へ　五句

島の日の赫つと照りだす今年竹

鳶の笛大いたどりの島畑

夕凪や烏賊舟満を持してをり

夏暁の海猫ばさばさと顔の上

舟倉に細音の羽抜鶏鳴けり

霜くすべ終へたる父の朝寝かな

鴉の子翔つをみとどけ寺男

朝顔市旧吉原を鶏馳けて

通し鴨塵焚く煙あびてをり

厩にも父の声する盆仕度

無花果を捥ぎし足あと雨溜る

竹林のかがやく日なり秋の蟬

子蟷螂鉱泉宿が茶殻干す

故石川桂郎を偲ぶ

鶴川村びつしり雨の枯葎

箱根の故古谷実喜夫（「風」同人）の墓前

ひぐらしが朴の根方に鳴きにけり

国立市・谷保天神

初の鵙天満宮は藪負ひて

「風」三十周年大会浅草吟行

菊供養泥線香のすぐ炎ゆる

小千谷「花守」句会　四句

鶏頭の種採るときに山の雨

バッタ跳ぶ念仏講へ行く婆々に

大声で高稲架を来し鯉屋かな

高稲架の影鯉池におよびたり

父の忌の黒土匂ふ貝割菜

炉噺の婆々種茄子をころがして

霞ヶ浦より麻生へ　四句

枯芦のゆたかにけふの日をとどむ

浦径にとりとめもなき鴨の群

鯉運ぶ水うつくしや十二月

冬すみれ利根の女が鯉運ぶ

鯉ばかりでる好晴の紅葉宿

紅葉宿大鯉届きてゐたりしよ

自然薯掘り藪の匂ひを持ち帰る

いわき市にて　二句

石炭夫ぞんざいな口ききにけり

ボタ山に強き風吹く十二月

鍋焼を愉しみてをる老母かな

猿の腰掛羽黒の宿の大部屋に

枯野人腹拵へをしてゐたり

浦径に花街ありぬ冬鷗

雪空や刈田のはての弥彦山

佐渡　六句

佐渡おけさ一《と》踊して牡蠣を食ふ

凩垣に薬草干して能舞台

菊焚きし畑の匂へり能舞台

尾花蛸海女の垣根に干されけり

廃坑に冬鳶の翔つ羽音かな

青空へ山茶花の咲く兄の忌よ

菊を焚く煙がゆかし年の暮

武蔵境にて

凩の中軍鶏の鳴きゐる年の市

臘梅や日のすぐそれし谷戸の寺

椿の実拾ひ風垣抜け通る

冬蝗（昭和五十二年）

鎌倉の海の上とぶ初鴉
青空に堂扉を開けて節分会
夢のなか父の声とぶ節分会
春障子竹積む音のきこえけり
庭に眼を遊ばせてゐる雛の日
啓蟄や朽葉いろして蟇出たり
春スキー眼下炭焼く山みえて

薄氷にふたたび降りし雀かな

蕗の薹摘むにはじまる小さかもり

はくれんへ夕かけし風つのりけり

植ゑ上げし田に鶏鳴の吹かれをり

初蝶や日がたつぷりと葱畑

桜蘂降る曇天を雀かな

彼岸河豚漁婦《いわき》がひそかに売つてをり

福島県双葉郡の草野心平氏「天山文庫」二句

天山文庫芽吹く裾《すそ》廻《わ》の水の音

夕昏れの雨となりたる山遊び

墓参

黒つぐみ桃の枝よりとび翔ちし

鶯や坂がかりなる父の墓
天道虫のぼりつめたる父の墓
新茶汲む夜風が竹を鳴しけり
病葉が鋼《はがね》色して落ちにけり
紅花に雨ざうざうと出羽の国

筑後柳河　八句

菜殻火や筑紫野に雲垂れこめて
鵲の巣の下にゐる藻刈舟
藻刈舟漂ひて闇深くせり
鰻屋に忘れてゆきし田植笠
鰻屋に川より来たる黒揚羽

鰻屋の前藻の花のおびただし

柳川の日照雨明るしうなぎ飯

花街のあかあか灯り布袋草

いわき市　十二句

梅雨明の雉子一声の勿来関

閼伽井嶽夜風ゆたかな盆踊

盆唄や燈台の沖霧こめて

踊り人もろこし捥ぎて帰りけり

踊の輪もろこし畑にひろがれり

祐天上人はいわき市の出身なり

じやんがら念仏盆道に鉦鳴らすなり

盆休み納戸の猫を追ひ出しぬ

盆の雨ふるさとにゐて熟睡せり
盆休み男が寄れば火を焚けり
盆燈籠匂ふ林檎の木の下に
萩の紅ただよひてをり勿来関
大皿に親類縁者秋鰹

平泉　三句

松山によき笛の音や曼珠沙華
威し銃北上川の青空に
毛越寺の大池に雲蓮の実とぶ

羽黒・三光院

竹林に秋の熊蜂羽黒宿
竹林に青蛙ゐる晩夏かな

橡の実のばらばらと落つ南谷

稲穂波乳房の大き庄内女

庄内の雨の野に鳴る威し銃

月山の高きをとべる鬼やんま

竹伐りの谺のなかの穴まどひ

穴まどひ藪の匂ひのなつかしき

増富鉱泉　五句

夜に入りて霧濃くなれり菌汁

檀の実山宿四方に水の音

鉱泉宿老人ばかり雁の頃

牧閉ぢし日の八ヶ岳耀かず

櫺鳥の全き声の日暮かな
種胡瓜いよいよ円味帯びにけり
何もせず菊焚きゐたり桂郎忌

湖北へ　四句

渡岸寺林間の日に大根干す
観音の御眼の裡の冬の鵙
観音に朝日とどきぬ冬の鵙
枯れ真菰風に浮きたつ湖北かな
釣堀の番屋ぐるりと懸大根
冬蝗萱ごもりしてぬくからむ

定本へのあとがき

「現代俳句俊英30人集」（東京美術刊）に参加し、句集『板谷』を上梓して、早くも十年が過ぎた。

十年一昔というが、古くなった句集を再び世に出すことに、少なからず拘泥するものがあるが、再版してほしいという声があるとのことで、ここに若干の句に加筆して、句集名「板谷」を「板谷峠」として、定本を出版することにした。

私は先年、約一年がかりで『俳句の旅』（全九巻・ぎょうせい刊）を編集した。その折、北海道・東北の篇で「山形県吟行」という一文を草し、この板谷峠に触れたので、それをここに引用したい。

板谷峠

福島駅を出た奥羽本線が板谷峠にさしかかると、断崖のそそりたつ渓谷が左右に展開してくる。

この板谷峠は豪雪地で、また、難所として名高い。四季折々の渓谷の美しさは風情に溢れている。春は五月というのに峨々たる山肌には残雪があり、峠の鉄路には名も知れぬ花が咲き乱れる。夏は両岸にみえる闊葉樹のキラキラと光る緑のなかを、清流が音を立てて流れ、秋は、谷川の尾花のしろがね色の上にハゼ、ウルシ、カエデの紅葉が彩をつくして、みごとな景は目をうばう。

冬は小雪が風にのってくる頃になると、霙から深雪に変わり、長い冬ごもりに入る。

汽車はごとごとと鈍重に峠を登つた
小女は窓にすり寄つて父へたよりを書いた
——いまはじめて雪を見ました
——白く清らかでかなしさうな雪を!
峠を越えると
小女の父の生れた町

ちひさな家が点々と春を待つてゐた

これは、山形市出身の詩人神保光太郎の「冬の太郎」の一節である。

ふる郷に入らむとしつつあかときの
板谷峠にみづを飲むかな　『あらたま』

これは、斎藤茂吉が大正五年（一九一六年・三十四歳）父の病気を見舞うため、帰郷の途中、この峠で詠んだものである。この峠の海抜は標高七五五メートル、ここを越えると米沢である。

再版に当って高木良多氏の労を煩わした。出版の労をとられた白凰社の高橋社長、相田編集長ともども御礼を申し上げる。

平成二年三月　　皆川盤水

第六句集　寒《かん》靄《あい》

手焙（昭和五十八年『山晴』以後拾遺）

早苗饗の灯のとどきゐる厩かな

早乙女が火照ると脚をのばしけり

水鶏啼く大き竈の沼の家

岐阜　二句

木の芽田楽城の大風殊に鳴る

城を見に友をいざなふ木の芽和

根津神社

つつじ山雀の声が日暮まで

高館の義経堂の巣鳥かな

巣の鴉せつせつつと声出してをり

鴉の巣北上川の風まとふ

流木を抛り上げたる卯浪かな

藤の花いつか汗ばむ腕時計

足利行

渡良瀬を雨来る音や桜の実

泥鰌鍋囲む顔振れ揃ひけり

鉱泉宿に薪積んでゐる合歓の花

先頭は天狗の鼻や山開

講宿の白妙の餅山開

草むしる寝起きの顔に鶏のこゑ

古芦に渡り板あり水鶏の巣

七夕の竹の触れてる乳母車
西瓜売り夕空に声出してをり
虫干や鳥打帽の父なつかし
すぐに止む峠の雨や椨の花
稲の花庄内平野の四方に雲
大雨にひぐらしの声羽黒坊

象潟　二句

蓮の花風音しかと蚶満寺
古井戸に蛇の脱殻蚶満寺
家深く酢飯の匂ふ夏の果
身ほとりの紙屑を焚く夏の果

八朔やデパートにはや野草展

丹波・細見綾子先生宅にて　六句

霧ごめの丹波の山や百舌のこゑ

豊熟の丹波の栗にいま日の出

栗拾ふ遠きいかづち聞きながら

栗飯を喰めば丹波の山浮ぶ

大土間に丹波の栗の積まれけり

〈で、虫が桑で吹かる、秋の風〉綾子先生句碑建立の委員長として、即ち、

で、虫の句碑に色鳥日暮まで

とろろ汁風音荒き余呉泊り

長梯子かつぎて行きぬ鳥屋の人

いわき・沼ノ内弁天様

稲雀弁財天へ沼の風

丹波・柏原町　二句

雀の稗単線駅に山の雨

竹の春捨女の像が校庭に

「田《でん》捨女」は元禄時代の女流俳人

磐城平の大き仏や萩日和

燈台に大浪見ゆる神無月

古井戸の大きな蓋や貝割菜

せんべいを焼く香の匂ふ石蕗の花

甲斐・竜王町の瑞良寺行　二句

手焙や櫛形山の風の音

蛇穴に入りたる寺の枯葎

泥鰌掘り集つて来て火を焚けり

谷川に鵟《のすり》の声や柚子日和

喜多方にて

眉《まみ》茶《ちや》鵖《じない》蔵屋敷戸を開け放つ

「眉茶鵖」はスズメ目ヒタキ科

杣の家に干し溜めてある芋茎かな

窯径に自然薯掘りと擦れちがふ

故船山順吉氏葬送　二句

小春日の那須野に送る仏かな

小春仏野辺送りして居酒屋へ

干鰈矮鶏の蹤き来る湊町

鈴蘭（昭和五十九年）

日に融けし庭木の雪や初雀

竹林によく日の澄めり鏡割

左義長やまつ暗がりの厩前

鍬始虹忽然と束稲山《たばしね》に

毛越寺寒の鴉の声池に

杉の間にひかる粉雪や達磨市

繭玉の鯛が真赤や角力茶屋

飯田市にて

伊那谷の水引掛けし寒玉子

節分の雪に外燈ともす妻

浦佐にて

堂押祭深雪を踏んで声絞る

牡蠣鍋に風邪のまなこの夫婦かな

雛飾り終へたる妻に酒ねだる

熱海へ　二句

磯菜摘みしたたる影をひきずれり

水温む公園を抜けうなぎ屋へ

桜の芽海より雨のあがりけり

大き蘇鉄に当る風音春煖炉

「風」同人会　須磨へ　二句

須磨寺の鶯の声こままと

須磨寺の白玉椿照り映える

苗木市白樺の梢くゆらして

良寛禅師の国上山　二句

杉の花国上寺にふりかかる

花御堂虻きてはやも翅鳴らす

ポケットに折りたたむ傘三鬼の忌

玉子丼つくらしてゐる春の風邪

古井戸のあたり溜り場猫の恋

鵜の雛を見る藪径のやはらかし

雪解風羽搏ちて飛びし川鵜かな

荘内の朝の水田や初桜

鰻屋に待たされてゐる花見客

鈴蘭や水溢れでるポンプ井戸

三春にて

地に触れて雫のごとし滝桜

いわき・国宝白水阿弥陀堂　二句

ふんだんな懸巣の声や阿弥陀堂

たんぽぽや池の上なる阿弥陀堂

筍飯出勤前の朝の雨

新茶着く庭の夕立の晴れし頃

満面に甲斐一《いち》宮《みや》の桃の花

桃の花大菩薩嶺に雲の珠

水溜りきらりと桃の花畑

海の家の豪雨となりぬ生り節

駒鳥啼くや雪にいたみし岳樺

蝸牛見し夜の雨のひびきけり

ひよどりの声の忙しや額の花

今年竹夜越しの雨明るかり
奥宮にむささびの声山開
ほいほいと馬連れて来る山開
黐の花銭湯の戸の開く音
漲れる水こそよけれくひな笛

八戸より下北・恐山へ　六句

炎天や薄墨色の海猫の雛
抱卵の海猫のせはしや土用東風
種差や海鞘を抱へて来る女
氷水いたこの席にとどきけり
汗の眼を凝らしていたこ数珠を揉む

宇曽利湖の硫黄鼻つく竹煮草
虎杖の花のま中の鰊小屋
丈なせる百合を称へて盆踊
ふるさとに帯をゆるめて盆踊
父の忌や大き地梨の法事膳
梨齧る常磐線の鈍行に
ねんごろに落鮎を焼く煙かな
姥百合の実の真青や湯殿径
一と群の雀下り来し貝割菜
葛の花簗場の径を覆ひけり

雁を聞く東京湾の濁り空

甲斐にて

竹伐る音水晶店に聞こえけり

末枯や大き火を焚く山葵沢

岩手行　三句

馬柵の戸のこはれてをりぬ檀の実

馬の蹴る音の聞こゆる雨月かな

啄木の小学校に秋蛙

浅草に漫才を見て菊膾

鼬来て水皺たてり枯蓮田

舟倉の錠はづす音小春凪

風除けの縄屑のとぶ海女の畑

柝の音聞こゆ乾鮭吊せし夜

成木責日照雨に濡れて終りけり

大揺れの竹音を聞く炬燵かな

冬座敷父が胡桃を鳴らしをり

古書街に髭の若者漱石忌

塩鮭の塩ばらばらとこぼれけり

茂吉の書読むかたはらに炭瓢

春の山（昭和六十年）

礼帳や古き旅籠の不折の書

喰積やさ庭に鶫の影ゆきき

杉の雪どさと浴びたる初詣

土竜打雪空となる伊達郡

海女の籠はみだす朱欒安房小春

冬凪や日蓮寺の大蘇鉄

家近くに犬屋あり

箱詰に送らるる犬年の暮

寒泉に啼きつれて来る四十雀

炭運ぶ杣の来てゐる節分会

節分の峡行く貨車の火の粉かな

福達磨くるくる廻し売られをり

丹沢にて　三句

藪かげの雪の深さよ猪の宿

猪宿にどどとひびける雪崩かな

竹藪の竹搏ちあへる猪の宿

田遊の揃ひの衣裳梅の紋

田遊の星空仰ぎ茶碗酒

田遊の華やぐ焚火目にあふる

豆撒いて寧き心に夜の雨

鶏の骨叩く音する梅見茶屋

春隣猫の寝てゐる炭俵

鯛焼屋谷保天神の門前に

芦刈女つかみ刈して出て来たる

屋根替の萱積んで舟着きにけり

静岡・日本平にて

かげろふや沖待船を見る芝に

花烏賊を積んで来し舟洗ひをり

合羽着て乗込鮒を釣つてをり

桑の根を焚きけぶらする彼岸寺

一《と》ところ風の音する初桜

春の湖雪折れの松焚く煙

初蛙声すみとほる札所径

いわき・閼伽井嶽薬師　二句

岩組みの弘法の井に初の蝶

春の山弘法の井の息づかひ

金鳳華ダム工事場の飯場あと

御師の家の大石垣に蜥蜴出づ

畦塗りへ鴉の羽音羽黒道

身延山

久遠寺の雲の下なる植木市

繭のごとき卯浪の白をまぶしめり

駒鳥啼くや雲の中なる火山灰の径

鳰の浮巣昨日はありてけふ在らず

鳰の子の水尾すぐ消えてしまひけり

燕の子こけし屋の戸の火伏護符

作務僧の腰手拭や茄子の花

ひよの声殖ゆ法華寺の桜の実

山墓の忘れ箒や花野蒜

迎火の炎鶏小舎照らしたり

打ち水の大きさに蝶とび来たる

犬伴れし娼婦鯖鮨買つてをり

井戸替の済みたるあとの雨の音

海女たちの井を汲む声や蚊喰鳥

沖縄へ　二句

陶乾く匂ひ壺屋の盂蘭盆会

仏桑花黒糖しぼる島の牛

夕空を鷺飛ぶ佐原祭かな
土用蜆蓮の葉に盛り売つてをり
鶏小舎に卵三つ四つ立葵
月山にて
巴旦杏齧つて行きぬ峯行者
八朔やいよいよこぞる竹の青
白桃のいきづきてをり水の中
盆休み納屋に積みたる縄匂ふ
秩父・栃本峠行　三句
竹煮草磧の径の捨て草履
鉱泉宿日灼けの畳酒臭し
深谿の蒟蒻畑を穴まどひ

地芝居へ急ぐ農婦が大股に

虫時雨混浴の風呂一燈下

羽織るもの炉に持ちこんで夜食かな

酒飲んで沢水飲むや草ひばり

鶏小舎に灯の点きてゐる野分かな

山中七ヶ宿街道へ　二句

蝗取る在所総出の七ヶ宿

稽田に大きな蛇と出会ひけり

亀岡文殊堂

文殊堂雨の雫の通草垣

草虱御仏拝みきてはたく

蜆殻捨ててある路地や花八ツ手

自然薯掘り札所に礼をして行きぬ

福島県浜通り・泉田川　五句

鮭簗に勢子の一団勇みくる

鮭簗に相馬盆唄日暮まで

鮭網の狭まりてきて鬨あがる

鮭颪真野の萱原行くときに

陸奥《みちのく》の真野の草原《かやはら》遠けども面影にして見ゆといふものを（笠女郎《かさのいらつめ》・万葉集巻三）

とらへたる鮭が一瞬砂吐けり

水甕に水張る朝や鶲来る

朝の飯うつす匂ひや帰り花

年用意玻璃戸近くに鶲見て

小刻みにまた潜きけり鳰

避寒宿夜は蘇鉄に風しきり

海女出でて汐木を拾ふ年の暮

鶏小舎を覗きて行きぬ札納め

鮪船大渦たてて着きにけり

烏賊船の大電球や去年今年

鶏合せ　(昭和六十一年)

初鴉鎌倉山の松の青

広島へ　四句

乗初めの船宮島へかかりけり

乾ぶ藻をつつく神鹿寒日和

夕汽笛旧軍港の牡蠣筏

牡蠣筏啼きつれ移る初鴉

秩父行　五句

初秩父札所に花火あがりをり

桑畑の秩父の空の淑気かな

初東風や雉子一と声の札所寺

春近し竹屋の土間に縄の束

餅花を手に桑畑を秩父人

大榾の桑の根いぶる午祭

いわきへ　五句

鮟鱇鍋また霰来て音たてる

沈む日の金波に耀らる金目鯛

雪空にいよいよ金目鯛紅し
隼や塩屋岬の潮けむり
朝明けて白魚船の濤しぶき
梅見茶屋ぽんぽん槢をとばしけり
福寿草郵便受に納税書
啓蟄や野寺のゆるき古障子
梅咲くや湯の沸く音の石工小屋
梅の寺湧井の青き竹の杓
鶏鳴の風に乗り来る涅槃寺
注連貰ひ少年棚田駆けて来る

綿虫や奈良の土塀の鵯こだま

飛火野の鹿浮氷なめゐたり

小書斎に餅焼く匂ひ寒の雨

どんどの火音さまざまに爆ぜにけり

海女の畑畝の短し犬ふぐり

針供養日射せる池の石の影

鯉池のささ濁りゐる針供養

鶏合せ雪を散らして了りけり

青饅や疾風しきりの海の宿

野良猫の追はれてをりぬ苗木市

床下を鶏出て来たり初桜

注ぐたび湯気のあがれるお灌仏

金瓶・宝泉寺

畦塗るや茂吉の寺に牛の声

遅桜芥焚きゐる渡し守

柿若葉鍛冶屋ふいごをやはらかに

田植縄散らばつてゐる羽黒道

棕櫚の花沖より来たる通り雨

仏飯にががんぼの脚残りたり

干し草を散らかしてゐる鴉の子

八甲田山へ　九句

篠の子採り灸のあとを見せてをり

篠の子の結はへし束の濡れてをり
篠の子採り声かけつづけ霧のなか
篠の子採り両肩に泥つけてくる
テント張る篠の子採りの津軽人
篠の子採り着茣蓙といふをまとひをり

ふかし湯という野天風呂あり

ふかし湯の板蓋厚し蕗の花
藪なかに湯の小祠や花サビタ
雪渓は白波のごと八甲田
石楠花や雨に削れし牧の道
花アカシヤ馬が貌出す十和田道

藻刈舟雲がま上の毛越寺

操車区の太き電線立葵

先輩の艶な話や鰻飯

蘼の花はらはらこぼす狐雨

尺鯉の跳ねし飛沫や松の蕊

背戸の扉の錆釘の浮く茗荷の子

船頭の煙管のけむり花南瓜

北海道道北

崖ぎはへ雲丹舟あまた星月夜

鶺鴒の番ひ来てゐる昆布小屋

船小屋はみな崖伝ひ礼文草

昼顔や鰊番屋の古日誌

沢桔梗沼べりの径柔かし

時化雲の宗谷の岬ちちろ虫

一《と》村は蜑が家ばかり夏蓬

白河

露けしや馬市ありし広河原

芦刈に利根の夕波かがよへり

よく晴れて芦刈る人の見えにけり

芦を刈る人にとびきし鳥の羽

芦刈女犬に吠えられゐたりけり

声出して担ぎて来たる稲架の棒

猪垣や丹波のバスの土埃

丹波へ　三句

猪垣へ水のこだまの奥丹波

桜紅葉丹波の山の迫りけり

関址の朽ちたる籬油点草

阿武隈の山又山の鮭場かな

草の実のたちまちにつく鮭簗場

遡る鮭いよいよ向きをあらためず

筑波嶺の大きく晴れし貝割菜

立冬の薬缶高鳴る母の家

大学にひよどりの声漱石忌

玉子酒飲みゐる父に叱咤さる

麦踏の影にぎやかに始まれり

自然薯を高々と父持ち帰る

若月瑞峰氏宅新築　二句

冬うらら用水堀へ鵯の声

野火止の水なめらかや石蕗の花

唐辛子したたかに干す山畠

葛の花（昭和六十二年）

初夢の鳥羽絵の兎跳ねてをり

筑波嶺の大谷小谷初霞

いわきにて　二句

寒日和みな撥ねてゐる梨の枝

寒の靄まどかに明けし閼伽井嶽

寒念仏まつくらがりの蜑の路地

猪鍋の看板の立つ葱畠

釣宿にまだ置炬燵榛の花

接木藁垂らして父の昼寝かな

草木瓜や磧の径に焚火あと

海苔粗朶に大濤しばしあがりけり

酒蔵の壁の白さよ茎立菜

春隣窯つくろひの土運ぶ

初蝶や隙間だらけの甕の垣

つくづくし河原の砂をかぶりをり

文机に洗濯挟み春の雪

せきれいの声よく透る朝桜

高島筍雄氏の句碑除幕

いま生れし句碑に添ひたる花の片

木蓮や標吊す加賀の寺

磯宮に橙の花よく匂ふ

畦塗るやけふ高浪の日本海

葛飾　四句

初蝶の黄の眩しさよ水の上

引く鴨の羽音芦間に消えにけり

行く春や草の団子の竹の皮

土筆野に焚火してゐる渡し守

春の風邪鴉の声の憂かりけり

春の風邪妻に強ひらる人蔘酒

いくたびも押しやる浮巣戻りくる

三春在東堂山に田善の絵馬あり　四句

絵馬の寺昼の蛍のたもとほる

夏蝶の舞ひ込んできし絵馬の寺

朝靄の消えゆく寺の遅桜

方丈にせせらぐ音や青《あお》鵐《しとど》

塩屋崎燈台　三句

落し文岬をしめる鵯の声

燈台に明るき日照雨竹煮草

燈台に霧うすうすと天道虫

磯鴨のさへづり崎の切《きり》崖《ぎし》に

雉子の声聞くがうれしと草刈女

芭蕉葉に風の音あり蚊遣香

川宿の似たる家並や鴨涼し

高尾山にて坊泊り　二句

朝涼し杉真直にまつすぐに

鉾杉に桑鳲《いかる》の声や土用東風

水郷・香取神宮

萍や水より明けし利根郡

湖風に咲く椎の香や宮の杜

津軽より北海道へ　十一句

佞武多笛ひびく津軽の夕日どき

義経堂虎杖の花なだれ咲く

凌霄花太宰の家の深き井戸

いちじくや磯の番屋の潮見表

雨がちの津軽の海や葛の花

獅子独活に海霧こめてゐる襟裳岬

親子馬遊ぶ日高の青山河

ひよどり草アイヌの滝は海に落つ

厚岸草馬柵の中ゆく日高線

月見草潮汲み馬車の大轍

十勝川
鮭のぼる川しろじろと明けにけり

山形・花笠踊
山の蛾の花笠につく踊かな
ふるさとの地梨がどかと雨の朝
丹波栗独楽廻すごと焼きにけり

松山へ　二句
子規の碑に伊予柑一つ冬安居
小春日や大城垣の松の影
露けしや鞍馬の寺の庭香炉
渡りきし白鳥声を競ひをり
刺繡糸妻の買ひくる石蕗の花

伊豆山にて
走り湯に磯波の音冬椿

避寒宿蛸壺あまたころがれり

笹鳴の桑畑伝ひ札所寺

歯朶刈の御僧声をかけあへり

古書街に肩叩かるる歳の暮

芦の湖に声ひいてゐる寒鴉

恵比須講小旋風の立つ桑畑

あとがき

『寒靄』は『山晴』につづく昭和五十八年から、古稀を迎えた六十二年までの作品を集めたもので、第六句集にあたる。

作品は「春耕」「風」その他に発表したものである。

句集名は郷里にある霊峰閼伽井嶽（赤井岳）の常福寺（真言宗智山派）を参拝したときの句、

寒の靄まどかに明けし閼伽井嶽

から採った。

私は少年時代からこの山を仰ぎながら育ち、いまもこの山に接するのをたのしみに帰郷することしばしばである。

この度も㈱白凰社のお世話になった。厚く御礼申し上げたい。

平成五年三月　立春を明日に控えて

皆川盤水

第七句集

隨《ずい》處《しよ》

『寒靄』拾遺

雪女郎厩の馬も見てゐたり

桑畑に雀の声や初竈

こけし師の声掛けてゐる燕の子

かまど猫胴ぶるひして出て来る

霜日和柚子山の柚子光りだす

三浦三崎

石蕗の花白秋の碑に磯の雨

高幡不動尊

墓守の土間の葱束匂ひけり

寒の池ふかく沈める塔の影

枇杷の花銭湯へ行く母の影

やませ風馬に涙のにじみをり

いわき閼伽井嶽、上野頼栄大和上

涼風は七浜よりぞ法話の座

八戸

蕪島に鷹の羽音や春の暮

雄鶏を放せばつつつく旱畑

暮れそめて蘇鉄に音や避寒宿

日の出前鶏舎にあつまる寒雀

雪吊の縄絞る声ひびきけり

鮪《まぐろ》宿《やど》（昭和六十三年）

落穂田を大きいたちや羽黒径

松山城にて

鵯の声城目ざすごと小六月

尉鶲ちらと見えたる桑畑

羊歯刈の声の聞える寺の山

凍蝶や突き放したる貨車の音

揚げ舟にせきれいの声小春凪

ときをりは大波見ゆる鮪宿

桑畑に鶲の声の淑気かな

初鶏の声のまどかや札所道

伊豆山神社　四句

走り湯に磯波の音紅椿

伊豆山に鳶の高笛春隣
春禽や伊豆権現の海眩し
梅咲くや伊豆権現の海たひら
春隣蓮田に残る歩み坂
追儺会や夕映えてをり銀杏の木
まんさくや尾長の声の紙漉き場
花杏煙出しゐる関の家
鴨引きし東京湾の大き闇
母の忌の籾殻の底あたたかし
初蝶や戸を開け放つ蚕の小屋

捨て舟の腹のささくれ榛の花

啓蟄の守宮がつつと小書斎に

逗留の父をもてなす栄螺焼く

春の鮒担ぎて来る佐原人

比良よりの雲下りてゐる春田打

初雲雀湖の香つよき淡海かな

比良八荒すみたる空に鳰の声

湖北路の入江入江を鴨帰る

湖北の宝幢寺

たんぽぽや開け放たれし湖の寺

坊守りの籠ひいて来る春落葉

田の墓のどれも影濃し豆の花

移るともなく移りをり舤の舟

梨の花放ちたる鶏走り出す

谿深き白峯御陵春の鵙

楤の芽やみささぎ径に水の音

楓の芽吹きあげてくる谿の風

奥入瀬の桂月の墓独活匂ふ

鴉の子捨て炭窯に遊びをり

桜鯛息のかぎりに跳ねてをり

桜鯛岩越す浪を見つつ喰ふ

早苗饗に更けし時計の鳴りにけり

沢木欣一句碑建つ

花胡桃句碑へ秩父の音頭かな

玉苗に雨きらきらと羽黒道

初蟬の声の澄みゐる鏡池

花卯木月山の霧こめてをり

出羽三山神社

岩燕合祭殿を高翔くる

緑雨いま法悦として句碑開き

雲上へ月山講や岩ひばり

岩つばめ羽黒の茶屋の竹手摺

黒川能

雨あがる青歯朶径を能太夫

羽黒山南谷

山中に句碑を授かる涼しさよ

最上川　二句

山梔子やすぐ引返す渡し舟

蚋子燻し鼻ついてくる舟着場

柿の花大楕炎やす石工小屋

月山を恍と仰げり柿の花

瑠璃の声燦めくごとし南谷

さくらんぼ霧雨つづく羽黒山

沢音の呂丸の句碑や桐の花

初ひぐらし深くしづもる立石寺

絶妙に色づく雨の鬼灯よ

両神山へ

立ち寄りし札所に夏蚕匂ひけり

青栗や山車倉の扉の大き鍵

民宿に引水走る夏わらび

皿を割る音のひびける夏炉かな

干し梅の鋭き香り札所寺

秩父路や蒟蒻の花雨を呼ぶ

利根川の砕ける浪を鱸舟

道北の旅

牧牛のよき声ほめてメロン食ふ

秋高し島の家並の上を海猫

海猫帰る空と海とに声残し

冷し馬よごれたる尾をはづまする

掛稲をくぐりて来る馬喰かな

下総　二句

芋嵐利根の渡しをわたりけり

大利根の一雨ごとの芦の秋

男買ふ茎の紅濃き新生姜

流木のくすぶる焚火下り鮎

残る虫太き丸太の牧場の扉

海猫帰る宙に礁の波しぶき

潮来

芦の花颪に押されて渡舟出る

渡舟場に忘れてきたる秋扇

秋の蛇利根の古江の渡し場に
色鳥や塩の店ある峠口
海苔篊を挿しつつ舟の傾ぎけり

遠野晩秋 四句

鶸の群紙漉小屋の裏山に
大いなる厩の梁や残る虫
曲り家の大石垣に秋の蛇
柚餅子食む遠野のおしら様を見て
風邪の妻レモン搾りて匂はせる
草の花啄木の碑に川の音
鵙の声かはたれどきの桑畑に

枯葎山と捨てある蚕屋莚

木綿注連《ゆうしめ》（昭和六十四年・平成元年）

秩父

初御空花火のあがる機の町

初荷船かもめ翔たせて着きにけり

渡し守女礼者に愛想よし

海蘊《もずく》売袖を濡らして火をかこむ

舸子《かこ》衆の船の修理や石蕗の花

まだ赤き柿の落葉が炭斗に

高幡不動尊

翔けめぐる寺の尾長や初時雨

鴨鍋や吹きつけてくる芦の風
鴨鍋のあと旧道を戻りけり
大年のかまどに立てし葱の束
燈台に御空のひかり初鴉
竜の玉燈台官舎鉄の門
日向ぼこ恥ぢらひてゐる少女かな
夕闇に葱を抜きゐる母の声
大楠に日のふかぶかと義士祭
紅差せる葡萄の冬芽良寛忌
札納めしてゐる海女に鳶の笛

榾ぼこり山風に飛ぶ達磨市

正月の桑畑駈ける秩父の子

酒臭き寒鮒売りが土間濡らす

手をひろげ鶏追ふ杣や梅の花

いわき行　二句

千鳥啼く砂に埋れし蜑の垣

鮟鱇鍋いわきの海の真暗がり

すが漏りのこけし屋に酒匂ひけり

白魚舟暁けの星空戻りけり

雪風にひよどりの声義仲忌

雨三日晴れて俄かに牡丹の芽

捨て猫の棲みつく気配木瓜の花
踏青やリュックに入れし風邪薬
春の暮寺のどこかに鶏の声
鱈羅つて一段落の夕焚火
末黒野の鴉を翔たす疾風かな
鶸の群声こまやかや彼岸晴
蛸壺に仔猫鳴きゐる涅槃西風
いつしかに近よりて来し春の鴨
佐渡・妙宣寺
春落葉大き伽藍の庭香炉
本間家
春の田や鶫の声の能舞台

深谿の蓮華峰寺道杉の花

桜餅三つ食ひ無頼めきにけり

雨の中羽搏ちはげしき帰る鴨

江の島にて

磯遊び広重描く富士仰ぐ

栄螺舟外海に出て波のまま

雨すぐに湛ふ外甕濃山吹

鶫の子の巣立ちの声や山桜

水張つて耀ふ山田へびいちご

花蜜柑湯町つらぬく川の音

葉桜をゆさぶる雷の二度三度

玉苗の車餅屋に来て停る

山桜雲のかがやく出羽の国

杣人の腰の大鉈竹煮草

鴉の子とびたる枝へ戻りけり

馬柵うちのポプラの林閑古鳥

山形県置賜の里へ

戻り鴫光を放つ最上川

亀岡・文殊堂　二句

雪加鳴く杉の青さの御仏に

駒鳥の声天鼓のごとし文殊堂

伊豆新島行　四句

でで虫や天宥の墓供花溢る

出羽三山中興の祖天宥別当の墓に参拝

昼顔や砂に滲みゆく通り雨

梅雨茸彩をつくせる流人墓地
時化あとの流人の墓地の夏落葉
瓜小屋を燈台の灯の照しけり
泰山木讃へて雨の伊豆泊り
蝙蝠や灯ともして着く川蒸汽
代田馬憩へるときも荒き息
立葵蜑の部落の金気井戸
焼酎や父の胡坐のなつかしき
鰺鮨を提げて天城嶺目ざしけり
青芭蕉仏壇大き島の家

露草や舟板塀の釘の錆

滴りの音こまごまと南谷

山椒魚月の山より雨の音

羽黒山涼し木綿しめかけてより

湯けむりの軒こめてゐる鴨足草

泳ぎ子の縁に飯食ふ日照草

辣韮の花あはあはと那須に雲

無花果の艶なまめかし石工小屋

なかなまど濡れて置かるる講の杖

檀の実瑞《みず》牆《がき》山《やま》の巌の襞

奥尻島へ　二句

玫瑰やぼろぼろの島の鳶

烏賊舟にまぎれてゐたる黄鶺鴒

菱の実や雀の遊ぶ五稜郭

無花果の葉に風の音地蔵盆

出羽三山へ

宿坊に干しある胡桃艶めきぬ

月山渓はるかはるかも紅葉せり

普陀落の紅葉に顔の染りけり

雁鳴くや鳥海山に細き月

花芒夜も開けてある舟番屋

赤とんぼ函館山の海の紺

櫨紅葉天狗の面の色のごと

色鳥や杖と草鞋の講の宿

杜鵑草講宿炉火を熾んにす

立て干しの刈萱ならぶ羽黒径

倒木に草鞋捨てありななかまど

まつさきに自然薯の蔓枯れはじむ

冬蝗翅のみどりを残しをり

三浦三崎　三句

臘月の鳶啼き合へる岬寺

小走りに掛取の来る船溜り

網干してある船具屋に芽水仙

桜南風《さくらまじ》　(平成二年)

ななかまど釘付け済みし行者小屋

桑畑に炭挽いてゐる湯治客

芋茎剝く音のしてゐる峡日和

芦刈りしあとのまぶしき利根磧

波郷忌の泉に夕日きらめけり

舟宿の上を隼三崎港

鰭酒のすぐ効きてきておそろしや

初秩父扇ひろげしごとき空

百合鷗潮かがやけば低く飛ぶ

朝市の菜についてきし冬蝗

餅搗きのかがやいてゐる父の顔

燈台に飛雪の音や団子花

寒鮒釣子供の声の聞えけり

寒の鯉門前市に飛沫あぐ

白鳥の声燦々と揃ひけり

母の文余白が多し薺粥

大楠に風鳴りやまぬ節分会

崖の梅登山電車の軋む音

貝売りの踏み割つてくる春氷
寒鮒釣一人二人と畦を来る
嫁ヶ君こけしばたばた倒しけり
漬けこみし菜の飴色や小正月
にはとりの声よき方へ梅探る
早梅に相搏つ風の母の忌よ
よくころぶ霜焼の子を叱りけり
成木責蔵王嶺の風がうがうと
春隣窯つくろひの土匂ふ
翁草茂吉の寺に牛の声

檜葉垣の刈りあと匂ふ睦月かな

桑の枝にひたきの声や春隣

鉈あてる父の声待つ成木責

冬雲雀引込線が磧まで

八戸へ　五句

えぶり衆来て雪の道かがやかす

雪に舞ふえんぶり衣裳艶めきぬ

えぶり衆雪の匂ひをひきずれり

えんぶりの農夫口紅つけて来る

草萌や紙漉く家の火伏札

恋の猫文知摺石に鈴鳴らす

ふたたびの日照雨を蟇のよぎりけり
筑波嶺のふところ深く柳絮とぶ

奥津軽行　四句

岩礁に海猫の翔び交ふ遅日かな
竜飛岬風が雲捲く花の冷
海猫にまじる鴉の声や春時雨
土筆萌ゆ寺に来てゐる魚売女
大川を遡く船の音桜餅
和布刈海女ときどき雪を払ひけり
籾を沈めゐたる農夫や花しどみ
仔馬見に酒を一本提げてゆく

踏青や酒の匂ひの講の衆
春鰯いわき訛で糶られをり
蕪島
海猫渡る島の夕暮は雪と風
春の鷹翔つとき光り散らしけり
松風のなかに聞きとむ蟇の声
川澄祐勝氏、高幡不動尊貫主に就任
紫陽花の太き芽いまや出でにけり
母の手をひきて見せたる萩根分
春の鴨しづかにおのが影移す
桜南風猿蓑塚に雨こぼす
いわきの海暗く波立つ雛納

津軽・弘前へ　五句

満面にふくらんできし朝桜

花筏古城の影を埋めつくす

花守に大風鳴りぬ城の夜

黄水仙竜飛岬の宿の縄梯子

花りんご堰に漬けある釜と鍋

寝過して瞼重たし棕櫚の花

羽黒山　五句

青羽黒杉の秀に霧湧きやすし

百千鳥雨後の艶めく杉襖

杉籟に雉子の一と声鏡池

羽黒山三光院に句碑建つ

花水木生《うま》れし句碑の上にかな

直会の羽黒ぶりなる橡の餅

酒田祭　三句

雪渓を真上の酒田祭かな

北前太鼓水木の花の降るなかに

鳥海山の雲の下り来し祭かな

塩原へ　五句

晩夏光蘇鉄の影のゆるぎなし

鮎宿に胡桃の風のひとしきり

急潭の吊橋揺れる鮎の宿

厩あとまぎれず蛇のゐたりけり

黄萱咲く旧街道の厩あと

矢のごとき背山の滝や妙雲寺

湯の神の磴に大蟻沙羅の花

湯の神は沙羅の花の香まとひをり

山開き禰宜ひた濡れて着きにけり

弘前ねぷた祭　三句

篝火に出番待ちゐるねぷた衆

菅笠のねぷたの娘より青林檎

ねぷたの娘骨身けづりて太鼓打つ

下北半島　六句

烏賊船の影曳きて出る大西日

朝凪や烏賊船戻る海猫のなか

昆布舟浮き沈みして戻りけり

昆布舟丸太噛ませて揚げらるる

ざくざくと石踏んで海女昆布干す

往生や蟬声絶えぬ恐山

八朔の穂田をほめ合ふ羽黒人

落し水修験寺より護摩太鼓

注連寺の森敦碑

青胡桃月山の碑の太き文字

野葡萄の色つくしたる注連寺

父の忌のとのさまばつた縁に来し

利根の波鰡打ち上げし野分かな

遠野　六句

遠野人燈を低くして茸売る

野葡萄や雨を溜めたる馬の神

一位の実遠野の朝の霧の雨

雁の声雨夜の空の遠野路に

遠野路の青き稲架竹小六月

早池峰の夕影の濃き稲車

穴惑錆びし錠浮く城櫓

秋の蝶日当れば黄を濃くしたり

秋の蝶封人の家の籾筵

颪垣を翔ちし鷗の光かな

颪垣のくくり縄嚙む放ち鶏

歳晩や海女かかへ来る榁束

尾白鷲《おじろわし》　（平成三年）

鶺鴒の桑畑走る初秩父

桑畑に据ゑられてある初竈

初漁やどんどん燃やす汐木榾

三崎・本瑞寺

残る虫たかしの墓に潮の音

ちらちらと白秋の碑に千鳥啼く

札納め風の蘇鉄の波のごと

鳶の声たぶ山を背の鮪宿

白石市

どの道も蔵王嶺見ゆる柿すだれ

獅子舞の笛の吹かるる桑畑

寒鴉雲を見てゐてゐずなりぬ

堂守りの声の大きや藪柑子

雪蛍線香持てば匂ひ立つ

群羊の動きそめたる初景色

佐渡目ざす船の太笛時雨れけり

荒波の佐渡への航や玉霰

宿根木

降る雪や千石船の廓あと

ゆさゆさと海女曳いて来しどんど竹

囲ひ葱抜きたる穴へ土間明り

叱られておづおづと来し恋の猫

寒鴉嘴ふりむけて争へり

年の瀬の鶏毟りゐる炭坑夫

棒鱈の積まれてありぬ梅の茶屋

桑畑の蚕神の祠春めける

伊豆山行　三句

走り湯の音なまなまし桜の芽

伊豆山の裾の走り湯黄水仙

鶯啼くや海をま下の椨の森

真鶴岬の潮騒榛の花ざかり

土堤焼く火ちらついてゐる那須路かな

桑解きし縄そここに札所道

網走　五句

網走の流氷に目をひらきけり
氷上に濃き影おとす尾白鷲
雪掻いてあり白鳥の番屋前
白鳥の声大雪をもたらしぬ
大垂氷牙のごとしや旧獄舎
帰る鴨ぐんぐん迅さましにけり
猫の子がはや身構へるしぐさせり
初桜貨車つなぐ音轟きぬ
にはとりを追ふ学僧や黄水仙

初桜犬の掘りたる土匂ふ

文机にしばらく置きし桜餅

満開の花に近づきつつまれる

立石寺　三句

ぬかるみに茶屋の床几や初桜

隠れなき翁の像へ初蝶来

立石寺風にむらだつ桜の芽

筍飯月山隠す朝の靄

外井戸に髪洗ふ海女豆の花

初鰹大きな父の掌を思ふ

蔵王嶺につらなる雪や種選

蕗の薹板谷峠の水の音

睡蓮の蕾巻葉に見え隠る

棕櫚の花夕べしたしき船の笛

照りそめていよいよ樟の青葉の香

講宿の古りたる鏡つばくらめ

駒鳥啼くや雲の湧きつぐ月山に

玉巻く葛はやもあひうつ最上川

岩魚釣り脛に大傷つけ戻る

月山のうすうすうす見ゆる早苗籠

黐の花母の使ひし漬菜石

枝豆や音立ててきし宵の雨

瓜小屋に転がる薬缶きつね雨

五浦　二句

松ヶ枝や天心の碑に夏の蝶

磯の香の六角堂や花とべら

白桃の浮き立つごとし水の中

畦の幣揺らす鴉や土用入

新芋を掘る手に夕日照り返す

石狩川真昼まぶしき花なんばん

流木に坐し沖を見る夏の果

朝の鶏ざわめいてゐる野分晴

玫瑰の実にしろがねの波の音

震災忌蜂の古巣に真昼の陽

螻蛄鳴くや経木の匂ふ寺の縁

金網に鶏の抜け毛や秋彼岸

花糸瓜置薬屋の重たき荷

鯊舟に没り日の富士を見て戻る

雁の声まだ雨空に残りをり

いくたびも声を落せる雁の列

木犀の散りゐる地震の朝の庭

爽やかや出《いで》羽《は》の神の大太鼓

月山の岩原三里霧の渦
月山の翁の径を鶸のむれ
檀の実夕月ほのと翁径
田舟にも刈上げ餅を供へけり
蟷螂のとびつきざまに枯れてをり
羽黒路に鴉の羽音初しぐれ
小六月鴉降り来し南谷
日高路や海霧のなかより仔連れ馬

厩出《うまやだ》し　（平成四年）

初霜やむらさきがちの佐久の鯉

寒禽の声鯉の田に弾けたり

尉びたき啼き移りゐる山泉

雪吊のたそがれてきて緊りけり

仏間まで落葉焚く香のとどきけり

金沢　二句

城垣も百万石の時雨かな

城垣に触れさわだてる朴落葉

波郷忌の蕎麦屋混み合ふ深大寺

盆梅や力充ちゐる茂吉の書

初凧の弾むや富士の消ゆるまで

初氷畦にでて来し番ひ雉子

初松籟渚の鴉翔たせけり

注連作る藁より蜂のとび出しぬ

藁塚を崩せば湯気や農始

奥多摩の檜山杉山初鴉

葱畑に人現れてすぐ去りぬ

鶏捲る男入りゆく枯葎

羽黒山冬の峰入り　七句

笹子鳴く松例祭の講の宿

真夜中の松例祭に飛雪舞ふ

雪しまき松例祭の火を攫ふ

山伏の大炉に榾をくべる声

松例祭雪の杉より夜明けたり

三光院主粕谷忠夫氏

雪しまき身のうちにして寝まりけり

松例祭雪に明けたる祝ひ膳

寒鯉の水輪しづかに深きより

かたまつて飛沫あげたり春の鯉

桑畑にばらついてゐる恋の猫

梅の香を身ほとりにして母来る

フジテレビの朝の番組に出て
あけぼのや湯島の梅のよく匂ふ

忘年会一番といふ靴の札

歳晩の漁夫青篭かつぎ来る

初蝶や打ち合つてゐる繋ぎ舟

櫂の音のよくひびきくる猫柳

こけし屋に女の声や黄水仙

浮氷出入り艀を海猫が追ふ

厩出しの夕べは冷ゆる那須の風

あとがき

『随處』は前集『寒靄』の拾遺と昭和六十三年から平成四年にいたる作品のなかから選んだ。

私は今年十月満七十六歳となり喜寿を迎えた。昔から人生五十年といわれてきたが、もう二十七年長生きしたことになる。

俳句は少年時代、兄二樓（鹿笛）に教えられたが、真剣に学びはじめたのは、昭和二十年八月のあの暑い日照《ひでり》の敗戦をラオスの山中に迎え、翌年の夏漸く帰還してからである。私は生来どちらかというと病弱で胸を患うことしばしばであったが、命ながらえて今日に至ったのは、自己の努力と周囲の援助、それに神仏の加護によるものだと思う。

「日々を楽しむ」という言葉があるが、私にとって日々を楽しむということは自然に親しむということで、自己への反省を促し自己を養ってくれるのは自然だということである。

句集名は唐の詩人、孟浩然の「歳除夜会楽城張少府宅」詩の〈客行隨處楽、不見度年年〉によった。晩年を迎えて私は、いよいよ處に隨うことによって、明鏡止水、今日の時を最高と考えて、更に研鑽をつづけてゆきたい。
句集を上梓するに当って角川歴彦社長、佐野正利専務、秋山みのる氏などの御厚意に感謝申し上げると共に、編集に当られた大林克巳氏に心からお礼を申し上げる次第である。

平成六年十月の誕生日

皆川盤水

第八句集

曉《ぎょう》　紅《こう》

平成四年『隨處』以後拾遺

橇組みのやうやく終り鈴鳴らす

歳晩の漁夫竹箒かつぎ来る

掃き納め浅草に雪降り出しぬ

獅子舞が富士を見てゐて跳躍す

秩父十一番札所　常楽寺

杉谷へ線香煙り元三忌

雪吊りの雫の音や春近し

鶏掩る男が藪へ四温の日

羽黒山

雪しまき松例祭の篝火に

寒禽や鏡のごとき鏡池
深雪晴羽黒の坊の鶫こだま
春の鯉大き飛沫を立てにけり
寒鴉暮の扉閉ざす札所寺
えんぶりの農夫胼の手くらべをり
李咲く厩の前の馬地蔵
軒先に吊す田舟や冬菫
母屋より納屋へ移りし恋の猫
黄水仙岬の宿の縄梯子
花杏田舟の櫂の水しぶき

晴れつづく枯桑畑に雉子の声
桜まじ沖空かけて船の笛
雛の日鋤きし匂ひの寺の畑
高幡不動にて
彼岸会や声よく澄める朝鴉
初桜味噌倉の扉を開ける音
二輪草良寛堂に海ひらけ
彼岸会の青空佐渡ヶ島の上
田打女を掠めし羽音島の鳶
杉籟に揺らめく蝌蚪の紐あまた
花の種買ひ来し父に夜の雨

朝雀容れて揺れゐる初桜

春の鯉影を濃くして揃ひけり

甲斐一宮にて

桃の花満開人の後に蹤く

花蘇枋大きく明けし寺障子

玉解く芭蕉雨に音立てはじめけり

玉解きし芭蕉に昼の鶏の鬨

胸分けるごとくに芭蕉玉を解く

鯉の影底を離れぬ花の冷

雪間草溢るる音の最上川

花胡桃峠の口の厩宿

俳人高島茂氏

青饅や「ボルガ」に午後の馴染客

枇杷の種くろぐろと吐き喜寿近し

ゆうゆうと青大将が庫裡よぎる

風出でて夜振の火の粉飛びはじむ

さり気なく毛虫焼きしと妻に告ぐ

田植寒父がよろばひ炉火去らず

秋田へ　二句

母屋より釘打つ音や青簾

満目にひろごる植田雄物川

菅江真澄の墓に詣でて

えごの花真澄の墓に匂ひけり

初蛍見に行く妻の洗ひ髪

たいくつな鮒釣り人に蛇よぎる
白檀の扇子の孔雀羽ひろぐ
筑波嶺の風のきらめく蓮の花
夜濯ぎや外寝の猫を妻叱る
泥鰌屋の汗ばんでゐる下足札

足柄・長泉院　三句

夏安居ごぼりと鯉の浮ぶ音
滴りの音一念と聴きゐたり
卒塔婆になまめき吹かる蛇の衣

青森　六句

がまずみの並木の上を大佞武多
佞武多いま津軽をとめに月の翳

佞武多囃子潮騒のごと前うしろ

夜更けて腹へ佞武多の大太鼓

海峡に風の音する佞武多祭

汗の掌に佞武多の鈴を二つ三つ

函館を訪ふべく仰ぐ秋つばめ

サッポロビール園

新涼やポプラの風のビール園

俳人協会の訪中団に加わりて、北京・杭州・蘇州・上海

長城は天馬のごとし青胡桃

長城の道るいるいと草いきれ

長城の青き胡桃を風が揉む

栗の花荷を曳く驢馬に声かける

驢馬の荷に犇と西瓜が積まれをり

北京青空天秤棒の西瓜売

天壇の空縦横に夏つばめ

蘇東坡の長堤上を夏つばめ

杭州

咲き盛る泰山木に湖明り

かんばせに西湖の梅雨や亀のこゑ

睡蓮や船路をかこむ雲尽きず

夏つばめ水切つて飛ぶ西湖かな

深濁る蘇州の運河の藻刈舟

舟に飼ふ鶏瞑れりリラ曇り

日盛に着きし田鰻跳びてをり

田鰻の匂ひ満ちゐる夕薄暑

上海

碼頭どこも隈どる鮃雲の峰

鬼やんま窯出しの壺影の濃し

鉦叩き頭上に男酔ひてをり

昏れてきし花野にいつかきつね雨

縁先に母の針箱秋の蟬

菱採女霧のなかにて受けごたへ

芦刈女いつしか夕日負ひてをり

ほつほつとほのかな櫨の薄紅葉

山刀伐峠にて　二句

木の実落つ音に振りむく峠越え

山刀伐峠木の実落つ音十重二十重

父の忌のふるまひ酒の秋鰹

蛇穴に入るときはらり砂こぼす

捨舟の近くにどつと芦焼く火

蜑ヶ家の縄垣したる菊畠

波郷忌の青空鶇の声しきり

帰郷

那珂川をはさんで鴉柿の秋

枯蓮田長き停車の貨車映す

蓮《はちす》田《だ》に逆毛吹かるる浮寝鳥

勿来の関

関址に海よく見ゆる冬蝗

炊きあがる朝飯匂ふ寒雀

道しるべ多き飛鳥路照紅葉

茶簞笥に置きある母の風邪薬

平成五年

酉の市酔ひては仰ぐ星の綺羅

山梨県竜王町瑞良寺　三句

鶫ゐて野寺いよいよ枯深し

古寺に桶干してある枇杷の花

枯山の上の裏富士昼の月

南足柄にて　二句

蜜柑山日向・日陰といふ部落

雉啼いて色盛りあがる蜜柑山

ゆつくりと雨のたまりを穴惑ひ

破芭蕉風邪の薬を持ち歩く

焚くほどによく枯菊の匂ひ立つ

一陣の海風の音鮟鱇鍋

初鶏の声が親しや桑畑に

初秩父空のひろさの三ヶ日

桑畑に日の温みあり織始め

村へ来て塩鮭売りが旗立てる

三浦三崎

鮪挽く音すさまじき年の市

千鳥啼く磯の祠の藪のなか

鮪船つなぐ帆綱の太きかな

夕潮の音のはげしき鮪宿

嫁ヶ君梁縦横の船宿に

手渡しに甘酒貰ふ初句会

おとうとの病むを訪ふ日の冬帽子

ほどほどに酔ひし万歳桑畑来

高幡不動尊にて

藪柑子心ゆくまで仏見る

寒鮒釣り肩を下げつつ戻り来る

焼け石のところどころの寒釣場

寒明けの鶲の声にたのしけれ

またあがる畦の焚火や節分会

冬雲雀田神の祠より翔ちぬ

初蝶や竹藪に凍てゆるぶ音

艶話炉端更けきて物足らず

朝の茶をしぼりたらせり二月尽

芝焼きし匂ひ夜更けの書斎まで

空也忌のいつか殖えゐる星の数

風強し那須の末黒野匂ひ立つ

筑波路の田芹さはなる香を立てり

雛の日身近に鳩の降りて来し

和布刈海女夕潮さして声とばす

春の田に降りし鴉の足掻きゐる

閼伽井嶽・上野頼栄猊下

黄梅や墨の香の濃き猊下の書

母五十年忌にてふるさとへ

母の忌の磐城は春の時雨空

越後路へ　六句

雪解田に鳶ふえてきし越後かな

弥彦嶺の雲のなかなる春の禽

巣鴉の枝のちらばる国上寺

営巣の鴉ふはりと石仏へ

粗あらし鴉の巣より枯れし枝
営巣の鴉時をり声を出す
鶏合せ水車小屋にてはじまれり
負け鶏の抱かれて戻る宵の雨
牛乳買ひの車来てゐる冬菫
夜桜に風もやすらぎ深酒す
真菰の芽沼にまだ立つ波頭
車組み終へたる父に暮色急
牧に牛放てばすぐに餌場に寄る
蔵王路に俄雪あり御忌の鐘

屋根替や夕べの雨に雪まじる

菊の苗こまごま分ける父の声

鳶尾草やかまどよく燃ゆ講の宿

天衣無縫に一番風呂の菖蒲の湯

初鰹耀の氷片とばしけり

富士隠す霧のなかより時鳥

羽黒

桐の花鶏放し飼ふ坊の村

梅雨晴間茶畑に蝶かくれけり

『奥の細道』芭蕉最上川下りの地

古口にのびし葛の葉蜥蜴の子

川音をのせくる風や蛍籠

杭州　三句

睡蓮の密を覗きて航涼し

松の蕊湖園に古塔の影およぶ

水平に湖の明るし合歓の花

ががんぼや厨じまひの水の音

念珠関

潮の音聞ゆる関に山椒喰

額の花湯街の裏に貸家札

雉鳩のこもり音うつと椎の花

福島県伊達郡桑折町

父生れし桑折の蛍を見て戻る

烏賊船の汚れ電球大南風

小名木川・伊せ喜

泥鰌鍋夕映えの川まぶしみて

神官の言ひなりの馬山開

高幡不動尊川澄祐勝貫主
定家かづら五重塔へ伴はる

足柄峠
早桃はや紅走りゐる関所址

故吹抜魚洞氏
紫陽花の雨を聞きつつ逝かれしか

誘蛾燈うしろの闇に大蔵王

洗ひたる新藷の紅溶けるごと

手花火の終り眠気の嬰を抱く

松蟬の声の揃ひし羽黒山

松蟬の鳴きたつ杉の鏡池

かたはらに夜更の稿や冷し酒

渡良瀬の雨また強し鯰鍋
ひそみ音の雉鳩紫蘇を摘む妻に
高幡不動尊にて　二句
夕焼の刻得て真紅寺の塔
夏蝶や仁王の門の太き注連
水甕に浮雲映る震災忌
雁渡し昼を灯せる牧の小屋
虫時雨ことのほかなる南谷
茸飯月の山より夜の雨
秋草や翁の句碑の南谷
秋の風杉より杉へ羽黒山

馬追や闇漆黒の羽黒山

杉の秀の空は青空厄日過ぐ

男郎花みそぎの滝の木洩れ日に

鶴岡・金峰山

桔梗や行者の宿に水の音

人声のつぶさに聞ゆ秋の山

梟や門かたき行者宿

もつてのほか夜の宴の出羽訛

「もってのほか」は菊の方言

月読の神仰ぐとき秋霞

葦舟に大利根の波光りゐる

雨仕度して浅草の泥鰌屋へ

旅に買ふぐい呑みの艶新走り

小山田に星出てやみぬ威し銃

講衆の手渡ししてる榠樝の実

団栗や風の山刀伐峠越ゆ

色鳥や虫枯れしたる青菜畑

伊香保へ

紅葉坂つまあがりして湯治客

小山田の水に沈める栗の毬

榛名湖の時雨となりぬ馬の貌

柚子山や報恩講の晴れし空

平成六年

一日と持たぬ山晴大根引く
しばらくは羽黒への径稲架がくれ
秋鰹料るに妻のてこずれり
継ぎたしの縄ほどけゐる鳴子かな
新走り鼻撫でて酌む男かな
筑波晴菰舟に日のふりそそぐ
真菰刈り女が渡し舟を呼ぶ
刈りこみし大菰束に冬蝗

豆腐屋に寄つて帰りぬ菰刈女

朝に見し枯蟷螂のもう見えず

冬至晴水皺立てて鯉沈む

耀果ての軍手干しある鮪宿

舞ふ鳶の障子に影や鮪宿

待つほどに初鶏の声揃ひたり

初秩父雉子一と声の桑畑

初鴉秩父の山に散らばれり

寝積むや柚子の一つを文机に

吉書揚げ雪風となる蔵王山

軍鶏抱きて水夫《かこ》の来てゐる鮪宿

小豆粥杣大靴を履いて来し

残雪や厩の軒にきらきらと

初午へ髭剃つて来し木樵かな

厚生年金教室にて

立春と黒板に書く老教師

豆撒きの終りて消ゆる艀の灯

まんさくの花講宿の夕煙

まろやかな声をはじめの恋の猫

雪原へ鴉真直ぐに茂吉の忌

鰐吹雪眼をしばたきて橇の馬

渡し場に捨て籔ころがる帰り花

沖縄にて　五句

闘鶏に島の女ら肩いからす

闘鶏の哀れ尽せし羽の散る

負け鶏をわづらはしきと男抱く

しかとしたふぐり若鶏持ちはじむ

軍鶏小舎の昼の閑けさ花蘇枋

いわき市の古刹閼伽井嶽

初雲雀声をやはらげ降りて来し

たんぽぽや海を脚下の常福寺

いわき市に競走馬の保養所あり

花山茱萸うるし光りの湯治馬

花通草駆けだす構へ湯治馬

鈴鳴きの頰白の声朝桜
花吹雪倦かず鳴きゐる夕鴉
帰る鴨幾群となくつづきけり
妻入院
病棟の廊に思はぬ花の片
春時雨雉子の鋭声のまぎれなし
雛壇にきぎすの声や講の宿
金鳳華牛鳴きつづく札所道
頰白や千年杉の羽黒山
寺の鶏雪崩の音にかたまれり
一閃に影のさばしる柳鮠

日の没りの落花浴びをり代田牛

再びいわき市にて　三句

病む馬の湯浴みの試歩や榛の花

緋の木瓜を病みゐる馬がまぶしめり

大皿に干鱈山盛り牧夫の餉

柿若葉板谷峠に貨車の音

羽黒路やかがよひてゐる田搔波

山田植ゑ終りて幣に風の音

月山や上溝桜雪のごと

「上溝桜」は桜の一種、出羽三山に多し

湯田川温泉

湯田川や筍祭のあとは雨

庫裡の戸に雀の声や花樗

作務僧のふどしの見ゆる早苗籠
芝桜作務僧濯ぐ音荒し
軍鶏の雛動きづめなり青嵐
通し鴨いつしか場所を変へてをり
農夫の掌いつも濡れゐる茄子の花
湯浴みして早苗饗の衆あつまれり
やませ吹く薪積んである厩あと
昼顔や砥石浸けある寺の畑
簗番が高嶺の星を褒めあへる
岩魚酒こぼさぬやうに飲みにけり

北海道・日高へ　四句

廃船の胴に干しある流れ昆布

あかつきの潮美しや流れ昆布

流れ昆布拾ふ渚に日高の嶺

夕萱や牧場を雲がまた濡らす

瓜畑に夜更けの客の値切る声

ががんぼやだらだら農の無尽講

草市の荷の鬼灯の赤きかな

野馬追　二句

もてなしの大き西瓜のお野馬宿

野馬追の武者に祝儀をつつむ婆

寺道を泥長靴の泥鰌売

茗荷の子寸を揃へて採つて来し
蟻螻やサーカス小屋の馬の尿
夜の雨にしたたり貌なる蟇
鯊船のあたりしきりに照る鷗

みちのく　六句

盆唄に喉やぶれしといふ女
馬小屋に鶏の卵や山瀬風
翁道魚売り来る山瀬風

白河

豊熟の稲田や関の翁道

鬼首温泉　二句

夏水仙間歇泉に揺れやまず
みちのくの噴湯を高く帰燕かな

厄日過ぎ朝より小豆飯匂ふ

秋彼岸雨の雀の佳き声す

朝顔や庭石売りの大き声

護国寺にて

曼珠沙華大山門の雨雫

爽けしや少女来てゐる野草展

喜寿を迎えた誕生日に

喜寿の身に鬱の日はなし菊膾

声出して井戸汲む海女や花茗荷

脱ぎ捨てしものの風呂敷に草相撲

浮塵子とぶ田を鯉下げて佐原人

無花果や下駄に喰ひ込む川の石

蛇穴へひそけき音を立てにけり
蓮の葉の裏泳ぎきし秋の蛇
鰡跳ねて音のひろごる秋の暮
落鯊を釣る舟の水尾あらあらし
新宿の空をきらきら雁の棹
はなやかにまたあはれなり雁の棹
落鯊や東京湾に雲多し
ひたひたと夕潮匂ふ鯊の竿
船宿の切貼り障子都鳥
満ち潮の護岸越えゐる秋の蝶

残る虫納戸に猫の睡りゐる

末枯れの寺に散らばる鶏の声

平成七年

冬蝶のふるはせる翅まならず

禰宜の家の白妙の餅十日夜

声高の老婆見てゐる鼬罠

泥鰌掘りこぼしてをりぬ茶碗酒

菊人形一身に虻受けてをり

蓮根掘り汽車の煙に噎せてをり

夜に入りてまことまどかな鴨の陣
でこぼこの南瓜ごろりと一茶の忌
竹瓮舟田煙浴びて出てゆけり
配り餅鮪船にもとどきけり
三浦三崎・本瑞寺
歳晩や煤掃きすみし岬寺
風吹けば流るるごとし冬桜
避寒宿風矢おもての大蘇鉄
杉山の杉を付けきし獅子頭
桑畑で存分に聞く獅子の笛
艀から艀へ跳んで獅子頭

初鶏の蹴合ひそめしはいさぎよし
すが漏や日和つづきの炭鉱《やま》長屋
寒の鯉山が翳ればひそみけり
寒明けしとて人声の葱畑
海苔舟が海の夜明けの日を聚む
花種の袋に母の鋏あり
仁王の乳房扇びらきや梅探る
焼きあがる目刺にどつと工夫の餉
底冷の納戸に酒を探しけり
妻の客ばかり来る日や春障子

山焼く日和讃終りて決まりけり

燈台の灯に乱れたる帰る鴨

恋の猫悪声となり戻り来し

雪解晴良寛堂に恋の猫

五合庵一望に沖霞むなり

新潟市

戻り鴫風のこもれる鳥屋野潟

木の芽鱈風ざうざうの出雲崎

榛の花良寛堂に磯草履

会津・徳一上人の恵日寺　四句

芹摘みが田をよぎり行く恵日寺

畑打ちの準備の焚火古寺に

雪解田へ吹かれでて来し寺の鶏

山鳥の尾のささりゐる雪解畑

畦塗を機関車の湯気おほひたる

春の蝶薪割る音に出てきたり

外井戸に小鳥の羽音柿若葉

鯖釣りに見おぼえの顔揃ひたり

種芋のころがる土間へ牛の声

羽黒三光院

筍飯天狗の面の下に喰ぶ

いつせいに咲きだす百合やこけし小屋

初鴨の殖えきて闇の濃くなれり

あとがき

この句集『曉紅』は『隨處』につづく第八句集になる。

私は旅にでると、どうしてもその感銘を深くするため、なるべく訪れたその土地の感受性をおのれの感受性に重ねあわせたいと思い、晴れた日はなるべくすがすがしい暁方に起きて、一日の無事を祈る合掌をしたいという願望を持っている。

旅の疲れもあるので、なかなかむずかしいことだが、ともかく晩年を迎えた私は、退嬰的なものを排して、自然と人間の営みのなかに美しいものを発見するように、更に好きな旅をつづけて句作に励みたいと思う。

今年は小誌「春耕」も三十年を迎えた。句集名は新たに三十一年目に向かって出発するのにふさわしい『曉紅』とした。

このたびも、角川歴彦社長、小畑祐三郎氏、大林克巳氏にお世話になった。厚く御礼申し上げます。

平成八年十月二十五日

皆川盤水

第九句集

高《たか》幡《はた》

平成七年拾遺

蓴舟沼底擦つて戻りけり

沼の底の濁りたてゐる蓴採り

蓴舟午後は日照雨の二度三度

柿の木に巣ごもる鳩や大南風

東根温泉　二句

さくらんぼ旅の顔剃りゆつくりと

さくらんぼ園に古橇捨ててあり

早乙女に雪加の声の最上川

雉子の声蓬ほほけし最上川

鎌倉や大矢倉より梅雨の蝶
鎌の柄の握り擦れたる土用の芽
水番の灸据ゑ合へる夫婦かな
花札を手なぐさむ水夫梅雨の月
青東風に打ちあつてゐる蕁舟
蕁舟見え隠れする花さびた
簗守りの日焼の胸の守り札
蛇捕りが廃鉱口を覗きゐる
葭切や田舟を覆ふ葭の丈
湯屋の戸の開くひびきや実南天

ゆらぎゐる芭蕉の影や土用干
玫瑰や潮汲馬車の狐雨
霧に濡る金剛杖や深山蝶
草の絮艀の厚き歩み板
今朝秋の田あげの鯉のとどきけり
大石田・茂吉の向川寺
安居寺咲き終りたる銭葵
そこはかと水にさみしや去ぬ燕
梨畑に大粒の雨初嵐
虎杖の花の藪来る雲丹採女
秋旱炭鉱の子ら地蜂焼く

流れ昆布干す夕風の大間崎

下北半島行

海峡の闇ひきよせて烏賊釣火

海峡の夜更けをしづかな烏賊釣火

出港の烏賊釣舟に火蛾の舞ふ

木五倍子の実淋代の浜どよもせり

淋代やとぼとぼ歩む海猫の雛

赤蜻蛉夕かけてふゆ厩前

いわき市白水

櫨鳥や夕影落とす阿弥陀堂

虹の足夕焼空へ鰯船

秋桜縁にならべし古《ふる》句集

草雲雀杉の匂ひの南谷

父の忌の夕風散らす花木槿

埼玉・吉見村

瓦焼く煙まざまざ穂田の上

大川の上げ潮の音赤蜻蛉

関の家に蕎麦挽く臼や秋の蝶

破れ蓮風に触れ合ひ音をだす

水郷の鯰屋かこむ稲架明り

筑波路　三句

枯芦や長汀上に遠筑波

冬浅し線香小屋に雉子の声

線香をつくる匂ひや柿紅葉

茨城・八郷町柿岡
のけぞりて献上柿の朱を仰ぐ
二本松
菊花展見にゆく城の砂利の径
いわきにて　二句
秋刀魚水揚げ赤々と日の落つるまで
秋刀魚豊漁盲揚げする上を鳶
故上野頼栄猊下三周忌法要
閼伽井嶽紅葉まつたき猊下の忌

平成八年

筑波嶺の見ゆる戸を開け鍛冶祭
大焚火して猪肉を量りをり
軍鶏の籠かたづけ終り鍛冶祭

三十三才仏間近くの柿の木に
暮るる江に焚火の煙冬薔薇
波郷忌の夕波のたつ小名木川
獅子の笛日暮を急ぐ冬の山
父の忌の墓を笹鳴めぐりゐる
鞴祭の炎のあかり葱の束
鳰の声聞きゐて沼の昏れにけり
万両の実のつやつやと漱石忌
年の炭札所の庭に積んであり
よき松の鎌倉山の小晦日

慈覚大師

橙のいろふくよかな元三忌

阿武隈の友に猪肉もてなさる

大川の幟鳴りゐる初相撲

杉の秀の雪を散らせる初鴉

初東風やとろとろ燃ゆる外竈

左義長の灰かぶり来し獣医かな

青天を鷹の舞ひゐる寒施行

裏木戸を出てゆく父の寒施行

寒肥を鋤きこんでゐる父の鍬

寒餅を搗きし莚の水びたし

雪折にふためき翔つや群れ鴉

鴨鍋や潟の夜風のすさまじき

三十三才萱積んである峠口

高幡不動尊　二句

夕されば藪を出で来し恋の猫

恋の猫大山門のうちそとに

松山・石手寺　四句

凍解や寺の籬に焚火あと

お遍路の脚絆の白き寺の鶏

城の空青しや春の鴉群る

旧正や掌の鍬だこを見せる父

鶏提げて馬喰来るや福寿草

雪となる雨が白しや楓の芽

田遊びの太鼓大根畑に鳴る

木五倍子咲く筑波嶺に向く道祖神

春鰯いわき七浜潮曇

楤の芽を蹌踉《よろけ》鉱夫が摘んでをり

昼灯す佐原の橋や花菖蒲

旅人に光を曳きて春の海猫

茂吉忌や板谷峠に水奔る

初桜しろじろと泛きはじめたり

仔牛出て雀隠れの夕日浴ぶ

杉山に護摩匂ひたつ滝開き

白水阿弥陀堂

山桜弥陀堂の池溢れゐる

鹽といふ古き看板榛の花

明日葉や島の夕日の燦めける

夕市へ急ぎ舟漕ぐ雲丹採女

渡良瀬の葭焼きを見て鯰鍋

松籟や塩屋岬の磯遊び

花木五倍子土舐めてゐる牛の声

亀の背にかさなる亀や仏生会

大いなる藁家つつめり霜くすべ

鞴の火戸口にひかる南風
朝湯出て端午の帯をきつく緊む
鐘供養捨て雪残る毛越寺
青東風や遣水の耀る毛越寺
採りためし蕨山なす樵宿
閼伽井嶽見上げて休む田植人
我が第一句碑あり
二輪草炭窯残る谿深し
萩若葉拭きこんである寺の廊
古刹より愛鳥の日の海眺望す
花卯木欠けし仏の龕堂

木綿注連《ゆうしめ》に羽黒の杉の風薫る

鶫の子の声いとけなし坊の朝

駒鳥啼くや霧の中なる月の山

雪渓や鳥海山に駒鳥の声

羽黒山神の松蟬かなで初む

坊の井に深く沈める桜の実

昼寝覚薔薇垣いつか見飽きたり

かたつむり梛のかこめる島の墓

講宿の天狗の面へ夏の蝶

巨杉の羽黒の闇ぞ夜鷹啼く

講宿の暁の太鼓に夜鷹去る
行者の鈴霧に浮びし水芭蕉
山法師磴のぼり行く羽黒巫女
夜鷹啼き講衆酒に寝落ちたり
葭五位の巣のある沼の暁けにけり
朝顔市濡れし髪撫で妻戻る
はやばやと朝顔買ひて行く男
縮まつて霧に草刈る母の声
蛇捕りの集まつてゐる寺の庭
強き酒匂はせ漁夫の夕涼み

青芭蕉風をとらへてはづみゐる
梨畑に梨のころがる初嵐
水神の夜明を待つて井戸晒す
井の底の朽ち葉まづあげ土間濡らす
鮎の宿夕映えてきし川の艶
大鯰むざと置かれし簗の床
鮎の宿蚕莚匂ふ裏戸口
藪狭間出てなまぐさし鮎の川
鵜鴒のつぶらなる声オホーツク
晩夏光露船のおろす大丸太

昆布干し終る宗谷の空は秋

オホーツク海鳴りはじむ葉月かな

風に鳴る枯れ獅子独活やオホーツク

花サビタ夕日の燦々とオホーツク

昆布干場よちよちよぎる海猫の雛

秋の潮重なり合へるオホーツク

顔すゑてみる珊瑚草紅の濃し

「珊瑚草」は厚岸草のことなり

震災忌鯉がつづけて飛沫あぐ

湯殿山

大声の湯殿奉行や色鳥来

色鳥の声のにぎやか鏡池

夏萩や羽黒の霧に注連濡らす
山葡萄すぐに濡れたる登山靴
風の音聞くかに垂れし蓑虫よ
羽黒山杉の暗さを秋の蛇
自然薯を褒められてゐる父の顔
燈台の海猫見てもどり温め酒
破芭蕉納屋入口に積む汐木
二本松
喇叭吹く男が城に菊花展
豆稲架が日につぶやくと薬売
野兎の罠掛けにゆく文化の日

猪番の交替となる触れ太鼓
磯波の祠にはげし神の留守
新藁を焼く筑波路の大没日
短日や炉に大いなる冬の梨
鰐場終へ汐木焚きゐる海女の声
冬雲雀稲架美しく影をひく
煤竹の青き匂ひを担ぎくる
自然薯の黄葉貌につけ父戻る
外套の襟耳にあて屛風売
強霜や焚火のあとの欅の根

雪蛍深谿を背のこけし小屋
かまど猫追はれてあはれ声を出す
亀甲の縄目の揃ふ雪囲

平成九年

初日いま雲の舞台に現れぬ
日を受けて嘴とぐ雀恵方道
繭玉や薪の香の立つ夜のまどゐ
煤払ひ済みくろがねの大香炉
鎌倉や名残りの空の海の音

初秩父機屋の大き煙出し

秩父女の抱きて重しと福達磨

福達磨蚕籠に背負ふ秩父の子

正月の凧両神山を借景に

獅子舞が面のうちより咳洩らす

秩父札所第十一番常楽寺

杉山を下り来し僧の初諷経《はつふぎん》

新年初めての読経

青竹の磴の手摺や破魔矢の娘

蠟梅や夕影の濃き谷戸の寺

針供養時なしに鳴る寺の鐘

糸買つて海女の来てゐる午祭

鮟鱇の宴果てどつと笑ひ合ふ

古書街の朝顔の実の蔓切れて

猫柳雪雲込めし最上川

玄関に縄跳びの縄春近し

初桜川波白く飛沫あぐ

いつせいに鳩の羽音の朝桜

人声にさとく離れし春の鴨

彼岸会をわらべごころに待ちにけり

馬鈴薯植ゑしあとまざまざと札所寺

茱萸嚙んで鉱夫闘鶏はじめたり

闘鶏師目先鼻立て酒臭し
木流しの終へし峠の河鹿笛
啓蟄や胴光らせる牧の牛
にはとりの置去り卵沈丁花
ふだん着に酒の染みあと沈丁花
牛の仔の黒き瞳動く涅槃西風
雛の日の市場に鯛の耀られをり
初蝶の陽の力えて野川越す
出でし蟇哀しき貌を見せにけり
屋根替へし夜はすさまじ雪と風

野鼠のすばやく消えし芹の水
雉子の羽の浮びてゐたる芹の水
胡葱や雪の残れる杣の墓
朝桜太薪くべるまんぢゅう屋
山桜牧を繕ろふ鎚の音
あつと言ふ間に花終る啄木忌
仔牛見に行く母と娘の春日傘
甘茶仏揃ひし稚児に笑み給ふ
製材の挽き粉とびくる種浸し
祭馬逸りて陰嚢《ふぐり》を垂らしゐる

よろぼひて去る郵便夫棕櫚の花
墨堤に船のこだまや心天
通し鴨力つくして羽搏ちゐる
浅草の夜の灯うつくし水中花
菜種刈る小綬鶏の声筑波道
葉桜の洩れ日床几でコップ酒
山椒喰色増してゐる今年竹
秋田県増田町
たんぽぽや野川背にして朝の市
麦鶉俄の雷に出てきたり
五月闇軍鶏飼ふ男なまぐさし

蛇隠る藻のびつしりと鏡池

桜の実外井に行者胡坐かく

滝浴びて来し山伏のひろき胸

老鶯や湯殿の神に靄絶えず

湯殿大神とばりのごとき青嶺なか

句碑除幕水の匂ひと青嶺の香
　湯殿山に第八の句碑建つ

遠郭公湯殿の神へ磴険し

鴨足草鎌かけてある籠堂

朝よりの梅雨晴といふ句碑開き

雪渓にしきりたつ霧湯殿山

夏萩や禰宜のもてなす当帰の茶
「当帰の茶」は芭蕉も飲みし薬草

滴りや父母恋ひの茂吉歌碑

講宿の金剛杖や花野蒜

夏安居や庫裡の奥より水の音

竹煮草湯殿山の磴の大鳥居

大釜で茹でる月山筍の艶

行商女麦茶を飲んでながくゐず

盆櫓建てはじまりて僧の声

蚊喰鳥生簀に闇の育ちをり

水に沈む白桃のぞく大暑かな

雨空となる羽黒山時鳥

塵取で鮎焼く燠を運びきし

鮎宿に葉唐辛子煮る匂ひ

簗の夕焼いよよしたたれり

ゆらゆらと簗にまろべる青通草

雷あとの流れきららに鮎の川

雲巌寺　二句

日照雨あと大禅刹の百合匂ふ

夏薊むらさきの濃き雲巌寺

墨堤に澄む船の笛厄日過ぐ

八尾にて　四句

紫蘇の実や屋敷畑に厩あと

いんげんや屋敷畑に朝の鶏

青通草崖の上なる屋敷墓

雪洞に山の蛾大き風の盆

露けしや船板塀の蜑部落

古書街に声落としゆく雁の棹

鬼やんま原木を積む飛驒の駅

高幡不動尊

草の実のこぼれ浮きゐるお鼻井戸

椿の実音立てて落つ子規忌かな

北海道　六句

一位の実クラーク像を囲みゐる

北大のはやもすさまじ初紅葉

秋の蝶サイロを囲む樺の薪
虎杖黄葉晴れても海ははがねいろ
帰る海猫胸を真白く群なせり

佐原　五句

横利根にかかる石橋水の秋
秋惜しむ佐原囃子を舟に聞き
櫓田の凪の明るし与田の浦
鰡飛ぶと一人舟出す父の声
草の絮閘門開くチャイムの音

相馬路泉田川　六句

石蕗の花相馬鱒焼駒を描く
相馬路のひろき櫓田陶を干す

鳶の羽舞ひこむ番屋鮭颪

阿武隈山の裾田の藪の鮭の川

花芒鮭の簗場の供養塔

野馬追祭終り艶めく椿の実

飛沫なか白菜を積む渡し舟

渡る鷹沖待船を旋回す

泥鰌掘る父へ提灯つけて待つ

風垣や羽黒ぶりなる椽の餅

冬の鵙寺の泉をかがやかす

枯蓮田鴉も羽に泥つけて

探梅行軍鶏を抱へし杣に遇ふ

切干を煮て母の世をなつかしむ

「神田ちよだ」にて

古書街に宵の雨あり年忘れ

炬燵酒厨の鼠黙殺す

納屋の錠替へし掌匂ふ藪柑子

軒下の暗くなりたり大氷柱

平成十年

ひたぶるに初鶏の声父の座へ

年木積む厩屋の氷柱折りながら

年の湯へ入ると鼠を走らせり
庭竈据ゑし莚へすぐ粉雪
秩父人声をとばして鍬始
桑畑を出て獅子の笛高まれり
朱印所の松風の音初硯
恵方径雉子の鋭き声風の中
鴨打ちが硝煙こめし芦を出る
初鶏の相睦まじき鬨つくる
暁の星仰ぎ初刷掌に重し
初うまや鴨の声澄む秩父線

帰る鴨番屋に薪の爆ぜる音
念入りに野火消して飲む釣瓶水
畑屑を焼きゐる父に初音かな
鉄板をかさねる埠頭日脚伸ぶ
筆買ひて古書街覗く春隣
早梅や礫のやうな鳥の影
納屋隅に臼をさめし春隣
薄氷や鍬だこの掌をふところに
枯芭蕉影をなくしてしまひけり
茶碗酒散らばつてゐる磯竈

春の滝おもむろに落ち音を出す
遍路の鈴旅の床屋に聞きて寧し
ひきがへる背いてまた隠れけり
父の家の大戸の前の軍鶏の籠
厩出し終り柱に守り札
馬柵開き光こぼして群れ鴉
春の雪傘立に傘溢れゐる
海に出て日高の仔馬跳ねつづく
菱喰の湖を離るる大飛沫
利根堤焼きし仲間の鮒料理

捨て船を日がな焼く煙鳥曇
思ひ切り嵩ばつてゐる鴉の巣
百千鳥莚束ねの杉の苗
春まつり大き藁屋の煙出し
いとけなき声筑波路の初雲雀

新潟　二句
角巻や八一館へ海の音
安吾の碑一枚岩に雪を溜め
初桜竹瓮《たっぺ》の雪のすぐ消えし
麦秋や女日傘を欲しがりぬ
花蘇枋扉を開けてゐる僧の声

沖縄　五句

春の鷹珊瑚の垣に下りて来し

蒲葵の花山羊乳匂ふ祝女《のろ》の家

火焔木の花の蕾に昼蛍

硝子戸に守宮の動く花梯梧

青甘蔗に風見えて沖晴れにけり

妻病みて三十日ほど入院す　二句

うつうつと花咲きしかと妻が言ふ

病床の妻へ届けし花衣

ももいろの大口見せし春の鯉

花冷や鳩の羽音の浅草寺

荒縄でかこふ海女小屋猫の恋

伊藤伊那男氏へ
酒買ひに友を急かすや初桜

篠の子採りみどりにゆらぐ出湯にゐし

植樹祭始まる前の獅子囃子

たをやかに揺れゐる藤に触れて旅

筑波路に苗代祭の酒匂ふ

玉解きし芭蕉や路次に軍鶏の鬨

暮れかかる富士に笠雲新茶買ふ

揚雲雀磐石の句碑湖に向く
第九句碑、霞ヶ浦美浦村に建つ

最上川梓大樹に駒鳥の声

まくなぎや聴禽書屋の古机

石垣島へ　九句

花ヒルギさざ波ひろぐ珊瑚礁
八重干瀬に声とどめゐる揚雲雀
でこぼこの橘柏《たんかん》匂ふ島の航
青甘蔗風のゆたかな珊瑚垣
車輪梅祝女の神座の古香炉
八重干瀬の沖の遠くに海雲舟
島つつじ唐人墓を明るくす
花福木朽ちしサバニが墓の前
花マンゴ門中墓の鉄の錠

湯殿山へ

岩燕尽きず湯殿山の山開き

滴りや湯殿の山の茂吉歌碑

撫で牛に卯木の花のこぼれをり

柿若葉即身仏に田水鳴る

三光鳥宿坊裏は杉の山

つばなの穂深き轍の牧の道

梅雨鯰四ツ手の底の藻の上に

ほどほどの雨来て泥鰌売れにけり

泊船の帆綱に鴉梅雨寒し

荒々と炭焼きの採る俵茱萸

青東風や藪を出できし鶏の声

若狭へ

いま揚げし鯖天秤に若狭人

注連太き鵜の瀬の神を黒揚羽

楤の花鯖街道を深くせり

夏空の湖の蒼浮御堂

しづけさや鵜の瀬の奥に鳧の声

盆入りの指図こまごま父の声

塔婆書く僧に首振る扇風機

夕雀あつまつてゐる青山椒

杉の秀に霧湧きやすし蔓手毬

鯖鮨や梅雨のなかばの近江路に

夕立晴真菰より舟漕ぎ出づる

寸鉄の軍鶏の蹴爪や日照草

長梅雨や濁り井に錠おろす音

沖膾海女は濡れ髪手絞りに

夏念仏日照雨に墓地のうるほひぬ

浅草の灯の明るさの草の市

鬢付を匂はす女草市に

きはやかに濡れし鬼灯盆の市

風の盆始まる夕日濃くなれり

種茄子のみな焦げいろや尾根畑

無造作な土鉢に風の酔芙蓉

鮎番が川面をたたき上りくる

夏山や薬草採りの行者たち

井田川の夜明けの瀬音鶇来る

大鯰簗の生簀に動かざる

鬼やんま鮎宿の娘をはなれざる

菩提寺の塔婆括るや秋出水

秋霖や仏足石に山の影

朝顔へ寝起きの貌を近づける

韓《から》の国へ　十四句

穂草波茅葺厚き新羅窯

雁啼いて雨空つづく仏国寺
鵲や草の匂ひの石仏
韓人の牛追ふ声が露座仏へ
橿鳥の声あわただし王陵へ
王廟の墳へ消えたる秋の蝶
窯元の煤けし梁の唐辛子
石窟へ道ひえびえと棗の実
黄ばむ田の靄がかりなる扶余の道
穴惑ひ濁世逃がるるごと墳へ
胡麻煎りてゐる韓の家十三夜

無花果や薪を積みゐる韓の舟
熟れ石榴雨空に垂る仏国寺
雨空の夜明を鳥屋へ父急ぐ
鶸の群靄濃き谿を疾く去りぬ
護摩済みし法衣の僧の露けしや
草鞋すぐ草に濡れると秋遍路
暮るるまで相馬路晴れし鮭場かな
鮭突き場霧濃くなりて灯をともす
鼬罠かけしと兄に耳うちす
冬の蜘蛛魚板の下を這ひだせり

石蕗の花一と日波郷の墓照らす

万歩計机に置きて夜学生

間引菜に根のふかぶかとありにけり

初桜捨て湯日差しに匂ひけり

あとがき

私の郷里いわき市にある、閼伽井嶽常福寺の上野頼栄大僧正は、真言宗智山派の元管長（平成五年ご遷化）で、私の日頃渇仰《かつごう》してやまなかった大和上であった。

私はこの頼栄大僧正に縁あって、晩年清浄心・真実心のご教示をいただいたので、帰郷するたびにこの名刹を訪れていた。

現在の別格本山高幡の明王院金剛寺高幡不動尊川澄祐勝貫主に参尋しえて、特別なるご愛顧を得ているのも上野頼栄猊下の縁によるもので、「一期一会」の有難さを思い、昨今に至っている。

貫主は善応無方、私のようなフーテンの浅い智慧であれこれ思いめぐらすことの多い人間に、自然に仏の教えを教えてくれる御僧である。

高幡不動尊は関東地方不動信仰の曙を告げた東日本唯一の本丈六不動三尊像を祀る名刹で、私は暇あるごとにこのお寺に参拝し、広い寺領を逍遥するのをたのしみにしている。

句集『高幡』という題名をご承諾いただいた貫主に謹んで御礼申し上げ、編集の労をとられた角川文化振興財団の赤塚才市様に心より感謝申し上げる次第である。

平成十年師走

皆川盤水

第十句集

山《さん》海《かい》抄《しょう》

平成十一年

自然薯を掘りきし父のすぐ酔ひぬ

朝顔の種採る父の大きな掌

横浜

焼栗の大釜の炎の中華街

裏富士の風のすさまじ紅葉酒

甲斐瑞良寺に井本農一先生の句碑建立

檀の実農一句碑にあまた熟る

晴れし日の野寺の鐘や楝の実

墓地の陽にかがやきを増す楝の実

土井玄秀和尚（甲斐竜王町）

冬の富士椋鳥の羽音の瑞良寺

菊焚きしあとまざまざと野の仏

往時白河にあり

馬市の始まる磧櫨子の実

野菊濃し馬市果てし広磧

馬市の終り那須嶺雪催

鳰潜る水輪小さくきらめけり

鴨提げて夜更けの父へ炭鉱夫

炭焼が軍手を山と買ひて来し

笹鳴の来しと思へばすぐ去りぬ

笹鳴の強き音に父藪に入る

大束の葱立てかけし土間匂ふ

縫初めの声が早くも母の部屋
冬白浪燈台に鵜の羽繕ふ
探梅行あとに蹤くことたのしめり
秩父青空奥嶺にむかひ凧あがる
簀囲ひの鯰を覗く柳の芽
芽柳や鶏飼ふ艀菜をきざむ
犬ふぐり灸済ませし渡し守
初蝶や丸太打ちこむ牧の門
啓蟄や昴る牛の角磨く
啓蟄の鶏が膨れて鬨つくる

春一番舟に積み込む雨合羽
引鴨のいつしか数の殖えてきし
燈台に大粒の星帰る雁
春の滝力を出してきたりけり
鯉売りの声のしてゐる花の雨
春の鴨ためらひゐしが飛沫あぐ
会津路の深雪のなかの彼岸餅
乗込みの鮒が厨に香を放つ
横利根の闇となりたる野火煙
枯芦句碑、霞ヶ浦美浦村にあり
菱喰の帰る翼が句碑の上

茎立や大菱喰の去りし浦

蓬の香籠に満たせり筑波の子

花冷や湯気込めてゐる饅頭屋

茎立や茂吉の墓に牛の声

しんがりの牛鞭たる花しどみ

れんげうの雨こまやかな最上川

山梨の向嶽寺に故武井久雄氏の墓地あり

花菫新墓地へ道七曲り

一と網にどつと跳ねたる桜鯛

雲丹舟の銛研ぐ音の荒磯かな

黄水仙艶めきてゐる牛の貌

時ならぬ松風の音弘法忌

藪えびねつぼみを揃ひはじめたり

鐘楼に子らの声する種浸し

発電所ところどころに八重桜

山桜折りきて母へ渡しけり

山桜散り込む佐久の鯉の池

菜種梅雨窯を覗きし煤け顔

出漁へ合羽積み込む菜種梅雨

春蟬の声のあふるる湯殿山

高幡不動尊

僧と見る朽ち葉がくれの座禅草

おごそかに神饌の鮑の塩噴けり

鮑海女大徳利を提げて来し

鮑海女大きな灸すゑてをり

生国《いわきより》の一番鰹届けらる

泥鰌鍋葭戸に透けし小名木川

産み捨てし矮鶏の卵が蕗がくれ

駒鳥啼くや出羽三山の杉襖

農小屋へ父の出入や柿の花

夕暮れの富士に笠雲新茶買ふ

竹落葉神馬手入れの新軍手

大いなる捨舟陰の浮巣かな

瀬戸内海大三島　五句

明けてゆく島の靄より鷭の声

大山祇神社

潮の香の神域に散る桜の実

竹の秋島の大きな闇涼し

島人のたかんな抱へ湯屋へ来し

鏡中の島の明るし洗ひ鯛

無花果のどつと熟れそむ太宰の忌

蟇夕日に向きを変へにけり

石原八束氏逝く　三句

八束忌のきらきらと旭の柿若葉

紫陽花に荒ぶる雨の八束の忌

天の河に惹かるる心八束の忌

寸鉄の軍鶏の蹴爪や油照

小書斎の芭蕉像寂ぶ蚊遣香

泥辣韭市におろされすぐ耀らる

水神にあひるの卵鮎の宿

鮎宿を出て来し農婦酒臭し

海猫の雛潜水服を干す垣に

虫篝風が出てきて仕舞とす

思ひ切り鰡跳ねてゐる土用波

父の夢母のゆめみし夏の風邪

「ボルガ」主人高島茂哀悼　二句

朝の蟬さざ波のごと茂の忌

雷あとの柩涼しく欅覆ふ

草市へ跣足の海女の来てゐたる

盆休路地の古井へ朝雀

流燈の一つとどまる草の中

出穂の香や町へ農婦の厚化粧

吉田の火祭　七句

火祭や宮世話人の甲斐訛

火祭の橅の切株井桁積み

火祭の点火に声の揃ひけり

火祭の終へたる富士の曇り空

火祭の燠が夜更けに浮びゐる

御旅所に野兎出たり火の祭

火祭の終りしづめの富士の雨

いわき四倉港

去ぬ燕波打際の捨て錨

父の忌の捨て梨つつく朝の鶏

落鮎や堰にひろげし袋網

上げ潮の香に釣れはじむ今年鯊

高幡不動尊

油点草暮るるに疾し不動尊

音立てて馬柵嚙む馬や野分晴

菊芋の花や枕木積む駅に

菰の花霧晴れて出る帆曳舟

悼尾崎秀樹氏

眼中に野分の雲や秀樹逝く

鰡釣りに入り分けて行く葦の風

芒野のはてに見えたる鰡櫓

萱刈るやからりと晴れし牛の貌

子別れの鴉木の枝散らばしぬ

破れ芭蕉大き目つむる牧の馬

晴男けふ雨男菊の宴

初霜や雉子翔つ音の芋畑

枯蟷螂見てよりつのる草の雨

平成十二年

遥けさの初鴨の声聞きとむる

菱の実の爆ぜゐて沼の匂ひけり

雁渡し船の汽笛に深空あり

枯園を踏み出て沖の船を見る

石蕗の花木を挽く音の寺の庭

欅の秀密なす冬の星空に

筑波おろしに百態尽す枯蓮

勝沼

裏富士や葡萄の枯るる風の音

煮凝や麦を蒔きしと講の宿

塩鮭売り幟を上げし枯田中

古書漁る灯を浴びて来て年忘

年木樵鴉の羽をつけ戻る

寺山にづかと入りたる年木樵

湯治客誘はれ覗く鼬罠

柿の木に杣の手拭笹子鳴く

高幡不動尊

藪柑子塔の風鐸佳き音出す

いさぎよくどんど終りてまくらがり

息荒き炭馬雪の市に着く

沖縄にて

甘蔗刈りしあと磯鵯のかしましき

潟小屋にもの焚く煙戻り鴫

牛の声雪垣解きし茂吉の忌

沈丁花山伏宿の注連太し

穴出でし蟇がいかつい顔あげぬ

啓蟄の蟇へはやくも娑婆の風

高幡不動尊

あぢさゐの芽に伸びてゐる塔の影

卵抱く鳰に漂ふ桜蘂

江の島の凪ぎてまぶしや鶴引く日

虚子の忌の風たをやかな椿山

頰白や多摩の野川にこぼるる日

雪間草庫裡にかさねし肥袋

赤彦の家

湖風の音立て柏散りはじむ

上溝桜夕雲下りし羽黒山

なりはひの鎌研ぐ杣へ春落葉

石工の大弁当や五加木飯

帰る鴨いくどもしぶきあげてをり

春の滝光をこぼしはじめけり

滞ることなし春の滝の音

末黒野の吹く風匂ふ西行忌

末黒野を鴉翔ちたるあとの星

茂吉の寺

翁草鳥語こまごま宝泉寺

簗小屋に焚火のあとや花しどみ

学僧の声出してゐる萩根分

初蝶の見えかくれする羽黒綱

伊豆山　二句

幣よりも白き初蝶権現に

走り湯の磴に置かれし若布刈竿

帰る雁いくども飛沫閃かす

垣に干すリュックに旅の桜蘂

牧開き柵の板戸の牛の護符

遠雉子の声に聞き耳たてる父

地下足袋で踏み出す父の霜くすべ

鳶尾草や野鍛冶火花をよくとばす

新茶淹れ沖をまぶしむ艀妻

こまやかに畑打つ海女へはつつばめ

半田銀山跡

筍の叺学僧引きずり来

筍の皮散らばりぬ鉱山の道

づかづかと釣堀に来し新茶売り

高幡不動尊

寺守の消炭の壺若楓

椎の花僧抱へくる竹箒

榾小屋にひびく鋸音閑古鳥

よしきりや水垢に錆ぶ水位標

沖膾寄せたる網にかもめ群る

守宮出し島の旅籠の古鏡

蚊喰鳥艀溜りの軋む音

花石榴苑の夕焼晩夏なる　新宿御苑

覚めてゐし親牛仔牛山瀬風

川蒸気泥鰌の籠を揚げて去る

夜鷹啼き雨気ひしひしと羽黒山

鴉の子雨を纏ひて身がまへる

竹を伐る谺ふもとの饅頭屋へ

夏山の雷に貸馬みじろがず

鮎の川雨きて藪の傾ける

潜く海女かたまりてゐる大南風

新じやがの大粒小粒講の家

青芭蕉田よりあがりし牛憩ふ

風湧きて雀を放つ青芒

ががんぼの陣布くごとし厩前

鳰の子の舟の艪音に隠れたり

鯵を糶る市に夕風ありにけり

糶あとの昼の市場へ黒揚羽

湖風や赤彦の家の青榠樝

よべの雨去り鬼灯の艶ませり

草市の墨堤に澄む船の笛

海神に真水をささぐ盆の海女

鳳仙花月山講の突きし杖

草市や大きな月の神楽坂

市の昼魚の匂ひの捨て団扇

艶めける戻り鰹の丸き腹

鯰屋へ芦刈の衆あつまれり

毛見の衆早稲米嚙んで品定め
橡の実を盥に洗ふ講の宿
紛れなく木の実降る音南谷
地震過ぎて落ち桃匂ふ山の墓
一と声で喝と竹伐る作務の僧
残る蛍山伏宿の牛蒡注連
稲架を組む青竹畦に伸びてをり
簗納め済みたる男大根蒔く
初鴨の群を暮靄のつつみたり
奥の嶺に鷹が舞ひゐて牧閉す

鶸の群筑波の峰の昼の月

国宝白水阿弥陀堂
冬耕の鍬音ひびく阿弥陀堂

竹林の日向きらきら虎落笛

平成十三年

高幡のあぢさゐ山へ尉鶲

お焚き札積まれてありぬ紅葉寺

柚子山の柚子よく匂ふ青畝の忌

裏富士の没り日大きや木守柿

桜落葉嵩なしてゐる兵舎跡

回想

竹馬で銭湯へ行く炭鉱《やま》の子ら

糶市の海女高声の鰤場かな

二三人来てゐる冬の滝見台

小春凪欠航解きし船の笛

小六月繋れてゐる牛の貌

数へ日の古書街昼の灯をともす

往時

選炭婦ひと休みして手毬つく

寒垢離の山伏ながき数珠をもむ

寒鴉鴟尾の上にて艶ませる

一つ一つこけしを拭くや春隣

凍解や鳥の羽根散る墓の径
春の滝律儀に音をだしはじむ
とびとびの雪間を浅蜊売の来る
浅蜊籠山と積みたる舟かしぐ
はづむごと鶸群れて来し牧開き
花くわりん寺の捨て雪融けはじむ
農具市何か銜へて鴉翔つ

箱根　二句

桜蘂髪につけ来し通ひ湯女
巣立鳥山のかこめる湖の上
登りきて高尾山の桜蘂浴びる

柏餅おのづと皿に葉をひらく
更衣痩身いよよ父に似し
通し鴨潟の夜更けにかたまれり
今年竹巫女仰ぎ来る羽黒道
呆とみし捨て炭窯の子かまきり
花山葵日照雨はいつも奥嶺より
羽黒・三光院
大瑠璃の声暮れてより坊せはし
梅売りが植木の市に筵敷く
野鍛冶屋に立ち寄つてゐる草刈女
どくだみや海は沖より昏れそむる

布袋草篠つく雨をはじきをり

夜荷役の始まる艀蚊喰鳥

夜鷹啼く蚕飼の部屋の裸の灯

毛虫焼き昼酒に刻過しけり

講衆の夏炉をかこむ茶碗酒

乳しぼり終へたる牛や立葵

鶏鳴の路地にこもれる半夏生

植木屋の酒匂はする土用灸

玫瑰の花のなかより北狐

郭公や旅籠の古き壁鏡

出羽三山神社名誉宮司阿部義春氏を悼みて
庄内の青田まぶしみ逝かれしか
鮎の川雨呼ぶ風のなまぐさし
今年竹葉擦れの音を立てはじむ
羽黒の天宥僧正の墓、新島にあり
天宥の墓の大きな蝸牛
蟻の列波郷の墓につづきをり
近ぢかと月山仰ぎ夏祓
滝行者鋼のごとき胸ひらく
講宿に束ねし杖や青葉木菟
草市へ野鳩の番下りて来し
草の花磯の祠の欠け茶碗

初の鴫遥かなるものの見据ゑをり

山葡萄火床で鍛冶屋のむさぼれる

蛇穴に入ると騒がし女人講

通草採る藪つづきなるけものみち

音立てて水飲む馬や鰯雲

父の忌の地梨に胸を滴らす

文机に置く去年よりのひよんの笛

初鮭の振舞酒は父の燗

初鴨の群の遥けき羽音かな

不揃ひな落鮎を焼く炉を囲む

簗小屋の鉄風鈴や下り鮎

牧に積む塩の叺や鵙日和

馴れし手で栗剝く妻に税書くる

閼伽井嶽

梨畑に深ぶかひびく寺の鐘

木犀の香の犇めくと妻癒ゆる

猪垣を繕ふ桑の大根榾

猪垣を繕ふあけび蔓をもて

御師の家の昼の鶏鳴一位の実

掛稲の終りし夜の雨の音

波郷忌やはたと昏れたり石蕗の花

故大木あきら氏
ペンを枕に残る虫聞き逝かれしか

平成十四年

羽黒山
自然薯をさげ来し巫女と擦れちがふ
菱喰の水尾風の出てきらめけり
閼伽井嶽常福寺
御仏に句碑賜りぬ照紅葉
日高路の馬柵の海音冬近し
山晴や反りて嵩なす朴落葉
冬木樵斧振る上に雪の富士
泥臭き焚火くすぶる枯蓮田

風花や作務僧運ぶ炭俵
星空や餅搗きの湯気香ばしき
餅搗きの終りて庭木まぶしめる
かたまつて墨堤を越す初鴉
根白草富士の湧水いさぎよし
芦原に朽ちし田舟や三十三才
波音や良寛堂に雪蛍
講宿に茶飲みばなしの鱈売女
豆撒く声艀溜りをとびとびに
まつ先に塩桶とどく牧開き

田打鍬磨きてをりぬ坊の妻
声出して波に押し出す若布刈舟
潮の香の染みし風垣解きにけり
貯水池のこまかき波やいぬふぐり
書に痴れて雛の間のぞきやすらげり
講宿にふくろふの声雛の灯
魞挿すや音立ててくる比良の風
昏るるまで影を散らして桑を解く
春一番畝の崩れし葱畑
帰る雁雲井に声を競ひけり

武井久雄氏を偲び

もてなしの甲斐の葡萄酒蝶の昼

往時

負け鶏を抱きて韓人泣き出しぬ

米沢

胡葱のくくられて売る朝の市

新しき幣にしぶける春の滝

勢ひたる雉子の声聞く奥箱根

風筋に饅頭の湯気花の冷

巣立鳥塩桶ならぶ牧の門

さきぶれに鶺の声する芦の角

杣小屋のさし掛厨花通草

ぼうぼうと火を焚き牧夫干鱈焼く

挿木する旅籠に吊す縄梯子

山椒の芽旅籠に皿を洗ふ音

魞挿すや安土の城址風激し

若鮎や那須嶺の雲に力満つ

横利根に鸊の声する菜種梅雨

桑摘女指ささくれて戻りけり

高幡不動尊　二句

高幡の後山かがやく松の芯

新樹の香ひとしほ帰山の御仏に

羽黒にて　五句

著莪の花羽黒の巫女の朱の袴

子鴉の威を張る声の鏡池

遠雷へ目を瞠りゐる鴉の子
濃紫陽花木綿注連いつか霧に濡る
風に揺る椽の花房南谷
ゆきのした朝の旅籠の水の音
夜更けまで母の欅の梅莚
夏蚕匂ふ奥の秩父の高嶺星
遠野　三句
遠野路の厩ともせる山瀬風
山瀬風幣濡れてゐる馬の神
山瀬風馬柵の扉口の薪の束
深川「伊せ喜」
つつぬけの夜風の音や泥鰌汁

雑司が谷

夏の蝶路面電車の音墓地へ

鮎番屋高嶺はいつも霧のなか

蟬の穴思ひのほかに深かりき

葭切や筑波嶺よりのきつね雨

講宿や夜鷹の声のつづけざま

沖縄

花蘇鉄闘鶏のあと修羅なせり

奥多摩はどこも水音岩煙草

黐の花行者の宿の魔除綱

目立屋の土間の明るし青葡萄

故高島茂さんの忌日に

茂忌の百合の香溢る「ぼるが」かな

遠ちよりの鶏鳴聞こゆ蓴舟
迎火の終りかすかな音だしぬ
秋の蟬気を引き立てて鳴くごとし
とぶ霧に馬車の鈴音葛の花
八朔や声凜々と護摩の僧
蚋いぶしして茜掘る杣の声
船宿の軒に櫂干す秋桜
秋彼岸樫鳥の声霧のなか
新涼や鯉手捕りしと佐久の女
蛇穴へ一途な思ひあるごとし

稲舟のひろごる水尾の最上川
手にのせて作務僧柚子を匂はする
作務僧の首手拭や秋蛙
ゆつたりと向きを変へたる穴惑ひ
藪からし小石のまじる海女の畑

井本農一先生

黒葡萄いよよ漆黒農一忌

二本松

菊花展安達太良山は雲の上
初鴨のさだかな水尾のきらめけり
ゆるやかな神鶏の閧一位の実
分校の裏へ猪垣延びてきし

池内けい吾氏へ
蜜柑山海に裾ひく伊予の国

牧の扉の傾きぐせや雪蛍

忍び音の笹子紙漉く裏山に

沖縄　四句
鷹渡る珊瑚のつづく海の上

甘蔗刈る珊瑚の海の風の音

ロザリオを胸に那覇人甘蔗刈る

甘蔗刈るや闇の降りきし珊瑚礁

句集『山海抄』畢

あとがき

句集『高幡』を上梓してより五年ほど経った。小誌「春耕」も三百号を迎えたので、年齢を考えて第十句集『山海抄』を出すことにした。加齢と共にたのしく生き、たのしく老いることに心掛けてきた作品集である。年来の私の俳句に対する考えは、自然と生活のなかに美を発見し、それを平明に表現することで、このことは、今もかわらない。今夏は記録的な猛暑の日が続いたので、心のなごむ山の海への旅を思うことしきりだったので句集名とした。「春耕」同人の池内けい吾、阿久津渓音子の両氏に、また、花神社の大久保憲一氏に、お世話になった。御礼を述べる次第である。

平成十六年晩夏

著　者

第十一句集

花《か》遊《ゆう》集《しゆう》

平成十四年拾遺

櫨の実石切る音の札所道
火伏祭禰宜大幣の音立てる
横利根や鳰のつぶらな声透る
今年また厨の隅に葱の束
藁屑をつつく田梟に昼の月
寒禽の声のこぼるる磨崖仏
水鳥のかこみてをりぬ簗のあと
結氷の滝へ法螺の音よくひびく

はぐれ鷹珊瑚の上を舞ひて去る

冬至とて太薪を割る父の声

閼伽井嶽

三十三才寺の背山の炭の窯

井水汲む僧の掛け声冬の鵙

大鱈を競りゐる海女の大焚火

大鱈を曳きずる海女の雨合羽

平成十五年

若水やむかしの音の車井戸

樫の柄の白さきはだつ鍬始

春駒や玲瓏とけふ佐渡ヶ島

成木責根雪を搔きてはじまれり

新島

磯桶に水仙の束島の墓

潟よりの鴨撃つ音のはづみくる

鴨鍋や雪となりたる潟の雨

侘助や雀の声の世阿弥寺

甘蔗時雨珊瑚でかこふ島の家

寒鴉滝の行場に羽繕ふ

ものの芽や蛇籠に芥溜りゐる

春落葉焚きゐて受ける母の文

料峭やこけしを拭きてかがやかす

鴨引きしあとのさゞ波昼の月

高幡不動尊

杉の花鳥の羽根浮くお鼻井戸

うねり立つ波にきらめく若布刈竿

若布刈海女乳房しめらせ戻りけり

野鍛冶屋に鶯の声昼餉どき

高下駄の行者が滝へ杉の花

荒鋤きの田の風音や彼岸入

桃の花仔牛鼻輪をつけてきし

菱喰の帰る大きな水飛沫

帰る雁棹を整へ雲に消ゆ

鼻筋のやうやくきりと仔馬立つ

きらきらと椽の若葉の南谷

紅梅の満開の艶真砂女逝く

淙々と山葵田に啼く眼細かな

茂吉の寺

蔵王嶺の雪襞光る翁草

梨の花風止みてより白さ増す

巣鴉に暮色海より五合庵

つづけざましぶきあげそむ春の滝

秩父路の谿行く電車榛の花

滝浴びの行者かすめる岩燕

筍飯月山よりの狐雨

最上川未だ昏れ残る水鶏笛

草若葉潜水服をひろげ干す

小満の昼いきいきと牛の声

鮎さげて雁木の道を越後人

牛飼ひの声の大きな青嵐

なんばんの花に夕べの雷駆ける

蚊喰鳥舫ふ艀のはだかの灯

黄鶲の声こぼれゐる母の畑

沖縄にて　八句

花蘇鉄辺戸の岬の波白し

汐騒の摩文仁の塔を黒揚羽

沖縄忌夜目にくつきり珊瑚礁

日にまぶし珊瑚の垣や青蜥蜴

鳳凰木の艶めく花に軍鶏の鬩

守宮鳴く珊瑚の垣の闇深め

蟬時雨琉歌もれくる珊瑚垣

鶚《さしば》飛ぶ珊瑚の礁澄みとほる

朝雉子の声の鋭し今年竹

山瀬風捨て網つつく海猫の声

河童忌の朝刊濡れてとどきけり
小名木川
明易し船の揚げゆく鰻籠
日高路の明るき牧場草の花
牧の柵霧の閉ざせる晩夏かな
日高路に聞きをさめたり夏雲雀
手にとどくほどの青柿母の家
落鮎の瀬に山影の濃き那須路
草蚊遣焚きて昼寝の簗の番
落鮎や蔓のからまる簗番屋
赤とんぼ馬具はづされし馬憩ふ

海女小屋の木枕を干す秋旱

講宿の風に鳴る注連菊膾

蛇穴へ金剛力を出す気配

御師の家の戸口の注連や秋ざくら

色鳥や閼伽井きらきら湧く音す

初雁を目ざとく父の仰ぎをり

菊日和あぎと擦れ合ふ親仔馬

俵編み終へて覗きぬ牛舎の灯

間引菜のうひうひしさを妻に告ぐ

鵙日和札所の僧の下駄の音

薬掘る行者に犬の蹤いてきし
さわがしき椋鳥の羽音や薬掘る
猪垣に松の根の束抱へ来る
菱の実や水浴ぶ鴉よく跳ねる
のぼりくる鮭に即刻鐘鳴らす

サロマ湖　二句

夕昏れて湖くれなゐの珊瑚草
オホーツクの美しき没り日や草紅葉
吊し柿むらさきに昏る出羽の山
雨空に鶸の声や源義忌

常磐の馬保養場

療養の馬の嘶く枇杷の花

立山をそびらに鰣の市の鐘

冬耕の小昼にとばす榾ぼこり

鳰の声聞き旅籠にてうなぎ飯

熱燗や夜荷役終へて海眩し

納屋の莚蝗とびだす初時雨

荷橇馬朝市に着き嘶きぬ

梟や坊をかこめる羽黒杉

行者らの朝駆けの闇木菟鳴けり

母の家の汲みあげ井戸や冬の鵙

寒鴉ひさに鎌研ぐ作務の僧

夕昏れの落葉を焚く香波郷の忌
大根馬深き轍をつくりけり
鶏の餌の貝くだく音四温かな
しきたりのこけしを拭くや年の内
冬薔薇一輪彩をつくし散る
枇杷の花船板塀の路地
年木樵手折りてきたる藪椿

平成十六年

嫁が君厩にゐると見に戻る

思ひ切り火花とばせる鍛冶始

高幡不動尊

初護摩の火の粉不動をつつみけり

寒鴉藁塚の棒つかみゐる

寒鴉厩の桶に乗りてをり

寒鴉墓に影置きすぐ去りぬ

釣堀に映る浮雲寒鴉

杣の家の氷柱をうつす壁鏡

まれといふ雪に遭ひたり探梅行

はこべらや鍛冶屋の庭に軍鶏の籠

夕東風に魞竹の影みだれたる

涅槃会の時なしに鳴る鐘の音
すさまじく網をこぼるる春鰯
芹摘みにつぶてのごとく鳥の影
蜥蜴出づ石の囲ひの潮見小屋
さざ波の芦の間にゐし残り鴨
外灯の点くまで声の春の鵯
分校の庭に初音や花樝子
舌巻いて草喰む牛や風光る
芋植うる雲の飛びゐる奥秩父
御影供や高幡山に月の暈

御影供の閼伽井の音のきらめける

米沢在にて

花御堂葺き終へ仰ぐ高嶺かな

花辛夷気負ひ嘶く湯治馬

戻り鴫昼月白き潟の上

母の忌や咲きそむ花へ雨の粒

戻り鴫雨の夜空に声放つ

濃山吹野鍛冶の祀る屋敷神

巣立鳥誘ひ啼きして飛び翔てり

勿来関

朝雉子の出て来し関所山桜

松蟬の一気に鳴きぬ羽黒山

つばくろの古巣あまたの行者村

若布刈る竿しなはせてゐる海女の声

はこべらや放ちし軍鶏の胸朱し

ぼうたんや峡深く来し魚売り

引鶴の羽搏ちの音の高かりき

同人会行

囀りや箱根は晴れをつくしたる

時鳥馬柵に干しある馬の鞍

牧の扉の開け放ちある樺の花

庄内やはや早苗田に美《うま》し風

山瀬風太薪けむる牧の小屋

鉄線花束ねてありぬ講の杖
いち早く夜鷹の声の講の宿
羽黒山天宥別当
蕗を煮て天宥讃ふ羽黒人
橡の花反り身に仰ぐ南谷
月山の大雪渓に駒鳥の声
青鷺や合祭殿の深庇
耕して牛が茂吉の墓に鳴く
早苗饗や厩の灯し明るくす
山瀬風空の厩に薪の束
石積みの磧のかまど竹煮草

渡り来し海猫の羽搏ちのにぎにぎし

黒川能の櫛形

ぞんぶんに筒鳥の啼く能舞台

夏の炉や札所に鈴と杖の音

講宿の魔除けの綱へ鴉の子

石工の巻尺の音蟻の列

走り梅雨太薪を積む牧の小屋

朝礼の小学校に雪解富士

眼細啼く鳥海山の雪の襞

月山の雪渓掠め岩つばめ

雪渓を女行者の渉る声

こんこんと閼伽井湧く音青蛙

青鷺の声谷深し奥羽黒

雲の峰羽黒の宮の大太鼓

馬小屋に足掻きしきりや山瀬風

夏の蝶牧の仔牛の太り初む

筑波嶺の遠浮雲や洗ひ鯉

書斎まで紫蘇を匂はす行商女

夏の鴨影濃くひきて往来す

赤腹《あかはら》鶫の遠鳴き朝の神杉に

岩檜葉や魚板の音の雲巌寺

溝浚へ伸び放題の花南瓜

油照り雄鶏不意に鬨つくる

桶深く鰻のひそむ土用かな

行商女風鈴の音褒めて去る

滝壺へづかづか入りし行者かな

滴りに背《ナ》濡らしくる木出し馬

青柿や老いたる父の盆用意

蟬の穴覗く寝起きの脂顔

月山の星空仰ぎ梅を干す

子別れの鴉鳴きゐる多摩磧

初秋刀魚姿くつきり焼かれけり

秋の蟬二度の日照雨の羽黒山

葛の花古き風鈴鳴る旅籠

念仏衆終りてかこむ盆鰹

薬狩り農婦提げきし大薬缶

萱刈の終り総出の上り酒

秋の風摘みつくしたる桑畑

富士吉田火祭　二句

火祭や明けそめてきし富士の嶺

いさぎよく火の粉きらめく御師の家

八朔や羽黒詣の杣の声

鮭網の追込みの声閧なせり

鮭網の鮭とめどなく飛沫あぐ

秋の蛇したたかの艶持ちて消ゆ

野分晴繕ひ終る牧の柵

日もすがら鶇の声の能登棚田

鹿の声せつなし朝の奈良の宿

蘆火焚く音賑やかにはじまれり

落鮎に串打つことをためらへり

高幡不動尊

色鳥のこぼれきてゐる大師像

鷹柱螺旋のごとく島の空

牧閉ぢて蝮酒提げ戻りけり
秋収め野鍛冶の音の田にひびく
艶めける鳥語頭上に紅葉狩
母の家の零余子いつしかこぼれゐる
つくばひの水浴ぶ眼白実南天
菱舟にばさと跳ねたる鯉の音
雁の声東京湾の夜の雲
山茶花の雨に咲き散る兄の忌よ
どこからか馬の匂ひの小春かな
鮦焼や風の高鳴る浅草寺

寺の釣瓶落葉の空に撥ねあがる

海苔篊の波音ひそか小春凪

三十三才紙漉く家の薄ら日に

湯治橇鈴の音高く着きにけり

三十三才野鍛冶の音の消えし庭

作務の僧声かけ合ひて歯朶を刈る

平成十七年

山葵田の音滾滾と去年今年

初汲みの水真榊の艶つやと

富士の嶺に点睛のごと初鴉

羽子の音雪の籬を越えてきし

初山に雉子の羽搏つを聞きとめし

初筑波舳先揃へし帆曳船

勝独楽をいく度も父に見せにけり

鮟鱇鍋時化の名残の浪の音

葱抜いて四日の土間を汚しけり

かいつぶり声出してすぐ消えにけり

灯台の崖隼を放ちけり

霜晴や能登塩田の空蒼し

田を越えて聞く追儺会の僧の声
籠の軍鶏爪のするどき沈丁花
暁方の地震に目覚めし雨水かな
斎の膳山菜づくし雉子の声
帰る雁ためらはず列つくりけり
残り鴨影濃く水尾をひきにけり
安房の国沖まで晴れて金盞花
高幡不動尊
雛の日の雉子の出て来し多摩の寺
書斎出て心雛に遊ばしむ
梟の檻据ゑてある梅見茶屋

無造作に鴉巣づくり始めたり

産み捨ての鶏の卵や春落葉

鳥曇斧の木魂の雑木山

襟に幣挿して田打女来たりけり

鳥の巣や安土城址に湖の風

巣離れの鮒をたやすく捕へたり

高幡不動尊

座禅草杣のみの知るけもの径

頬白の巣籠る多摩の古刹かな

登山電車の往き来の音や濃山吹

てのひらの饅頭やはし八重桜

路地奥に雀の声や菊根分
桜烏賊いきなり墨をとばしけり
流木の火を絶やさずに海女潜く
海苔篊の夕日を戻る手漕ぎ舟
それとなく花の種蒔く癒えし妻
ややこしき花種を蒔き忘れたり
初鰹いはき七浜潮曇
豆飯やからりと晴れし羽黒山
那須嶺より雨つと走り鮎の宿
方丈にほどよく匂ふ新茶かな

燕の子僧の作務衣のよく乾く
田植あと秣待ちゐる牛が鳴く
山瀬風夜更けも馬の目覚めをり
とんとんと神の土俵に鴉の子
葉桜や馬の鞍干す牧の柵
きびきびと母青梅を漬け終る

福田甲子雄氏を悼む

たたなはる山富む甲斐の甲子雄逝く
月山の雲のなかより駒鳥の声

東根市に句碑建つ　三句

句碑を覆ふ白妙の布さくらんぼ
さくらんぼ掌にして句碑の除幕待つ

献饌の日に艶つやとさくらんぼ

東根市の天然記念物

巣離れの鴉声張る大欅

曲家に漏る月かげや青葉木菟

筒鳥や日照雨に濡れし桑畑

漬梅のするどき香り書斎まで

聞き惚れる老鶯父と旅をして

節しかと我を越えたる今年竹

海鞘抱へ女海霧より現はるる

貝風鈴番屋に汐木焚く煙

貝風鈴海峡に見る蝦夷の山

川澄祐勝氏

ていねいに盆供を受くる汗の僧

朝靄の濃き立石寺紅の花

庄内の青田千枚匂ひたつ

鮎の瀬にまたたきそめし高嶺星

一と雨のあとの桑畑蒿雀《あおじ》啼く

下北半島行　五句

烏賊船の満載の水尾朝ぐもり

烏賊船のぞくぞく戻り海猫騒ぐ

朝焼や烏賊の荷揚げに海猫乱舞

潮垣に懸けし昆布や月見草

海女の垣昆布干場の傾ぎゐる

菩提寺の昼のしづけさ秋の蟬

不動尊めぐる水音麝香草

陸奥湾を雨雲覆ひ佞武多果つ

揚げ船の干し網を這ふいとどかな

五合庵へ道幾曲り赤とんぼ

落鮎のあからさまなる藻の匂ひ

夕日いまあかがねいろの下り簗

夕映えの光を吐きて鰡の飛ぶ

栃本峠

草雲雀月さしてゐる番所趾

雨の夜の梨むく音のさびしけれ

新小豆水にきらめく湯治宿

三浦三崎

葉鶏頭たかしの墓に海の音

蔵王嶺の夕影はやき稲架襖

唐辛子これ見よがしに乾びをり

葉鶏頭日暮は色を濃くしたり

舟宿の朝せはしなや残る虫

朝の百舌鳥田の隅々を睥睨す

かみのやま温泉

柿簾出羽の夕日に艶めきぬ

猪除けの畑に煙のあがりけり

猪番の交替となる太鼓の音

小鳥網鳥打帽の父に蹤く

立冬や羽黒の神の杉の鉾

冬の薔薇いささかの翳地に落す

枯蟷螂まだだしぬけに跳ぶ構へ

岩棚の海神祠石蕗の花

紅花の枯れ畑を打つ霰かな

学僧の落葉掻く音立てはじむ

枯木山朝は密なる鳥の声

冬菫くづれがちなる蜑の垣

暮惜しむ雀の声の冬至かな

佐久の田の雪嶺映す冬の鯉

田のなかの瓦工場や冬の百舌鳥

夕日なか枯れ箒草艶めきぬ

小春凪渚にならぶ海猫の群

落葉籠揺すりて減らす作務の僧

中越地震

山古志の鯉の躍市返り花

墨東の水路かがやく霜日和

冬草に放ちし軍鶏の直ぐの鬩

羽黒山　三句

むささびの羽黒の杉の雪散らす

松例祭魔除けの綱の雪雫

松例祭夜更け深雪となりにけり

平成十八年

裏富士の雪襞の濃き去年今年

初富士に駘蕩として立ちつくす

初山や背負籠の酒の泡立ちぬ

暮れがたの松風の音初神楽

講宿の天狗の下の鏡餅

初東風に音立ててゐる桑畑

初詣法鼓の連打いさぎよし

母の文いつもかな書き薺粥
あかつきの雪蹴り父の成木責
ちやつきらこ三浦三崎の海の紺
豊漁の鰤の糶場の大焚火
行商女置く背負籠に寒鴉
涅槃西風茂吉の寺に牛の声
菩提寺の朝より雪の常楽会
盆梅の濃きくれなゐを倦かず見る
諸子舟夕日に映ゆる比良の峰
帰る雁すぐに鍵形つくりけり

金縷梅や紙漉く家が昼ともす

若衆の深雪を蹴つて裸押
浦佐堂押祭

春の滝飛沫をかさねはじめけり

梅見茶屋すぐ足もとに放ち鶏

安房の海女浦明け急ぎ海苔を掻く

屋根替の青竹擦つて着きにけり

雛の日の日差しゆたかな浅草寺

荒磯打つ濤音遠く鴨帰る

紅梅の空青々と不動尊

つばくらめ安土の城の九十九折

はたはたと夜風の鳴りぬ苗障子
芥焼く煙浴びゐる春の鴨
種浸し大粒の雨蔵王より
日高路の潮風匂ふ牧開
大釜の飯噴く匂ひ朝桜
義弟急逝　二句
あつけなく桜吹雪のなかに消ゆ
花片の流るるごとく逝きにけり
誰彼の持ち寄る汐木磯かまど
藤の花風出て影のひろごりぬ
外井戸に鎌研ぐ砥石春落葉

穂麦風田小屋に浮ける錆びし釘
麦刈つて母校大きく見えにけり
鰻の筌仕掛けて代田掻きはじむ
夜明けはや海胆解禁の旗かかぐ
青嵐仔牛に角の生えはじむ
青鷺や合祭殿に雲の湧く
こけし屋の裸灯低し牛蛙

高幡不動尊

百千鳥声存分の不動尊
荒縄に山菜からげ滝行者
田植期の済みたる鄙へ鯖売女

沖縄　三句

芭種雨さざ波たてる珊瑚礁

守宮鳴く亀甲墓の鉄の錠

仏桑花古き壺屋の窯の跡

黒南風や山鳩の巣が学校に

手捕りたる梅雨の鯰をもて余す

あとがき

この『花遊集』は『山海抄』につづく平成十五年以降の作品を収めた。

さきの句集で、加齢と共に「たのしく生き、たのしく老いることを心がけたい」と述べたが、いまも変わりはない。

「むずかしいことはやさしく考えてゆく」というのが私の性分で、今後もその気持ちを大切にしたいと思っている。俳句もまた、そのような平凡な日々のなかから生まれているようである。

句集の上梓には「春耕」の山田春生氏のお世話になった。

また、角川学芸出版の皆様には多々ご面倒をおかけした。厚く御礼を申し上げたい。

平成十九年三月

皆川盤水

第十二句集　凌《りよう》雲《うん》

平成十八年拾遺

海猫の声縺れあひゐる山瀬風
渡良瀬に雨の走れる四葩寒
渡良瀬の濃き闇を縫ふ蛍の火
鮎のぼる瀬に風の音高嶺より
修羅なしてなまぐさきかな海猫の島
車座に直会となる洗ひ鯉
夕顔の羞ぢらふごとくひらきそむ
些かの茗荷を頒つ海女仲間

炎花筏曳きゆく蒸気船

盆燈籠夕かけてまだ空青し

平成十八年度芭蕉祭献詠句

赤蜻蛉霧に群れゐる伊賀盆地

復刊「あきつ」の山崎羅春氏へ　三句

ひたすらに潟をめぐれるあきつかな

潟の空まつたく晴れて鬼やんま

稲の花弥彦の嶺の晴れわたる

草の穂の露のきらめく鏡花の忌

草の穂にまぎれて消えし穴まどひ

秋蛙おとろへし声放ちゐる

月山に反りて仰ぐや去ぬ燕

夕富士を讃へて戻る鯊の汐
父の忌の梨畑に聴く寺の鐘
那須野路や霧の深さの生姜畑
秋の鮎てのひらに受けいとしめり
色鳥の声の艶めく雑木山
赤腹鶫一日伊賀は雲の郷
竿立てて柿捥ぐ声をだしにけり
茨城県美浦村
無花果へ鴉あつまる浦日和
しぐるるや島の渡船の夕汽笛
新海苔の香の湛へゐる佃路地

笹鳴や田舟を洗ふ浦日和
河よりも低き釣宿冬の鵙
水鳥のうつつに覚めて飛沫あぐ
枯萩を括るに音を出しにけり
枯尾花羽音散らして鴉翔つ
墨堤にかはたれの星都鳥
なつかしや浄土の父の炉辺談義

平成十九年

鴨の群羽ばたく潟の初茜

初富士の全容の雪艶めきぬ

初東風や雀の散らす軒の雪

釣茶屋の日の燦々と福寿草

獅子頭祝儀そそくさ受けにけり

磯の藻の透けて揺れゐる漁始

真青なる秩父の空や初神楽

一と摘みす富士の忍野の根白草

野施行や桑畑にある地蔵堂

雪折れの音生なまし行者宿

楯のごと木地師の里の大氷柱

嶺の風寒天小屋の戸を鳴らす

寒天干す風音絶えぬ諏訪の空

陶片の散らばる窯場冬すみれ

捨て窯のあたり冬草目に沁みる

早梅や鳶の下りきし磨崖仏

ひたぶるに浅間嶺の風梅寒し

沖縄にて　三句

青甘蔗に音立ててゐる島の雨

鱵船珊瑚の海の照る沖に

羊蹄木の花よく匂ふ鶏合

「羊蹄木《ようていぼく》」はマメ科の低木

最上川水かさ濁る猫柳

蕗の薹海女焚く生木泡を噴く

高幡不動尊

紅梅や御身丈余の不動尊

五重塔明けゆく空に梅にほふ

濡れしまま束ねてありぬ和布刈竿

荒東風に枝を鳴らせる梨畑

蟇出でて墓の日ざしの濃くなりぬ

あきらかに雨の春田に雉子の声

海苔篊に飛沫のあがる疾風かな

雪間草つづく羽黒の高き磴

鳥曇海鳴りつづく能登荒磯

糸桜吹かれて影のもつれ合ふ

初蝶やにこ毛つきたる卵採る

初蝶や野に来て石屋石おろす

小綬鶏の番でてきし梨畑

靄あとの畑にきはやか雉子の声

飯田龍太氏逝く

春の鳶大き輪を描き消えゆけり

ビル街に鴉の羽音三鬼の忌

雲雀東風孵溜りの軋む音

産み捨ての家鴨の卵榛芽吹く

陽炎や札所の畑の焚火あと

當麻寺の東西の塔黄水仙
初桜かがやきましぬ滝こだま
春の禽鳴きさざめかす桑畑
巣作りの青鷺の声騒がしき
越後路や畦木の榛に鴉の巣
滅法にあがりし凧に身を反らす
木地師らの集落の棟濃山吹
講宿の和讃のあとの笹粽
さゆれなき艀溜りの薄暑かな
水芭蕉月山よりの風のこゑ

山法師よき鈴の音の講の杖

羽黒山

山瀬風厩に積める林檎棡

著莪の花濃淡の霧塔つつむ

紅花の辺をたもとほり山寺へ

高幡不動尊

紫陽花のかこむや暗きお鼻井戸

簗の杭打ちゐて高嶺昏れはじむ

濁り鮒あはれや草に身じろがず

森青蛙杉の雫の鏡池

梅捥ぎし妻の軍手の大きかり

枇杷を掌に船の太笛聞きてをり

早乙女に早苗飛びくる前うしろ

能登人の代田掻きゐる地震のあと

植ゑし田に間合よろしき夜の雨

芋銭親し牛久の沼の鳰浮巣

蓴舟漕ぐより傾ぎはじめたり

鮎釣つて夕日まみれに戻りけり

烏賊船の灯が陸奥湾にならびけり

葭切に風ふくよかな利根磧

存分に羽根を散らして海猫帰る

帰る海猫繚乱と島巡りゐる

陸奥湾の北へ北へと海猫帰る

海猫帰り島の波音荒々し

深閑と海猫の帰りし島の空

老鶯にかがやきましぬ山上湖

山形県寒河江

慈恩寺に待つほどもなく駒鳥の声

星鴉牧閉づ音に飛び翔てり

磯鵯の啼きつぐ珊瑚礁の上

朝の虹かかりし出羽の大青田

毛虫焼き終りて酒にしどけなし

きしきしと雪渓を突く講の杖

さかなやのかひふうりんのよきねかな

水口に田鯉集まる芹の花

勿来

波音や関址にしだる夏の萩

暑き日の記憶ばかりや広島忌

文月や門燈近く鳴く守宮

ふるさとの帰りもたさる盆鰹

父の忌の浮きて沈まぬ大西瓜

墨堤を蝶もつれ飛ぶ震災忌

いわき市白水

はしきよし八千草囲む阿弥陀堂

待宵の月出て帰る妻の客

学校に広き空あり鬼やんま

佞武多絵の褪せたる秋の団扇かな

月山をなぞへにわたる雁の声

水の秋船宿に吊る舟日誌

瓦斯の炎の音立ててゐる寒露かな

初鴨の声そこはかと山上湖

色鳥の羽根を拾ひぬ札所道

知己のごと色鳥の来し父の墓

いそいそと急ぐ自然薯掘りに遇ふ

焼栗を剝く父の忌の夜ぞ深き

玫瑰の実やオホーツクの霧襖

桜紅葉海を近みの勿来関

柿紅葉音のひろごる撥釣瓶

落鷹の羽根浮く島の珊瑚礁

立冬の路地深く来し箒売

茶の花や幣鮮しき屋敷神

廃鉱の錆びし鉄路や冬蝗

中野・宝仙寺

真言の寺の臼塚銀杏散る

つれづれに飛沫をあげる浮寝鳥

軍鶏小屋を仕切る板張り深雪宿

何鳥ぞよき声放つ枯木山

秩父路の枯桑畑に筬の音

白凰社社長・故相田昭氏

枯菊を焚き昭忌へ急ぎけり

妻留守の昼の静けさ蜜柑剝く

燈台を見にゆく蜜柑ポケットに

荒壁の一茶の土蔵干菜吊る

冬鷗艀溜りに影ちらす

炭鉱の捨て湯の匂ひ残る虫

虎落笛熄みて夕空深くせり

寂寞と鳥の羽根浮く冬泉

平成二十年

きれめなき船の太笛年迎ふ
羽黒山合祭殿の初鴉
初富士の純白の雪燦たりき
初東風や浮藻寄りくる船着場
方丈に鉄瓶たぎる福寿草
篁に風音絶えず初硯
月山の雪かがやかに建国祭
閼伽桶の忘れ柄杓や薄氷

八重干瀬に春一番の波立てる

恋の猫寺の斑雪を踏んで消ゆ

白魚舟戻り市場の朝の鉦

魞挿すや夕日くまなき鳰の湖

大利根の野火点々と暮れんとす

海苔掻き女そがひの崖に火を焚けり

筑波路

まんさくや線香を練る水車

まんさくや牛舎へ届く塩叺

蔵王嶺の雪の照り合ふ茂吉の忌

梨畑に藁敷きつめし二月尽

啓蟄の杣の地下足袋ま新し
蜆舟沖にまぶしき潮の帯
引く鴨に東京湾の真暗闇
入り彼岸母の立ち居に酢の匂ひ
彼岸会の木魚叩かれどほしかな
糸桜少しの風に弾みゐる
雲雀の巣どこにかはあるゴルフ場
薔薇芽吹く溢るるごときのふけふ
厩出しおほどかに舞ふ鳶の笛
春蘭や雲の下りきし安土山

丸善を出て仰ぎたり春の月
風の日の白さひしめく梨の花
陶窯のよく燃ゆる音蝶の昼
炭小屋を僧の出入り山桜
花冷や一茶の住みし蔵の壁
桜鯛大き飛沫を飛ばしけり
百千鳥湖にそばだつ安土山
朝鴉巣掛けの枝を運びゐる
さつさつと雀の羽音麦青む
青麦や高くはねたる釣瓶井戸

浚渫船曳きゆく艇や花菜の黄

毛越寺菖蒲田に落つ山の影

青葉潮吃水高き入渠船

牡丹や大きく開けし仏間の扉

葉桜の影濃き野川茶碗市

ひとときは炎鳴り激しく菜殻燃ゆ

天霧らふ筑波路栗の花匂ふ

幟染むる紺屋の庭や南風

眩しみぬ梅雨雲脱ぎし甲斐の富士

梅雨の明け緑あらたな金魚の藻

魚板打つ音のひびきや旱梅雨

庄内や植ゑし田にはや風青し

老鶯や莚束ねの杉の苗

霧雫してゐる箱根ほととぎす

閑古鳥ふかぶかと澄む山上湖

駒鳥や羽黒の山の杉の鋒

夏蚕あがり夜は閑けき雨の音

門開けしままの気安さ夕端居

洗鯉佐久の山々褒めあひて

三伏や途切れがちなる軍鶏の鬩

魚跳ねて睡蓮の波ひろがりぬ

往時

盆唄の巧みすぎたる選炭婦

大根蒔く阿武隈山の日和よし

黍の穂に風あらあらと風の盆

穂芒や勿来越えくる浪の音

大粒の山の雨くる葛の花

墨堤の上げ汐の空飛ぶ蜻蛉

とんばうや山より昏るる佐久郡

雲深くこめし墓地空去ぬ燕

露草や開拓村に朝の雉子

桃熟るる大菩薩嶺の霧ぶすま
桃の汁もてあましつつすすりけり
秋の峰西日に反りし寄進札
山の影伸びて鳴子の音冷えし
初鴨や横利根の枯果て知らず
色鳥や葉洩れ明かるし筑波径
栗飯や八尾の夕べ霧の濃し
奉納の大き草鞋や神の留守
十夜僧しきりに燭をかきたてぬ
花八つ手いつしか破れし蜑の垣

水汲めば霧湧く井戸や花八つ手

冬耕の鍬を打ちこむ父の声

掛大根蹴合ひはじめし今年鶏

草に臥す冬の蝗をいとほしむ

枯葎羽音散らせる椋鳥の群

冬桜風出て影を大きくす

葱を引く音に夕べの来てゐたり

冬田水うすうすと日を映しゐる

鱈漁の飛雪はげしくおそろしや

炉火明り土間に飾りし鍬と鎌

葱の香の土間に漂ふ霜日和
大霜の庭に据ゑたり餅の臼
雪吊りの終りしあとの鳰の声

平成二十一年

神杉の羽黒山明け初鴉
松越しにひかる粉雪や初詣
福寿草日の照る縁に機の音
白樫の柄の白々と鍬始
成木責柿の木あれば柿の木に

あかつきの一番鶏や寒造

巣ごもりの鯉の浮きたつ四温の日

雪折れのこだまの重なる講の宿

菰巻を鎧ひし蘇鉄避寒宿

寒禽や木の葉まとひし磨崖仏

冬薔薇の一つ咲きしをうべなへり

立春や揉み合ふ鯉の大水輪

寒明けや雀が樋を鳴らしゐる

山葵田の水ゆたけしや寒の明け

建国祭青空深く鳶の輪

魞挿すや安土城址に風の音

高幡不動尊

さきがけの紅梅匂ふ誓子句碑

小田の畦右にひだりに犬ふぐり

久方にこけしを拭くや二月尽

滝壺の新しき注連水温む

ゆるやかな田舟漕ぐ音蓴生ふ

若鮎の向きを変へずにのぼりくる

墓山に鳶の高音や雪の果

帰る雁はやくも雲にまぎれたり

小綬鶏や雪の残れる青菜畑

母の忌はまた利休の忌花菜の黄

のどけさよ秩父路に聞く筬の音

初桜光をこぼしはじめたり

入れ替り小鳥の声の初桜

墨堤に往き来の艪音草の餅

弥彦山より田面の風や榛の花

あたらしき閼伽桶ならぶ沈丁花

朝桜洗面の水満たしけり

平泉・藤原まつり

判官に桜蘂ふる祭かな

小瑠璃の巣雨蕭々の羽黒山

手渡しで夕刊受ける春落葉

しろがねの雪の夕映人麻呂忌

花通草こけしを飾る鳴子駅

植樹祭谿の水音極まれり

声あげて鶫葉桜の日を散らす

予期せざる蜂の翅音の夏花摘み

夏落葉白河関の奥暗し

麦打のもらひ埃の母の家

釣宿に家鴨の声や花南瓜

生き生きと蜘蛛輪をつくる梅雨の晴

のびやかな牧牛の声柿の花

青蛙雲下りてきし鏡池

桑の実や母校にありし尊徳像

田が植わり畦に下りきし夕鴉

声太き茂吉のさとの田掻牛

蛍火の明滅闇をひろげゐる

あめんぼの影あめんぼにつきまとふ

青鷺や雲降りてきし羽黒谿

地震のあとますぐに下りし蜘蛛の糸

月山に笠なす雲や閑古鳥

郭公や羽黒の山の杉襖
雨あとの牧場かがやか練雲雀
三光鳥嬬恋村を霧とざす
霧ごめの百合の香つよし雲巌寺
夕立に抱卵の鶏落着かず
月山の雪渓を飛ぶ雲の影
風鈴の音のひろごる草の門
日照草置薬屋が顔出しぬ
射干や栃本峠高曇
秋の蟬鳴きつぎてゐる校庭に

秋の蟬とだえしときに雨の音
鳴きやんで草に落ちたり秋の蟬
くさむらのほほづき赤き野分あと
ひとり来て花野の視野をほしいまま
放生会の田圃にできし芝居小屋
杉の霧動く羽黒の御神殿
早稲の香や佐原祭の笛太鼓
鳴子縄引けば夕霧うごきけり
落鮎の簗しろじろと山の雨
祀りたる水口にすぐ黄鶺鴒

鶴岡市藤島
真向ひに月山仰ぐ柿の村

菊供養日向にしきり蜂のかげ

田仕舞の煙り自在に流れゐる

芦刈りにしたたり落ちる夕日影

白河の関の番所の種瓢

滝浴びの行者の声や草紅葉

地芝居の灯の洩れてをる草紅葉

会津八一
日もすがら越路は雪よ八一の忌

しんしんしんと寒波来し夜の蘭の鉢

梟や神苑の闇羽黒山

浮寝鳥羽搏ちて大きしぶきあぐ

白鳥の波ふくらませ集ひゐる

朝明けて鳥の来てゐる冬木の芽

干菜吊る空高きかな母の家

きくちつねこさんを悼む

冬浪のおしのぼる音つねこ亡し

鱈さくや雪の立山まなかひに

鱈売女ぞんざいな口ききにけり

泥鰌掘りはるかの田にもちらほらと

いわき市・閼伽井嶽

寺山のほどよき場所に炭の窯

煤のあといつしかできし焚火の輪

煤掃きの竹担ぎ来し作務の僧
あらあらと塩こぼしけり歳暮鮭
餅搗のかまど火を噴きはじめたり
ふるさとの山の音聴く年の暮

平成二十二年

初鶏ややうやく止みし空つ風
山初め斧の木魂のつづけざま
初漁に海女の笑顔の走りくる
夕富士をそびらに初荷船戻る

誰彼といはぬどんどの御神酒受く

寒鴉鋭き声放つ羽黒山

冬薔薇の咲くのを待てばもどかしき

探梅や野寺の法鼓耳にしつ

土間隅に寄せある葱や春を待つ

道北

思ひ切りよく流氷の鳴りにけり

根方より雪解けはじむ葡萄園

魞挿すや夕日色濃き比良比叡

渡良瀬や正造へとぶ野火煙

書庫守の鈴を鳴らしぬ梅の花

潮の香の強き若布を海女負ひ来

若布負ふ海女の前後のもののし

父の字の納戸の棚の種袋

鳶の声枝こまやかに桑芽吹く

奥多摩に芽起しの雷走りけり

ぜんまいを干す厚莚ずらしけり

虎杖や武甲嶺に雲下りてきし

接岸の佐渡の航路の春灯し

初花をはやきてこぼす朝鴉

初花や弥陀堂まはり箒の目

桜鯛軍手もともに届きたる
秩父路の尖りたる風麦青む
浅草を巡る親しき春の風
トラックの牛をおろして牧開く
春行くと鶏鳴せつに応へ合ふ
桑の実捥ぐ汗走らせて童たち
海に沿ふ常磐線に桜の実
青梅を見るたのしみの朝の刻
早苗饗の襖を外す父の声
早苗饗の酒欲る人を労はりぬ

灯台を見ての終りの生り節
没り日いま夏至の神苑おごそかに
夏草の風に散らばる机上かな
じやがたらの花が月山雲の中
初蟬のかなづるごとく鳴きはじむ
多摩晩夏夕日あかあか不動尊
野菊晴潮満ちてきし利根磧
電線の影濃き刈田野寺道
芦刈にしたたるごとき濃き夕日
柞紅葉色濃き雨が蔵王嶺に

崩れ簗那須野に雲のかぎりなし

都鳥墨堤に影ひきゐたり

高幡不動尊

日当れるあぢさゐ畑に凍てし蝶

あとがき

本句集『凌雲』は、平成二十二年八月二十九日に逝去された皆川盤水の遺句集で、第一句集『積荷』から数えて第十二句集にあたる。盤水が昭和四十一年に創刊した「春耕」が、今年四十五周年を迎えたのを記念して出版されるものである。

収録句は、前句集『花遊集』以降に「春耕」や、俳句総合誌などに発表された作品を纏めたもので、遺漏のないよう万全を期した。配列は四季別としたが、発表された句を一まとめにして括ったので、若干前後する句も出ることとなった。

「春耕」の創刊のことばは「俳句の固有性に基づく有季定型を基礎にした伝統俳句に、自然と生活の中から新しい美を探究する」である。盤水はこの確固たる信念を生涯貫き通し、実作や俳論で示してきた。自然とそこに住む人々の営みに心をくばる、明るく骨太で美意識の強い作風が盤水俳句の魅力である。本句集はその盤水俳句の集大成でもあり、全編を通して盤水俳句の真髄にふれることが出来るものと思う。

句の収集は「春耕」の池内けい吾、蟇目良雨、柚口満が当たった。句集名は川澄祐勝高幡不動貫主による盤水の法名「凌雲院盈徳盤水居士」から採った。題字は高木良多。

出版に当たっては「俳句研究」の石井隆司編集長にお世話になった。石井氏と盤水は長年の親交があり、故人も喜んでいるものと思う。改めて厚く御礼申し上げます。

平成二十三年九月朔日

棚山波朗

句集未収録初期作品

＊『花神現代俳句　皆川盤水』より五十六句を収めた。

初心の頃

啄木忌雨の中来るいわし売り

朝顔蒔く父のてのひら大きかな

春の雪ちらつきはじむ選炭場

潮干狩べたべた歩く父の跡

蜂の巣を父の帰りを待つて焼く

白水阿弥陀堂

鉱夫らの軍鶏のばくちや堂薄暑

韓《から》人《びと》の喧嘩のこゑや葱の花

桃の花炭鉱《やま》の祭の選炭婦

はこべらや石炭の貨車繫ぐ音

みちくさに野蒜を掘りて帰りけり

盆踊はてて夜更けの海匂ふ

炭鉱の捨て湯の堤を野火煙り

白水阿弥陀堂

おづおづと蛇の出てきし阿弥陀堂

初桜風音聞きつ登校す

花樒桶屋の音が校庭へ

花紫苑乱れてすぐに括らるる

炭塵の鉱夫の貌や霜日和

タンポポや寺に鉱夫の遭難碑

無花果や鼻緒の太き父の下駄
夕風や墓に揺れ合ふ山葡萄
手伝ひに鉱夫来てゐる晩稲刈
阿武隈山に一と雨来たる晩稲刈
貯炭場に貨車繋ぐ音春の暮
鬼灯の気ままに育つ墓の径
茸山へ小雨の径を急ぎけり
炭鉱の捨て湯の流れ草紅葉
垣低き炭鉱長屋蔦紅葉
炭鉱の長屋に夜干し梅匂ふ

籐椅子や素足の父が庭へ出る
長病みの母へ花茣蓙敷いてやる
長病みの母が匂ふと蚊火を消す
おのづから花咲く方へ鶏の声
初つばめ楤の芽摘みの父に蹤く
手摺れたる啄木歌集春炬燵
野火守が眉を焦がしてゐたりけり
制帽を放さず母と浅草へ
蛍見に赤子背負ひて選炭婦
平商業学校は磐城中学のあとにあり
赤蜻蛉古き校舎の支へ棒

麗かやつばめの影が教室に

三春にて

山鳥の羽落ちてゐる滝桜

大根も干し終りしと選炭婦

口つけて飲みし泉に懸巣啼く

戦地で

ラオス

ゴム園に守宮の鳴きゐるバンガロー

汗拭ふ虎が出でしとラオス人

青田風水牛の角太きかな

鶏売に灼くる日ざしのメコン河

鶏売の鈴鳴らし来る夏木立

カンボジア

王宮のテニスコートやカンナの緋

沈まずに青き椰子の実流れゆく

マラリアにあしたの命考へず

泥濘のスコールあとのメコン河

南風に倒れさうなる阿片小屋

若葦の葉に水牛が貌出せり

椰子の葉の高みを踏みて雨蛙

月明下敵機を逃れ汗涼し

竹夫人太しと思ひ目覚めけり

句碑作品ほか二句

＊句碑作品、および句集未収録の二句を収めた。

第一句碑

閼伽井嶽夜風ゆたかな盆踊

（福島県いわき市赤井・常福寺境内）

第二句碑

ふんだんな懸巣の声や阿弥陀堂

（福島県いわき市内郷白水町・阿弥陀堂参道大越邸前）

第三句碑

自然薯掘り藪の匂ひを持ち帰る

（福島県いわき市内郷白水町・阿弥陀堂参道大越邸内）

第四句碑

手焙や櫛形山の風の音

（山梨県甲斐市竜王・金玉山瑞良寺境内）

第五句碑

月山に速力のある雲の峰

（山形県鶴岡市羽黒町手向・羽黒山南谷林道）

第六句碑

河骨は星のごとしや鏡池

（山形県鶴岡市羽黒町手向・三光院門前）

第七句碑

筑波嶺の大谷小谷初霞

（茨城県新治郡八郷町柿岡・申内稲荷境内）

第八句碑

残雪に大幣の舞ふ湯殿山

（山形県鶴岡市田麦俣・湯殿山神社本宮上り口）

第九句碑

枯芦のゆたかにけふの日をとどむ

（茨城県稲敷郡美浦村・大須賀津湖畔農村公園内）

第十句碑

この寺の風鐸の音濃あぢさゐ

（東京都日野市・高幡不動尊境内）

第十一句碑

東根は出羽の楽園さくらんぼ
（山形県東根市・堂ノ前公園内）

＊

甥・皆川文弘、清美の結婚を祝して

娶る日や万両の紅くつきりと
（一九八一年十一月二十九日）

甥・皆川文弘長子誕生を祝して

八月の朝の産声強かりき
（一九八二年八月二十八日）

解題

第一句集『積荷《せつか》』

昭和三十九年四月一日、風発行所刊。定価五〇〇円。B6判、上製、函入り。一頁三句組、二〇〇頁。扉に著者近影。「序」沢木欣一。「跋」田川飛旅子。第一部として昭和二十二年から三十二年まで、著者二十九歳から三十九歳まで十一年間に俳誌「かびれ」に発表した一八六句を四季別に配列。第二部として「風」に同人参加した三十三年から三十八年六月まで、著者四十歳から四十五歳まで五年半の二八〇句を歴年順に収める。

盤水が俳句を始めたのは昭和八年、福島県立平商業学校時代で、ホトトギス系の「鹿笛」所属の兄二樓に手ほどきを受け、時々「雲母」や「馬酔木」に投句。十六年からの大連汽船時代に「石楠」同人の金子麒麟草らの句会に出席、句作を楽しんだ。この初心時代と戦中の作品は『花神現代俳句 皆川盤水』に六一句収録されている。戦後、二十二年に本格的に句作を始め、大竹孤愁主宰の「かびれ」に投句。二十六年「かびれ」同人に推され、俳号を「水藻」から「盤水」に改めた。三十三年に「風」に同人参加して沢木欣一に師事した。

その間、皆川商工運輸などの会社を設立し、港湾の荷役に従事。句集の題名としてその荷役作業の象徴の「積荷」を選んだ。盤水は「後記」に「社会的な広い視野のなかに、絶えず自己を練磨してゆかなければならないと努力をつづけてきた」と記す。この句集はいわば俳人盤水の成長記録である。

師の沢木欣一は「序」で、「極めて健康な、向日性の強い生きる喜びの素朴にこもった盤水俳句に私は羨望を感じる」と述べ、

火祭終え天ががら空き括り桑

ゆで栗に一家大声税きたる

などの句をあげ、盤水俳句は「湯気の挙がる黒土から掘り出された、万葉人的な明るさである」とほめ称えた。

また、友人の田川飛旅子は「跋」で、「盤水さんは実業家、経営者として、働きざかりの立派な仕事をしておられる一方、（中略）新しい俳句を探求する熱意に燃え」、「風」のグループ活動のリーダーとなって尽力していると称えた。

［代表句］

胸にくる昼の蚊太し平泉
野火の闇農夫に光る井戸の星
桶に浸す菭が真直ぐ啄木忌
獅子舞がすたすたゆけり最短路
蟹を売る能登朝市の雨急なり

第二句集『銀山《ぎんざん》』

昭和五十年四月十日、白凰社刊。定価一八〇〇円。B6判、上製、函入り。一頁三句組、一八四頁。題簽・沢木欣一。昭和三十九年の拾遺四二句と四十年から四十七年まで、著者四十七歳から五十四歳まで八年間の四一二句、計四五四句を収める。

この期間に特筆すべきことは、昭和四十一年八月に東京・中野で「春光」を創刊主宰。四十三年二月に「春耕」と誌名を改める。その間、毎年のように故郷いわきに帰省して墓参している。四十一年春は堺田の封人の家から山刀伐峠越えをして尾花沢を訪れるなど芭蕉の「おくのほそ道」の跡をたどり、秋には那須へ。翌四十二年春は勿来関からいわきへ、四十三年五月は白河の関から須賀川牡丹園へ、四十四年六月には山形の立石寺や斎藤茂吉の生家を訪れ、七月に恐山から平泉・鳴子へ、四十五年二月には白石の鷹巣紙漉村や弥治郎こけし村などを訪ね、東北の旅をつづけた。北方志向の俳人といわれる所以である。

題名は四十二年夏に訪れた墳墓の地、伊達郡桑折町半田の半田銀山跡で詠んだ〈廃銀山馬鈴薯の花ここに尽く〉などから採った。盤水の家系は長年ここの銀山守であった。盤水は「あとがき」で、この句集は「亡びゆく風景の中に没入して、歴史を思いながらつくったものが多い」と述懐する。

［代表句］

鰻食ふカラーの固さもてあます

最上川みる虎杖を手に余し

こけし屋に頭を揃へたる雛燕

盆梅が満開となり酒買ひに

月山に速力のある雲の峰

第三句集『板谷《いたや》』

昭和五十五年二月二十五日、東京美術刊。「現代俳句俊英30人集」第一八巻。定価九〇〇円。A5変型判、並製、カバー装。装画・松尾隆司。一頁四句組、一二〇頁。巻末に著者略歴一頁。昭和四十八年から五十二年まで、著者五十五歳から五十九歳まで五年間の三八四句を収録（＊）。題名は福島・山形両県をつなぐ最大の難所の峠名から採る。

この期間には四十八年八月に月山に初登頂したのをはじめ、翌四十九年五月に宮城の岩出山城址へ、十一月に能登の禄剛崎へ、五十年には二月に出羽の黒川能を見学、四月に長野の善光寺や柏原の一茶の里へ、五月に高野山に遊び、九月に八尾の風の盆を見物。さらに五十一年の初めに諏訪・高遠へ、夏に酒田沖の飛島、秋に小千谷、冬に佐渡へ、五十二年には春に白布高湯、夏に筑後柳河、秋に平泉、冬に湖北へ出かけるなど機会あるごとに旅を楽しんだ。この句集はいわば盤水の旅吟集である。

＊本集には『定本　板谷峠』に採録されなかった作品のみ収めた。

［代表句］　　＊＝『定本　板谷峠』に収載

河骨の黄は星のごと鏡池

＊雪の夜の燭炎えたたす舞の袖

＊風の盆踊衣裳に早稲のいろ

＊鰭酒を廻し飲みをりサラリーマン
＊負け鶏をにんにく臭き男抱く

第四句集『山晴《やまばれ》』

昭和五十九年一月十五日、白凰社刊。定価二三〇〇円。四六判、並製、函入り。一頁二句組、一八四頁。装画・関合正明。巻末に著者略歴一頁。昭和五十三年から五十八年春まで、著者六十歳から六十五歳まで五年余の三三二句を逆年順に収録。題名は五十七年冬に長野県戸隠の戸隠神社で詠んだ〈山晴れに魚板の音や懸大根〉による。

この間、五十四年と五十七年夏に月山に登頂したのをはじめ、みちのくはいうに及ばず、佐渡や奈良に遊び、西へは五十五年八月、沢木欣一句碑の除幕式に出席するため沖縄へ初めて旅した。また、出羽の黒川能や諏訪の御柱祭、奥多摩の御嶽神社の太占祭など祭りや行事を見学、作句に励んだ。とくに五十五年四月に講師として厚生年金会館の俳句講習生を引率して御柱祭を見学したときは、角川『俳句』七月号の巻頭に〈おんばしら御幣《おんぺい》切れて湖に飛ぶ〉など「信濃」三〇句を発表して注目を浴びた。

［代表句］
鳳凰堂にちらちら見ゆる恋の猫
大盛の秀衡椀の菜飯かな
鰤起し大佐渡小佐渡つらぬけり
本郷に鮭焼く匂ひ啄木忌
宿坊に酒が匂ふよかきつばた

第五句集『定本　板谷峠《いたやとうげ》』

平成二年五月一日、白凰社刊。限定三〇〇部。定価三〇〇〇円。四六判、上製、函入り。一頁二句組、一七四頁。巻末に著者略歴一頁。第三句集『板谷』再版の要望にこたえて出版したもので、原句集三八四句のうち五九句を改作、八八句を削除し、計二九六句を収めた。

［改作した主な句］　＊＝原句

手賀沼に旧道があり鴨の声　昭49
＊手賀沼に旧道があり鴨睦む
雪海苔に風浪高き日本海　昭50
＊雪海苔に風浪ただに高きかな
河骨は星のごとしや鏡池　〃
＊河骨の黄は星のごと鏡池
寒天を干し田の雪をまぶしめり　昭51
＊寒天干し田の面の雪をまぶしめり
子蟷螂鉱泉宿が茶殻干す　〃
＊蟷螂生る鉱泉宿が茶殻干す
鰻屋に川より来たる黒揚羽　昭52
＊鰻屋に川より来たる蝶まどふ
閼伽井嶽夜風ゆたかな盆踊　〃
＊浜街道夜風ゆたかな盆踊

［削除した主な句］

武者幟大桑畑の伊達郡　昭48
山始め伊達の桑折の雪中に　昭49
雪海苔を摘むや指先暮れはじむ　昭50
日記買ひ鰻を食ひてあたたまる　昭51
貝割菜みな藁屋根の能舞台　〃
黒つぐみ雪の蔵王嶺大きかり　昭52
花畑に雨の音する源義忌　〃

第六句集『寒靄《かんあい》』

平成五年六月十五日、白凰社刊。定価二五〇〇円。四六判、上製、函入り。一頁二句組、二一〇頁。巻末に著者略歴一頁。昭和五十八年の拾遺から六十二年まで、著者六十五歳から六十九歳まで五年間の三七六句を収録。題名は故郷いわきの閼伽井嶽を詠んだ〈寒の靄まどかに明けし閼伽井嶽〉による。

この句集の期間で特筆すべきことは、昭和五十八年から「春耕」の新年俳句大会を日野市の高幡不動尊で開くようにしたほか、翌五十九年から夏期林間学校を各地で開催したり、六十年から秩父の初詣吟行を恒例行事にするなど、主宰者として本格的な俳句活動に乗り出したことである。六十一年には「春耕」創刊二十周年を迎え、十二月に記念祝賀会を東京・新宿の京王プラザホテルで開催した。

一方、五十八年に「おくのほそ道」吟行を計画、五月に平泉に、八月に出羽から象潟へ吟行したほか、五十九年七月に下北の恐山大祭を見物。さらに八月から北海道吟行を企て、江差から積丹半島へ旅し、翌六十年六月に釧路から根室・網走へ、六十一年八月に礼文、利尻島へ出かけた。また、沖縄へは六十年八月につづいて六十二年二月に石垣島へ吟行、さらに八月には青森ねぶたを見物のあと北海道の襟裳《えりも》岬へ吟行するなど旅に明け暮れた。この句集もいわば盤水の旅吟集である。この句集により第三十三回俳人協会賞を受賞した。

［代表句］

手焙や櫛形山の風の音

ふんだんな懸巣の声や阿弥陀堂

氷水いたこの席にとどきけり

筑波嶺の大谷小谷初霞

寒の靄まどかに明けし閼伽井嶽

第七句集『隨處《ずいしよ》』

平成六年十月二十五日、角川書店刊。定価本体二七一八円。四六判、上製、函入り。一頁二句組、二四二頁。装丁・伊藤鑛治。巻末に著者略歴一頁。『寒靄』拾遺一六句と昭和六十三年から平成四年まで、著者七十歳から七十四歳まで五年間の四一八句を収録。この年喜寿を迎えた記念に出版したもので、題名は唐の詩人孟浩然の詩「客行随處楽、不見度年年」による。盤水は「あとがき」で、「晩年を迎えて私は、いよいよ處に随うことによって、明鏡止水、今日の時を最高と考えて、更に研鑽をつづけてゆきたい」と記す。

つまり、この句集は古希を過ぎてから五年間の句集であり、六十三年には主宰誌「春耕」を月刊にしたこともあり、いわば意欲横溢の時期の句集である。

　この期間も盤水は東奔西走。自らの主唱で始まった北海道吟行は、六十三年八月の留萌・焼尻島吟行につづいて、平成元年八月には江差から奥尻島へ、三年二月に野島崎の流氷見物、八月にサロベツ原野や宗谷岬へ旅した。こうした北方志向の旅のほか、この期間はとくに祭り見物を多くした。平成二年二月に八戸のえんぶり、五月に山形の酒田祭、七月に相馬野馬追祭、八月に弘前ねぶたへ吟行。翌三年十二月には羽黒山の松例祭を見物した。

　また、この期間中の出来事で特筆すべきことは、昭和六十三年六月に羽黒山南谷に月山句碑を、平成二年五月に羽黒山の三光院に河骨句碑を建立、除幕したことと、平成三年七月に伊豆新島の出羽三山中興の祖天宥別当の墓参りをしたことである。

［代表句］
雪女郎厩の馬も見てゐたり
比良八荒すみたる空に鳰の声
桜餅三つ食ひ無頼めきにけり
でで虫や天宥の墓供花溢る
羽黒山涼し木綿しめかけてより

第八句集『曉紅《ぎょうこう》』
平成八年十二月一日、角川書店刊。定価本体二七一八円。四六判、上製、函入り。一頁二句組、二一〇頁。装丁・伊藤鑛治。巻末に著者略歴一頁。平成四年から七年夏まで、著者七十四歳から七十七歳まで四年間の三七五句を収録。題名は主宰誌「春耕」の二十一年目への出発を心して「曉紅」と名づけた。
　この期間に特筆すべきことは、平成四年と五年に俳人協会訪中団の顧問として訪中したことである。四年には北京から杭州・蘇州を歴訪して一七句入集。翌五年には上海から蘇州・無錫を訪れ、三句入集した。また、五年には五月に第一回羽黒町全国俳句大会の世話人を務めたほか、九月に出羽三山開山一四〇〇年、第三十五回奥の細道羽黒山全国俳句大会に選者として出席するなど俳人としての役目を果たした。

このほか恒例の北海道吟行や祭り見物も欠かさず、六年二月の沖縄旅行では佐敷町（現・南城市）で待望の闘鶏を見物した。

［代表句］

初蛍見に行く妻の洗ひ髪

長城は天馬のごとし青胡桃

闘鶏に島の女ら肩いからす

簗番が高嶺の星を褒めあへる

野馬追の武者に祝儀をつつむ婆

第九句集『高幡《たかはた》』

平成十一年一月三十一日、角川書店刊。「今日の俳句叢書」第五七巻。定価本体二八一六円。四六判、上製、函入り。一頁二句組、二四〇頁。装丁・伊藤鑛治。巻末に著者略歴一頁。平成七年の拾遺五三句と平成八年から十年までの三八四句、つまり著者七十七歳から八十歳まで四年間の四三七句を収録。題名は日頃崇拝する東京・日野市の高幡不動尊の二字から採る。

この句集の期間の平成八年に「春耕」創刊三十周年を迎え、十月に東京で記念祝賀俳句大会を開き、それを節目に九年六月に湯殿山に湯殿山句碑を、翌十年四月に霞ヶ浦湖畔に枯芦句碑を建立、除幕。さらに、八年五月に故郷いわきの盆踊句碑建立十周年記念の春季鍛練大会を、翌九年十月にいわきの懸巣句碑建立十周年祝賀会を、十年十一月には山梨県竜王の瑞良寺で手焙句碑十年祭を開くなど記念行事がつづいた。

この間、吟行や旅行も怠らなかった。主なものを拾うと、七年八月の青森・道南吟行、翌八年六月に羽黒の夏期林間学校、八月に宗谷岬からサロマ湖へ、九月に湯殿山へ出かけ、翌九年には六月に羽黒の夏期林間学校、七月に那須黒羽、九月に八尾の風の盆、十月に佐原祭に出かけた。翌十年には三月に沖縄へ、九月に韓国へ旅した。この間、七年九月の父の二十三回忌法要、十年十一月の兄二樓の二十五回忌の法要に参列。公私ともに忙しい日々を過ごした。句集の帯には、「自然と人間の生活に美を探求した今日の句集」とある。

［代表句］

蓴舟沼底擦つて戻りけり
父の忌の夕風散らす花木槿
波郷忌の夕波のたつ小名木川
行商女麦茶を飲んでながくゐず
秋惜しむ佐原囃子を舟に聞き

第十句集『山海抄《さんかいしょう》』

平成十六年十月一日、花神社刊。定価二六〇〇円。四六判、上製、カバー装。一頁三句組、一五六頁。装丁・熊谷博人。「春耕」創刊三十五周年を自祝して出版したもので、平成十一年から十四年まで、著者八十一歳から八十四歳まで四年間の三九〇句を収録。巻末に初句索引、著者略歴を付す。

この期間には、平成十一年六月に羽黒山三光院で開かれた出羽三山句碑記念祭に出席、翌十二年には十一月に東京での「春耕」創刊三十五周年記念祝賀会を開催、十三年十月に日野の高幡不動尊で開かれたあぢさゐ句碑除幕、開眼法要に出席するなど祝い事がつづいた。

ただこの四年間は高齢のため、遠出の吟行といえば十一年八月に富士吉田の火祭を見に行った程度であった。その分、句会には回想句を出すことが多く、また先人の忌日に句を詠むことが多くなった。

[主な回想句]

茎立や茂吉の墓に牛の声　平11
湖風や赤彦の家の青榠樝　平12
竹馬で銭湯に行く炭鉱《やま》の子ら　平13
講宿に茶飲みばなしの鱈売女　平14
負け鶏を抱きて韓人泣き出しぬ　〃

[忌日の句]

紫陽花に荒ぶる雨の八束の忌　平11
朝の蟬さざ波のごと茂の忌　〃
牛の声雪垣解きし茂吉の忌　平12
柚子山の柚子よく匂ふ青畝の忌　平13
黒葡萄いよよ漆黒農一忌　平14

盤水は、この句集の「あとがき」に、「加齢と共にたのしく生き、たのしく老いることを心掛けてきた作品集である」と記した。

第十一句集『花遊集《かゆうしゅう》』

平成十九年五月三十日、角川書店刊。「角川俳句叢書」第四九巻。定価本体二六六七円。四六判、上製、カバー装。一頁二句組、二二二頁。装丁・伊藤鑛治。平成十四年の拾遺一四句と十五年から十八年まで、著者八十五歳から八十八歳までの四年間の三八三句、計三九七句を収録。巻末に著者略歴一頁を付す。

　この期間、平成十六年十二月に東京で「春耕」三百号記念祝賀会を開き、十八年十月には東京で創刊四十周年記念祝賀会を開いた。また、十七年六月に山形県東根のさくらんぼ句碑除幕式には出席したが、それ以外遠出の旅は老齢のため一度もしなかった。この句集もやはり回想句が多い。

[主な回想句]

沖縄忌夜目にくつきり珊瑚礁　平15
庄内やはや早苗田に美《うま》し風　平16
蕗を煮て天宥讃ふ羽黒人　〃
勝独楽をいく度も父に見せにけり　平17
月山の雲のなかより駒鳥の声　〃

また、句会の席上、席題によって作った主な句に、

こんこんと閼伽井湧く音青蛙　平16
燕の子僧の作務衣のよく乾く　平17
五合庵へ道幾曲り赤とんぼ　〃

などがある。

盤水は「あとがき」に、「『むずかしいことはやさしく考えてゆく』というのが私の性分で、今後もその気持ちを大切にし」、「平凡な日々のなかから」俳句を作っていきたいと決意を述べた。

第十二句集『凌雲《りょううん》』（遺句集）

平成二十三年十月八日、角川マガジンズ刊。定価本体三〇〇〇円。四六判、上製、カバー装。一頁二句組、二二〇頁。題字・高木良多。装丁・熊谷博人。平成十八年の拾遺三五句と平成十九年から二十二年まで、著者八十九歳から九十二歳まで四年間の三六〇句、計三九五句を収録。巻末に著者略歴一頁を付す。

この句集は、平成二十二年八月二十九日に亡くなった盤水の遺句集で、題名は盤水の法名「凌雲院盈徳盤水居士」から採る。題字・高木良多。編集は棚山波朗主宰が中心となり、句の収集を池内けい吾、蟇目良雨、柚口満が担当、この年迎えた「春耕」創刊四十五周年を記念して出版したものである。

盤水はこの句集の期間も遠出の旅には出ず、もっぱら句会指導に当たった。たとえば、十八年八月の長月句会では、「稲の花」の席題で〈稲の花弥彦の嶺は雲の中〉と詠んだが、翌日、弟子の山崎羅春が新潟で俳誌「あきつ」を復刊すると聞き、〈稲の花弥彦の嶺の晴れわたる〉と作り変え、祝句として贈ったこともある。

句会の席上、席題で作った主な句に、

＊数へ唄母口ずさむ福寿草　平19
蕗の薹海女焚く生木泡を噴く　〃

枯菊を焚き昭忌へ急ぎけり　〃
入り彼岸母の立ち居に酢の匂ひ　平20
閑古鳥ふかぶかと澄む山上湖　〃

がある。第一句から「福寿草」「蕗の薹」「枯菊」の席題で詠んだ句。第三句の「昭」は「春耕」の製作をしていた白凰社社長の相田昭氏。また第四句は、「雛祭」の席題で作った句を「春耕」に発表するとき「入り彼岸」に変えたもの。第五句は「老鶯」の席題で作った句の季語を変えて発表した句である。

また、回想句の主なものとして次の句がある。

[主な回想句]

*八朔祭杣の提げきし大干鱒　平18
*松例祭幣ちぎれとぶ雪の上　〃
荒壁の一茶の土蔵干菜吊る　平19
春蘭や雲の下りきし安土山　平20
声太き茂吉のさとの田掻牛　平21

*＝句集未収録句

（山田春生）

略年譜

大正七年（一九一八）

十月二十五日、福島県磐城市（現・いわき市）に、父皆川守一、母なをの五男として生まれる。

昭和八年（一九三三）　十五歳

福島県立平商業学校に入学。兄二樓（「鹿笛」所属）に俳句を学ぶ。國學院出身の一茶の研究家であった下山田先生からも教わる。

昭和十二年（一九三七）　十九歳

四月、巣鴨高等商業学校に入学。

昭和十五年（一九四〇）　二十二歳

三月、巣鴨高等商業学校卒業。四月、日本大学法学部に入学。

昭和十六年（一九四一）　二十三歳

大連汽船株式会社に入社。下関から釜山に渡り、鉄道で朝鮮半島を縦断して大連本社に赴任。貨物受渡課に配属される。高山峻峰（「曲水」同人）、金子麒麟草（「石楠」同人）に学び、「大連日日新聞」などに投句。

昭和十七年（一九四二）　二十四歳

大連汽船上海支店へ転勤。

昭和十八年（一九四三）　二十五歳

船舶運営会に派遣され、サイゴンに駐在。陸海軍の船舶関係の嘱託として、南方総軍の連絡事務にあたる。

昭和二十年（一九四五）　二十七歳

ラオスへ派遣され、メコン川の河川輸送に従事。終戦により捕虜となり、サイゴンに抑留される。抑留所内に俳句会を結成する。

昭和二十一年（一九四六）　二十八歳

六月、帰国して故郷の磐城で静養。句を兄二樓に見てもらう。秋、中野美彌子と結婚、上京。

昭和二十二年（一九四七）　二十九歳

船舶運営会に復職。句作を再開し、「かびれ」

（大竹孤悠主宰）に投句。

昭和二十六年（一九五一）　三十三歳
「かびれ」同人となる。

昭和二十八年（一九五三）　三十五歳
中野区俳句連盟を結成。

昭和二十九年（一九五四）　三十六歳
東京に日進海陸運輸株式会社を設立、代表取締役に就任。あわせて日栄運輸倉庫株式会社を経営。石川桂郎、滝春一らと交わり、新宿西口の酒房「ぼるが」に通うようになる。沢木欣一と出会う。

昭和三十三年（一九五八）　四十歳
「風」に同人参加。『俳句研究』の選者をつとめる。

昭和三十四年（一九五九）　四十一歳
現代俳句協会会員となる。

昭和三十五年（一九六〇）　四十二歳
九月、四谷の主婦会館で開かれた「風」十五周年記念全国俳句大会の司会をつとめる。

昭和三十九年（一九六四）　四十六歳
四月、第一句集『積荷』（風発行所）刊。

昭和四十一年（一九六六）　四十八歳
八月、「春光」創刊。沢木欣一との東北吟行の旅で、出羽の堺田から山刀伐峠を越え、尾花沢から大石田へと斎藤茂吉の足跡を訪ねる。この頃から沢木の勧めもあり茂吉研究に力を注ぐ。

昭和四十三年（一九六八）　五十歳
「春光」を「春耕」と改称。

昭和四十四年（一九六九）　五十一歳
二月、浜松、六月、立石寺、十月、大石田・山刀伐峠、十一月、金沢・余呉湖へ吟行。

昭和四十五年（一九七〇）　五十二歳
七月、羽黒山全国俳句大会へ。十月、七ヶ宿街道吟行。

昭和四十七年（一九七二）　五十四歳
現代俳句協会退会。俳人協会入会、幹事となる。

昭和四十八年（一九七三）　五十五歳
五月、伊賀上野吟行。八月、月山初登頂。同月、父守一、九十一歳で逝去。

昭和五十年（一九七五）　五十七歳
四月、第二句集『銀山』（白凰社）刊。六月、角川『俳句』に「俳壇人物往来」の連載開始。九月、富山県八尾の風の盆吟行。

昭和五十一年（一九七六）　五十八歳
「風」三十周年大会委員長をつとめる。七月、酒田・飛島、十一月、佐渡へ吟行。

昭和五十二年（一九七七）　五十九歳
俳人協会賞予選委員となる。二月、浜名湖、八月、平泉・尿前の関・羽黒吟行。『むかしの俳句』（東京新聞出版局）刊。

昭和五十三年（一九七八）　六十歳
十一月、フジテレビ俳句会発足、高木良多と指導にあたる。

昭和五十五年（一九八〇）　六十二歳
二月、第三句集『板谷』（東京美術）刊。八月、沢木欣一の句碑除幕で沖縄辺戸岬へ。九月、長月句会発足。

昭和五十六年（一九八一）　六十三歳
六月、『自註現代俳句シリーズ・皆川盤水集』（俳人協会）刊。俳人協会監事に就任。

昭和五十七年（一九八二）　六十四歳
二月、須磨・明石、三月、諏訪・高遠吟行。四月、『俳壇人物往来』（白凰社）刊。七月、出羽三山、十二月、三浦岬吟行。

昭和五十八年（一九八三）　六十五歳

秩父へ初吟行。八月、御岳山で第一回「春耕」夏季林間学校開催。羽黒山・象潟・念珠関吟行。十月、山梨県甲斐市の瑞良寺吟行。

昭和五十九年（一九八四）　六十六歳

一月、第四句集『山晴』（白凰社）刊。八月、山梨県大月で第二回「春耕」夏季林間学校開催。俳人協会賞選考委員に就任。

昭和六十年（一九八五）　六十七歳

「春耕」新年俳句大会を高幡不動で開催。俳人協会全国俳句大会実行委員長。丹波市青垣町高座神社の細見綾子「でで虫」句碑建設委員長をつとめる。

昭和六十一年（一九八六）　六十八歳

五月、随筆集『山野憧憬』（白凰社）刊。五月、閼伽井嶽常福寺の〈閼伽井嶽夜風ゆたかな盆踊〉の第一句碑除幕。十二月、「春耕」創刊二十周年記念祝賀会を京王プラザホテルで開催。

昭和六十二年（一九八七）　六十九歳

九月、「春耕」一〇〇号記念号刊。十月、福島県白水阿弥陀堂参道の大越邸前〈ふんだんな懸巣の声や阿弥陀堂〉の第二句碑、および邸内〈自然薯掘り薮の匂ひを持ち帰る〉の第三句碑除幕。十一月、山梨県甲斐市の瑞良寺に〈手焙や櫛形山の風の音〉の第四句碑除幕。

昭和六十三年（一九八八）　七十歳

四月、四国吟行。『わかりやすい俳句の鑑賞』（白凰社）刊。六月、羽黒山南谷に〈月山に速力のある雲の峰〉の第五句碑除幕。

平成元年（一九八九）　七十一歳

一月、金沢の「風」北陸新年俳句大会で「芭蕉の旅」と題して講演。六月、伊豆新島と羽黒山、八月、北海道奥尻島を吟行。

平成二年（一九九〇）　七十二歳
五月、第五句集『定本 板谷峠』（白凰社）刊。山形県羽黒の三光院に〈河骨は星のごとしや鏡池〉の第六句碑建立。「オフトーク・俳句365日」への出演始まる。十一月、「風」五〇〇号記念大会委員長をつとめる。十二月、「春耕」創刊二十五周年記念大会を京王プラザホテルで開催。

平成三年（一九九一）　七十三歳
フジテレビ「おめざめ天気予報」にレギュラー出演。年末より羽黒山松例祭吟行。

平成四年（一九九二）　七十四歳
四月、『続俳壇人物往来』（白凰社）、五月、『俳句吟行の入門事典』（三省堂）、九月、高木良多編『皆川盤水俳句鑑賞』（東京新聞出版局）刊。六月、「春耕」一五〇号記念祝賀会を京王プラザホテルで開催。同月、俳人協会友好訪中団顧問として中国各地を訪問。

平成五年（一九九三）　七十五歳
六月、第六句集『寒靄』（白凰社）、九月、『すぐ役立つ俳句入門事典』（東京新聞出版局）刊。同月、「第三十五回羽黒山全国俳句大会」に出席。

平成六年（一九九四）　七十六歳
句集『寒靄』で第三十三回俳人協会賞受賞。二月、沖縄吟行。十月、第七句集『随處』（角川書店）刊。十二月、茨城県新治郡八郷町の申内稲荷に〈筑波嶺の大谷小谷初霞〉の第七句碑建立。

平成七年（一九九五）　七十七歳
角川『俳句』に「一句点睛」を連載。七月、山形新幹線で山形へ、大石田・大高根を吟行。同月、NHK「BS俳句王国」に出演。十一月、『俳句の魅力』（東京新聞出版局）刊。

平成八年（一九九六）　七十八歳
五月、『俳句創作百科・旅』（飯塚書店）刊。十月、「春耕」創刊三十周年記念大会を京王プラザホテルで開催。十二月、第八句集『曉紅』（角川書店）刊。俳人協会名誉会員に推される。

平成九年（一九九七）　七十九歳

四月、『新編 月別季寄せ』（東京新聞出版局）刊。六月、湯殿山神社に〈残雪に大幣の舞ふ湯殿山〉の第八句碑建立。

平成十年（一九九八）　八十歳

二月、沖縄本島・竹富島・石垣島吟行。四月、茨城県霞ヶ浦湖畔に〈枯芦のゆたかにけふの日をとどむ〉の第九句碑除幕。九月、韓国の慶州・友鹿洞・扶余・ソウルを吟行。

平成十一年（一九九九）　八十一歳

一月、第九句集『高幡』（角川書店）、四月、『俳句の上達法』（東京新聞出版局）、八月、『花神現代俳句 皆川盤水』（花神社）刊。

平成十二年（二〇〇〇）　八十二歳

八月、随筆集『芭蕉と茂吉の山河』（東京新聞出版局）刊。十一月、「春耕」創刊三十五周年記念大会を京王プラザホテルで開催。

平成十三年（二〇〇一）　八十三歳

俳人協会顧問に就任。十月、高幡不動に〈この寺の風鐸の音濃あぢさゐ〉の第十句碑建立。俳人協会四十周年記念式典で功労者表彰を受ける。

平成十五年（二〇〇三）　八十五歳

太宰府天満宮の「平成の余香帖」に〈盆梅の満開となり酒買ひに〉の書を奉納。『週刊 おくのほそ道を歩く』（角川書店）に「よくわかる俳句鑑賞」を連載。四月、『新編 実用季寄せ』（東京新聞出版局）刊。九月、『自註現代俳句シリーズ・続皆川盤水集』（俳人協会）刊。

平成十六年（二〇〇四）　八十六歳

『俳句研究』に「わたしの昭和俳句」を連載。四月、『新編 俳句表現辞典』（東京新聞出版局）、十月、第十句集『山海抄』（花神社）刊。十二月、「春耕」三〇〇号記念祝賀会を東京厚生年金会館で開催。

平成十七年（二〇〇五）　八十七歳
五月、『新編 地名俳句歳時記』（東京新聞出版局）刊。六月、山形県東根に〈東根は出羽の楽園さくらんぼ〉の第十一句碑除幕。『俳句研究』（八月号〜十月号）に「わたしの平成俳句」を連載。

平成十八年（二〇〇六）　八十八歳
六月、『新編 月別仏教俳句歳時記』（東京新聞出版局）刊。十月、「春耕」創刊四十周年記念祝賀会を京王プラザホテルで開催。

平成十九年（二〇〇七）　八十九歳
日本ペンクラブ名誉会員に推される。五月、第十一句集『花遊集』（角川書店）刊。

平成二十年（二〇〇八）　九十歳
五月、「春耕」主宰を棚山波朗に譲り、名誉主宰に就任。

平成二十一年（二〇〇九）　九十一歳
五月、『現代俳人 奥の細道を詠む』（駒草書房）刊。

平成二十二年（二〇一〇）
八月二十九日午前九時三十三分、永眠。法名は「凌雲院盈徳盤水居士」。

平成二十三年（二〇一一）
十月、第十二句集（遺句集）『凌雲』（角川マガジンズ）刊。

＊年齢は満年齢、敬称は略した。
（池内けい吾）

初句索引（五十音順）

あ行

初句	頁
会津路の	四二
青通草	三八
青嵐	
——近江路は水	三一
——大寺に入る	二〇一
——仔牛に角の	四九四
青梅の	一七二
青梅を	五七
青蛙	
青柿の	一三五
青柿や	四六四
青槇檀	一八七
青甘蔗	三九八
青木の実	三八九
青甘蔗に	二一

仰ぐ凧	一三
——風見えて沖	三九六
青栗に	一〇五
青栗の	
青栗や	一六〇
青胡桃	二六七
——月山の碑の	二九九
——吊橋ひとり	八四
青桑風	六九
青東風	
青東風に	三六二
青葉風や	
青羽黒	二九六
青葉潮	
——吃水高き	五一九
——船に高さを	一六七

青空	
——「ボルガ」に午後の	三三二
——疾風しきりの	二五二
青田昏る	三一
青田風	五四九
——破魔矢の鈴を	二二四
——奈良の松風	一〇一
——堂扉を開けて	一二五
——疾風の音や	一六九
青空に	
——雲降りてきし	五二九
青葡萄	六一
青瓢	一六六
——仏壇大き	二八六
——田よりあがりし	四三〇

青鷺や	
——合祭殿に	四九四
——合祭殿の	四七一
青麦や	五一八
赤い柿	四三
——閼伽井嶽	
——見上げて休む	五六二
——紅葉まつたき	三六六
——夜風ゆたかな	二二六
閼伽桶の	五一五
あかつきの	
——一番鶏や	五二五
——潮美しや	三九四
赤とんぼ（赤蜻蛉）	四九一
——馬具はづされし	四六二
函館山の	二八
——古き校舎の	五九四
——霧に群れゐる	五〇〇
——夕かけてふゆ	三五四
赤腹鶫	五〇一
赤芭蕉	
——風をとらへて	三七五
赤腹鶫の	四七三

581　初句索引

赤彦忌 ——鳴きつぎてゐる	一五七			
赤彦の ——二度の日照雨の	二〇七			
赤松の ——サイロを囲む	一六五	秋の蝶	四七五	暁の星
秋収め ——サイロを囲む	四一七	秋の蔓		朝顔や
秋惜しむ	三六七	通草蔓	一六〇	朝鴉
秋鰹 ——飯場の芥	三五九	通草採る	三八九	朝雉子の
秋蛙 ——日当れば黄を	三五一	揚雲雀	三九七	——声の鋭し
秋草や	三五八	揚げ舟に	三六一	——出て来し関所
秋蚕太る ——封人の家の	五〇〇	揚げ船の	四六六	浅草に
秋蚕匂ふ ——掃除してゐる	一八三	あけぼのや	三三三	浅草の
秋雲を ——したたかの艶	三三九	明易し	一六一	——月は隈なし
秋桜 ——利根の古江の	三五四	——鳩夕空に	四三二	——声の灯うつくし
秋高し ——鳥の来てゐる	二七七	朝明けて	四六一	夜の灯うつくし
秋立てり ——白魚船の	一六七	朝明けて	二五一	——三筋町にて
秋の鮎	五〇一	——雨の雀の	四九一	朝市
秋の運河	五二四	——樫鳥の声	四四八	——鳥の来てゐる
秋の風 ——杉より杉へ	三六三	秋旱	三六二	朝市の
秋の潮 ——摘みつくしたる	四二八	秋祭	一九二	——かぶさる雨雲
秋の蝉 ——あきらかに	四七五	——旧吉原を	二一一	——海女がひきずる
——気を引き立てて	四二八	——濡れし髪撫で	三九四	——朝餉賑やかに
——とだえしときに	五二二	芥焼く	五〇五	朝桜
		暁方の	四九二	——灯の明るさの
		——上げ潮の	四二一	朝涼し
		——種採りし妻	四二一	朝雀
		朝顔の	一〇〇	朝葱
		——種採る父の	四二一	胡葱の
		朝顔へ	四〇二	浅葱（胡葱）や
		——野川するどく	一五六	

——雪しづる音　一七一
——雪の残れる　三八三
朝凪や　二九八
朝に見し　三四二
朝の蟬　四二〇
朝の茶を　三三三
朝の鶏　三〇七
朝の虹　五一〇
朝の冬海　五二
朝の飯　二四八
朝の百舌鳥　四八七
朝日まぶし　五三
浅間嶺に　一七八
朝靄の
——消えゆく寺の　二六一
——濃き立石寺　四八五
朝焼(け)や
——烏賊の荷揚げに　四八五
——農学校の　一八二
朝湯出て　三七二
朝よりの　三八五
浅蜊籠　四三五
芦刈りし　二九〇
芦刈り(芦刈)に
——したたり落ちる　五三二
——したたるごとき　五三八
——利根の夕波　二五六
芦刈女
——いつしか夕日　三一七
——犬に吠えられ　二五六
——つかみ刈して　二四三
鰺くふや　一〇一
紫陽花に　四一八
紫陽花(あぢさゐ)の
——雨を聞きつつ　三三七
——かこむや暗き　五〇八
——太き芽いまや　二九五
——芽に伸びてゐる　四二五
鰺鮨を　二八六
明日葉や　三七一
芦の湖に　二六五
芦の花　二七八
芦原に　四四二
芦原を　一五四
蘆火焚く　四七六
葦舟に　三三九
芦を刈る　二五六
鰺を糶る　四三〇
飛鳥野の　一一八
小豆粥
——父の鍬の柄　一一三
——杣大靴を　三四三
汗拭ふ　五四九
畦塗りへ　二四四
畦塗を　三五六
畦塗るや
——けふ高浪の　二六〇
——茂吉の寺に　二五三
汗の掌に　三三五
畦の幣　三〇七
汗の眼を　三三七
褪せる山吹　五五
安達太良の　一七九
あたらしき(新しき)
——閼伽桶ならぶ　五二七
——幣にしぶける　四四四
熱燗や　四六五
暑き日の　五一一
厚岸草　二六三
あつけなく　四九三
あつと言ふ間に　三八三
穴出でし　四二五
穴まどひ(穴惑〔ひ〕)
——鉱泉宿の　二〇六
——錆びし錠浮く　三〇〇
——濁世逃がるる　四〇三
——谿越えて来し　一七七
——藪の匂ひの　二二〇
アパートより　六〇
網走の　三〇四
阿武隈山に　五四七
阿武隈山(阿武隈)の
——裾田の藪の　三九〇
——友に猪肉　三六八
——匂ひ切なる　一五三
——山又山の　二五七
油照り　四七四
油虫　一六七
海女出でて　二四九
蜑垣の　一八〇
蜑ヶ家の　三二八
天霧らふ　五一九

雨雲の　一九四
海女小屋の　四三三
　──竹林に雲　一三八
海女小屋を　六三
　──津軽の海や　二六三
雨空となる　三八七
雨こまやかな　一九六
雨空に　四八四
雨仕度して　三三九
　──夕映えてきし　三七五
雨すぐに　三三四
　──猿橋祭　一八二
　──夜明を鳥屋へ　四〇四
甘茶仏　三八三
海女たちの　二八五
海女の井戸　六三
海女の垣　四八五
海女の籠　五二一
海女の手籠に　六〇四
天の河に　四二九
海女部落　二五二
海女部落　一〇二
　──足許暗く　六四
　──落葉の音は　六三二
海干してある　二八九
　──網干しの　二七五
雨あがる　四三八
　──雨呼ぶ風の　四二四
雨あとの　五三〇

雨がちの
　──竹林に雲　一三八
　──津軽の海や　二六三
　──蚕莚匂ふ　二六五
　──新走り　一九六
雨こまやかな　一九六
雨空に　四八四
夕映えてきし　三七五
雨仕度して　三三九
雨すぐに　三三四
雨に沁みし　九二
雨に拾ふ　六二
雨の青田を　六一
雨の中　二六四
雨の薔薇　四二五
雨の鵙　六二一
雨の夜の　四八六
雨三日　二八二
あめんぼの　五五九
あやめ田に　一〇二
雨食つてみる　九五
鮎さげて　四六〇
鮎釣つて　五〇九
鮎の川　四三二
　──雨きて藪の　四三〇
鮎の瀬に　四八五

鮎のぼる　四九
鮎の宿　三五六
　──蚕莚匂ふ　二六五
　──荒縄に　四四四
　──夕映えてきし　三七五
鮎番が　一八二
鮎番屋　四〇二
鮎宿に　四四七
鮎宿に　九三
鮎宿を　六二
　──胡桃の風の　三八七
　──葉唐辛子　六一
　──持ちこまれたる　三一一
亜浪忌の　一六
荒れ梅雨の　五六
荒梅雨の　三八七
蟻の列　四二八
蟻地獄　四九二
荒磯打つ　四二
荒筵　一八二
　──新走り　三四一
蚕莚匂ふ　二六五
荒縄で　三五六
荒縄に　四四四
荒波の　三〇二

　──空のひろさの　七〇
安房の海女　四四二
安房の国　三三四
鮎簗の　三五七
　──粗あらし　三五七
あらあら〈荒々〉と　五三四
　──塩こぼしけり　五二四
　──炭焼きの採る　五九九
洗鯉　五五〇
洗ひたる　三三七
荒壁の　五一四
荒鋤きに　五〇五
荒東風に　四九八
荒梅雨の　四八四
　──時化の名残の　四五四
　──いわきの海の　二五〇
泡盛や　一七
鮫鰊鍋　四一七
鮫鰊の　四一七
　──大徳利を　四一七
──大きな灸　四一八
大銀杏枝　九六
鮑海女　四四〇
　──また霰来て　二五〇
鮫鰊の　三八一

安居寺 三六三
安吾の碑 三九五
イエスの図 六六
家ふか(深)く
――酢飯匂へる 二〇〇
――酢飯の匂ふ 三三九
医王寺の 一一三
伊賀城に 一一三
烏賊漬ける 六四
伊賀人の 一三六
烏賊舟に 二八八
烏賊船の
――大電球や 二四九
――影曳きて出る 二九八
――ぞくぞく戻り 四八五
――灯が陸奥湾に 五〇九
――満載の水尾 四八五
――汚れ電球 三三六
いかめしく 一六四
息荒き 四二四
生き生きと 五二八
勢ひたる 四四四
戦遠し 三三
いくたびも
――押しやる浮巣 二六一
――声を落せる 三〇八
礁とんで 一四四
生垣の 一五六
池普請の
――餅を賜はる 二〇五
――餅を貰ひぬ 一四二
いさぎよく
――どんど終りて 四二四
――火の粉きらめく 四七五
些かの 四九九
石狩川 三〇七
石積みの 四七一
石のせて 一一一
伊豆山に 二七二
伊豆山の
――海を見下ろし 一六二
――裾の走り湯 三〇三
磯遊び 二八四
いそいそと 五一二
磯桶に 四五七
磯焚火
――海へのびたる 三六
――老いし漁夫ほど 三六
――漁夫の足あと 三六
磯菜摘み 二三四
磯波の 三七八
磯の香の 三〇七
磯の藻の 五〇三
磯畑に 三
磯鴫の
――さへづり崎の 二六二
――啼きつぐ珊瑚 五一〇
磯鴫や 一八〇
磯開 一五六
磯宮に 二六〇
井田川の 四〇二
鼬来て 二三九
鼬罠
――かけしと兄に 四〇四
――落莫と城 一一三
虎杖の
――花のま中の 二三八
――花の藪来る 三六三
虎杖黄葉 三八九
虎杖や 五三六
板谷峠 一三五
一位の実
――クラーク像を 三八八
――遠野の朝の 三〇〇
一位の芽 一五七
無花果の
――艶なまめかし 二八七
――どつと熟れそむ 四一八
――葉に風の音 二八八
無花果へ 五〇一
いちじく(無花果)や
――磯の番屋の 二六三
――下駄に喰ひ込む 三五〇
――鼻緒の太き 五四七
――薪を積みゐる 四〇四
無花果を 二一一
一陣の 三三〇
一日と 三四一
一日の 二七
一日光る 一一四
市の昼 四三一
鳶尾草や

句	頁	句	頁	句	頁
──かまどよく燃ゆ	三三五	──少しの風に	五一七	──稲の花	
──野鍛冶火花を	四三八	──吹かれて影の	五〇六	──庄内平野の	三一九
いち早く	四七一	蝗取る	二四七	──弥彦の嶺の	三〇〇
一夜にて	一一四	稲雀		──闕伽井きらきら	四六三
一湾に	一七〇	──白眉のごとき	三六五	──塩の店ある	二七九
一茶忌の	四〇一	──いま揚げし	四〇〇	──杖と草鞋の	二六九
いつもの		稲妻に		──葉洩れ明かるし	五三三
──弁財天へ	二八三	──いま生れし	三二一	──虫枯れしたる	三〇〇
いつしかに		──いま獲れし	二六〇	井水汲む	一六四
──咲きだす百合や	三六六	伊那谷の	一三三	磐城平の	
──鳩の羽音の	三八一	伊那の田に		──いわきの海	二九五
一閃に	三二五	──さざなみなせる	一七五	岩組みの	一二三
一燈は	一九八	──井月の墓	一六四	岩茸を	一七六
いつでも没陽の	五一一	──日照雨しきりや	一七六	岩棚の	四八八
出でし蟇	三五二	稲舟の	四〇九	岩燕(岩つばめ)	三八一
凍解くる	一四三	稲穂波	三二〇	──合祭殿を	二七五
凍蝶や	三七一	馬鈴薯咲けり	四二一	──尽きず湯殿山の	三九二
凍解や	三八二	馬鈴薯植ゑし	六六一	──羽黒の茶屋の	二七五
──寺の籠に		没り日いま	三五八	岩魚酒	一七一
──鳥の羽根散る	三六九	入り彼岸		岩魚釣り	五一七
井戸替の	四三五	入間野に	一六二	岩檜葉や	五〇六
──鉄瓶の鳴る	一七二	入れ替り	二三五	岩檜葉の	
──灸済ませし	四〇三	色鳥に		いんげんや	
犬吠に	一八四	色鳥の	三三二	──声の艶めく	五〇一
いとけなき				──声のにぎやか	三七六
──糸買つて	三八〇			植木屋に	
糸桜	三九五	寝積むや		植木屋の	
				──こぼれきてゐる	四七六

植ゑし田に　五〇九
飢え鳶や　六六
魚樽の　五一
魚跳ねて　五二一
萍や　二六二
浮氷　三一三
浮寝鳥
――湖の暮るるに　一四二
――金銀の星　一一八
――羽搏ちて　五三三
鶯が　一四六
鶯啼くや　三〇三
鶯や　二一七
牛飼ひの　四六〇
牛の声　四二五
牛の仔の　三八二
牛の乳房　四八
薄墨桜　一五五
薄氷に　二一六
薄氷の　一五三
薄氷や　三九三
芋銭親し　五〇九
宇曽利湖の　二三八
打ち水の　二四五
うつうつと
――花咲きしかと　三九六
――水辺の昼の　一八五
卯月浪
――白磁のごとく　三一九
――鮃荷役が　二一九
空蟬の　一六〇
空蟬や　一〇五
移るともなく　二七四
鰻池　一五五
鰻食ふ　八六
鰻の筬　四九四
鰻屋に
――川より来たる黒揚羽　二一七
――川より来たる蝶まどふ　一四六
――待たされてゐる　二三五
――忘れてゆきし　二一七
鰻屋の　二一八
卯浪濃し　一二八
海胆喰ひて　一九五
雲丹舟の　四一五
うねり立つ　四五八
卯の花腐し　一七五
鵜の雛を　二三五
姥百合の　二三八
うべなへる　一八五
馬市の
――終り那須嶺　四一二
――始まる磧　四一二
馬追や　三三九
馬小屋に
――足掻きしきりや　四七三
――鶏の卵や　三四九
馬の蹴る　二三九
厩あと　二九七
厩出し
――おほどかに舞ふ　五一七
――終り柱に　三九四
厩出しの　三一三
厩にも　二一一
厩より　一九六
海荒れて　六六
海音す　一七〇
湖風に
――咲く椎の香や　二六二
――百合のほぐるる　一一七
海風に　一二八
湖風の
――音立て柏　四二六
――強き近江の　一六八
湖風や　四三一
湖国の　一三一
産み捨てし　四一七
産み捨ての
――家鴨の卵　五〇六
――鶏の卵や　四八一
海に沿ふ　五三七
海に出て　三九四
海の家の　二三六
海の入日が　三一
海の果より　五八
海は明るし　五四
湖よりの　一一三
海よりの　一二三
海より油紋　五六
海を背の　一六八

梅売りが 四三六
梅売りの 二九
梅咲くや
――伊豆権現の 二七三
――湯の沸く音の 二五一
梅漬けて 一一六
梅漬ける
――明るさ酔へり 九三
――厨に男 九二
――壺の円さを 六一
梅匂ふ 一七三
梅二月 八三
梅の香を 三一一
梅の寺
――大縄束の 一六三
――くらがりのもの 二一七
――日のまざまざと 一六四
――湧井の青き 二五一
梅の根に 八八
梅ふくらむ 一〇一
梅干してゐて 一四五
梅見客 二〇七
梅見茶屋
――すぐ足もとに 四九二
――ぽんぽん梢を 二五一
梅捥ぎし 五〇八
末枯れの 三五二
末枯や 二三九
裏木戸を 三六八
裏富士の
――没り日大きや 四三三
――風のすさまじ 四二一
――夕日が寒し 一八一
――雪襞の濃き 四九〇
裏富士や 四三三
浦径に
――とりとめもなき 二二三
――花街ありぬ 二二三
麗かや 五四九
瓜小屋に 三〇七
瓜小屋を 二八六
瓜畑に 三四八
熟れ石榴 四〇四
うろうろと 一九一
上溝桜 四二六
運河暑し 六九
運河昏れてゆく 八五
浮塵子とぶ
――楽器をみがく 九六
――田を鯉下げて 三五〇
運河に午報 五六
運河芽吹き 六七
運河夕焼 四六
雲巌寺
――出でて茶店の 九五
――雷一撃の 九五
雲上へ 二七五
運動会 八六
営巣の
――鴉時をり 三一四
――鴉ふはりと 三一三
えごの花 三一三
枝なかに 一〇三
枝豆や 三〇七
越後路や 五〇七
越冬燕 一六四
恵那山は 二〇五
江の島の 四二五
恵比須講 二六五
えぶり衆
――来て雪の道 二九三
――雪の匂ひを 二九三
恵方詣 九一
恵方径 三九二
絵馬の寺 二六一
魞挿すや
――安土城址に 五二六
――安土の城址 四四五
――音立ててくる 四四三
――日のこまごまと 一八〇
――夕日色濃き 五三五
――夕日くまなき 五一六
襟に幣 四八一
恵林寺の 一八七
遠景に 六八
縁先に 三一七
炎暑の野へ 三二
炎天や 二三七
煙突高き 一〇三
延年の 一九九
えんぶりの
――農夫口紅 二九三

初句	頁
——農夫胼の手	三一〇
遠雷へ	四四六
老いし父	二一七
奥入瀬の	二七四
王宮の	五五〇
往生や	二九九
黄蜀葵	二〇四
樗の実	二一六
桜桃園	一九五
黄梅や	三三三
王廟の	四〇三
近江路の	二一〇
大揚羽	一五〇
大雨に	一七五
——桜桃の荷の	一九六
——ひぐらしの声	三一九
大いなる	二〇七
——朝日となりぬ	二七六
厩の梁や	四八九
捨舟陰の	一九三
鼠罠置く	三七一
——藁家つつめり	三二一
大風の	
大釜で	三六六
大釜の	四九三
大川の	
——上げ潮の音	三六五
——幟鳴りゐる	三六八
大川を	三六三
——大き蘇鉄に	三二四
大楠に	三二一
大楠の	三九一
——風鳴りやまぬ	三六一
——日のふかぶかと	一七五
大欅	二二二
大声で	一七六
大声の	一七六
——篠の子とりの	三六六
——湯殿奉行や	一七
大鮫	二三九
大皿に	
——親類縁者	二一二
——千鱈山盛り	三〇四
大潮の	一六四
大霜の	五一四
大盛の	三七二
大蘇鉄	一六六
大焚火して	三三六
大束の	四九二
大鱈の	
——声暮れてより	四三三
——競りゐる海女の	四五六
——秤る背筋を	四五三
——曳きずる海女の	四四六
大瑠璃や	一五二
陸稲作	五一一
置賜郡	一六五
大粒の	五一二
大寺の	二〇九
大寺は	九一
——茂吉の寺に	二六一
沖膾	四〇一
——海女は濡れ髪	四二九
——寄せたる網に	三九六
翁道	二七六
沖縄忌	四六一
奥志賀の	一六一
奥多摩の	五五九
奥多摩に	三三〇
奥多摩は	一三六
——鼠捕りおく	
大鯰	二三六
——むざと置かれし	三六五
——築の生簀に	四〇二
大樽の	一六四
——檜山杉山	三二一
——山見えてゐる	一三五
晩稲田の	一五六
奥の嶺に	一七七
大守宮	
大揺れの	二四〇
大瑠璃の	
——声暮れてより	四三六
——真珠の声が	三一一

奥宮に ――堰にひろげし	三三七	落し文	四三	重き荷の	三一
桶に浸す ――蔓のからまる	五〇	――落し水	二九九	面はゆく	六六
桶に蕗 遠近の	四五二	音立てて	五二	おもむろに	八三
桶にふくれる ――墜ちし冬蝶	四一	――馬柵嚙む馬や	四三	母屋より	
桶深く 落鷹の	四七四	――水飲む馬や	四一九	――釘打つ音や	三三
おごそかに ――落椿	五三	音もなく	六五	――納屋へ移りし	三一〇
御師の家の ――落椿	四七	踊の輪	二一八	温室部落	三一〇
――大石垣に 落籠	一一九	踊り人	二一八	女が睡る	六〇
――戸口の注連や 落鯵	四九	鬼やんま	三五一	おんばしら	六〇
汚職のニュース ――落鯵を	四六三	鮎宿の娘を	四〇二	雄鶏を	二四〇
おづおづと 落葉焚いて	四一〇	――いたどりの藪	四〇三	御幣切れて	一七三
――昼の鶏鳴 落葉松に	二七	窯出しの壺	三二七	雉子鳴く磧	一七二
――太き蠟燭 落穂田を	一六五	原木を積む	三八七	お遍路の	
遅桜 小千谷祭	四〇	――おのづから	五八一	――祭の諏訪湖	一七二
お焚き札 遠ちよりの	二五二	――折弁当に	四二	雛つ子の	
小田の畦 乙字忌の	四三三	泳ぎ子の	二一八	――火花とばせる	六七
御旅所に おとうとの	五五六	親子馬	二一八	――買い替えし	二七
落鮎に 男郎花	四三一	――踊の輪	三六一	鰡跳ねてゐる	四一九
落鮎の 男買ふ	四六	――踊り人		思ひ切りよく	
――あからさまなる 男声	四八六	思ひ切り	二一〇	海峡に	三三五
――瀬に山影の 威し銃	四三三	――嵩ばつてゐる	三九五		
――築しろじろと 北上川の青空に	三九	――飼桶ならす	四九		
落鮎や ――北上川の真青に	四七	貝売りの	二九二		
――八高線の	一七七	**か行**			

海峡の闇ひきよせて 三六四	帰る雁いくども飛沫 四二七	柿熟るる 八七
──夜更けをしづかな 三六四	──雲井に声を 四三三	──牡蠣食ふや 八七
買初の 三六九	牡蠣簾 四八七	柿簾 四八七
かいつぶり 一一九	牡蠣鍋に ──棹を整へ 四九五	──声出してゐる 四六八
外套の ──すぐに鍵形 四九一	垣に干す 四二七	額の花 三九五
外套の ──ためらはず列 四八〇	牡蠣の海 一六四	角巻や 三九五
外灯の ──はやくも雲に 五六六	垣に干す ──隠れなき 五〇五	隠れなき 五〇五
海棠や 一七三	牡蠣の木に 一六四	掛稲の 四〇五
海風や ──胸を真白く 三五九	巣ごもる鳩や 三六一	──崖ぎはへ 二六八
峡の朝日に 三二四	杣の手拭 四二四	──揺れ合ふ畦の 一七六
峡の駅 一六一	──繚乱と島 五〇九	懸巣鳴く 一六三
櫂の音の 三一二	柿の朱や 二二八	掛大根 一二八
峡の老婆 五三	火焰木の 三九六	懸煙草 五二
峡の顔 五五	板谷峠に 一〇九	畦とびとびに 一三三
貝風鈴 画架立てる 二〇九	柿の花 二三一	崖の梅 一九一
──海峡に見る 四八四	板谷峠に ──揺れ合ふ畦の 一七六	影太き 四二
貝割菜 ──番屋に汐木 四八四	加賀に来て 一〇一	翔けめぐる 二六〇
楓の芽 二七八	柿若葉 一六	かげろふ（陽炎）や 一二三
帰る鴨 ──籬火に 四三二	鏡池 四三〇	沖待船を 一三六
──いくどもしぶき 四二六	──ががんぼの 四二〇	紙漉小屋に 五〇六
──幾群となく 三〇四	蚊喰鳥 三四八	札所の畑の 三〇二
──ぐんぐん迅さ 三〇四	籠燈仏に ──厨じまひの 三六八	囲ひ葱 三〇二
帰る雁 ──番屋に薪の 三九三	生簀に闇の 四一九	鮓溜りの 四一九
──番屋に薪の 三九三	牡蠣筏 二五〇	舫ふ艀の 四六〇	桐子衆の 二六〇

591　初句索引

籠の軍鶏　四八〇
風垣に　二一四
風垣の　三〇〇
風垣や　三九〇
風垣を　三〇〇
風邪声嗄る　五九
鵲の　二一七
鵲や　四〇三
風筋に　四四四
風花や　四四二
飾り馬
――曳き少年の　二一
――街を離れて　二一
飾売　一一九
河鹿鳴く　九九
河鹿宿　一五八
橿鳥の
――声あわただし　四〇三
――全き声の　三一一
橿鳥や　三六四
樫の柄の　四五六
樫の花　九五
菓子の紅　八七
柏餅　四三六
潜く海女　四三〇
瓦斯の炎の　五一二
風出でて　三三三
風邪声の　一四六
風強し　三三二
風邪で休校　五三
風に鳴る
――銀杏樹鵙が　三四
――枯れ獅子独活や　三七六
風に吹かれ　五五
風に揺る　四四六
風の音　三七七
風邪の妻　二七九
風の中　二一四
風の日の
――白さひしめく　五一八
――棚を突きでし　九八
――雲雀遠くに　五〇
――夫婦の無言　二五
風の盆
――踊衣裳の　二〇四
――川に照りこむ　二〇四
――始まる夕日　四〇一
風吹けば
――地にすれすれの　一四七
――流るるごとし　三五三
風除けの　二三九
風湧きて　四三〇
風を引張り　六四
数へ日の　四三四
潟小屋に　四二五
蝸牛（かたつむり）
――風の行方に　五六
――梛のかこめる　三七三
――日蓮寺の　一六七
――見し夜の雨の　二三六
潟の空　五〇〇
かたまつて
――飛沫あげたり　三一二
――墨堤を越す　四四二
潟よりの　四五七
かたはらに　三三七
勝独楽を　四七九
学校が　二〇六
学校に
――自然薯掘りの　一六一
――広き空あり　五一二
郭公や
――青笊盛りの　八四
――修験道を　一一六
――羽黒の朝の　一八六
――羽黒の山の　五三〇
――旅籠の古き　四三七
月山渓　二八八
月山筍　一三〇
月山に
――笠なす雲や　五二九
――速力のある　一三〇
――反りて仰ぐや　五〇〇
月山の
――岩原三里　三〇九
――岩径けはし　二〇三
――うすうす見ゆる　三〇六
――翁の径を　三〇九
――雲のなかより　四八三
――雪渓掠め　四七二
――雪渓を飛ぶ　五三〇
――大雪渓に　四七一

――高きをとべる　三一〇
　　――てっぺんに雲　九九
　　――星空仰ぎ　四七四
　　――暮天うつくし　二〇三
　　――雪かがやかに　五五五
月山へ　一四〇
月山や　三四六
月山を　二六六
　　――恍と仰げり
　　――なぞへにわたる　五一二
合羽着て　四〇三
河童忌の　二三四
蝌蚪の水　二七
金網に　三〇六
方頭魚　一六四
蟹喰うて　一九六
蟹を売る　六五三
蟹をバケツに　四一二
鐘供養　三七三
鉦叩き　三三七
鐘撞くや　二一九
燕島に　二四〇
　　――南瓜のつるが　五一

鎌倉の　三一五
鎌倉や　三三二
　　――大矢倉より　三六一
　　――名残りの空の　三七九
　　――鎌と鍬　一四〇
かまど猫　三四六
　　――追はれてあはれ　三六七
　　――胴ぶるひして　三六九
鎌径の　三五一
窯元の　三二二
窯径に　四〇二
髪切って　一九五
髪切虫　六二九
神杉の　五五四
紙漉女　二一三
雷の　三三〇
亀の背に　四二一
鴨打ちが　三九二
鴨提げて　四三三
硝子屋が　一九五
韓人の　二一一
　　――牛追ふ声が　四〇二
　　――鴨鍋や　二四〇
　　――喧嘩のこゑや　五五四

　　――吹きつけてくる　二八一
　　――雪となりたる　五四七
借りた植木の　五〇
鴨の群　三〇二
　　――羽ばたく潟の　五〇二
刈田ゆく　四一
　　――余呉の夕日が　二一一
　　――鴨引きし　五四六
雁鳴くや　二六八
雁の声　四〇三
　　――東京湾の　四七一
　　――あとのさゞ波　三二三
鴉の子　二〇五
鴉の硝子戸に　三五六
　　――翔つをみとどけ　二一一
　　――昼を灯せる　二七四
　　――捨て炭窯に　五五四
雁渡し　三三一
蚊遣火の　二一六
萱刈るや　四三三
萱刈　三五二
雁の棹　一八七
雁の列　三〇八
　　――まだ雨空に　一六七

　　――乾ぶ藻を　二九
　　――刈りこみし　五四一
借りた植木の　五〇
刈田ゆく　四一
雁啼いて　二六八
雁鳴くや　四〇三
雁の声　二六八
　　――東京湾の　三〇〇
　　――雨夜の空の　四七一
刈伏せし　二〇四
雁渡し　三一六
雁の棹　一八七
雁の列　三〇八
　　――まだ雨空に　一六七
槙櫨の実　一八五
軽荷の春旅　六五
軽鴨の子の　一九五
枯鴨顔　一四五
枯芦の　一〇〇
枯芦の　二二二
枯芦や　三八五

初句索引

鰈干す	六五	枯岬	六四	暮の扉閉ざす	三一〇
枯尾花	五〇二	枯蓮		鴎尾の上にて	四二四
枯菊に	三六	──羽音散らせる	五三	寒垢離の岩礁に	二六四
枯菊へ	四一	──山と捨てある	二六〇	滝の行場に	四五七
枯菊を		──鋭き声放つ	四一	甘蔗刈る	四五〇
──焚き昭忌へ	五一四	墓に影置き	四二	寒泉に	四四一
──焚きぬて埃	一九七	嘴ふりむけて	四二	寒卵	五〇二
枯木山	五五	ひさに鎌研ぐ	四八	大漁船に	一七一
枯木の鳩	四八	藻塚の棒	四六五	風呂の火の粉が	八八
枯園を	一四三	雁木より	一八	眼中に	四三二
枯蒸気	四二三	寒禽の		寒椿	
枯れたる河口	四八	声のこぼるる	二六二	寒天小屋	八七
枯蟷螂		寒禽や	五〇二	湖の洩れ日の	一九三
──まだしぬけに	四八八	鏡のごとき	一五六	諏訪の大社の	二〇七
──見てよりつのる	四三	河原鶲		寒天小屋の	二〇七
枯野人	二二三	瓦焼く	三五五	木の葉まとひし	一四三
枯萩を	五〇二	川を吹く	三一四	寒天干し	五五三
枯芭蕉		川明けし	三五四	寒天干す	八七
枯蓮田	五九二	寒明けの	三三二	寒天干し	
──赤子が泣いて	八二	寒明けや	五五二	──浮くかに見えて	一九二
──鴉も羽に	三〇	汗衣干す	三六	──畑にどつかと	一四三
──どこからも見え	六二	寒鴉		寒天を干し	二〇七
──長く停車の		水輪しづかに	二三二	寒念仏	二五九
枯れ真菰		寒鯉を		寒の池	二六九
		ひそけさ女の	一三三	風音絶えぬ	五〇四
──鹿の桶に	四六七	寒鯉に		寒の鯉	
──雲を見てゐて	三〇二	寒鯉の		──門前市に	二九一

594

――山が翳れば 三五四
寒の水 一五
寒の靄 一五六
観音に 三二一
観音の 三二一
かんばせに
――西湖の梅雨や 三一六
――初荷艀の 九一
――牡丹の風 一五九
寒牡丹
――一人二人と 一九一
寒餅の
寒餅を 二〇六
――肩を下げつつ 三二一
寒鮒釣（寒鮒釣）
――喰ふやはるかな 三一七
――搗きし廷の 三六八
甘藍に 七〇
寒流や 六六
寒林の 一〇二
寒林を

喜雨亭先生 一六
機関庫へ 一二
寒菊白菊 一七六
聞き惚れる 四八四
菊芋の 三二一
菊供養 四二一
――泥線香の 一二二
――日向にしきり 一五二
菊さし芽 五一二
菊焚きし 一三一
――あとまざまざと 四二三
――畑の匂へり 二二四
菊苗に 一六六
菊人形 二五二
菊の苗 一〇六
菊畑 一三五
菊畑に 一八三
菊を焚く 四六二
――木ごもりに 二一四
きしきしと 二〇九
――ひとりが洩らす 六二
木地師らの 五〇七
――見にゆく城の 三六六
雉啼いて 三三〇

雉子の声
――聞くがうれしと 二六二
――逢ほほけし 二六一
雉子の羽の 二五八
雉子鳩が 一二二
雉子鳩の 二五三
雉子迷ひ 三一六
雉菖蒲に 二五〇
――喜寿の身に 二五五
黄水仙 七〇
――鴉が声を 一三四
木の芽和 三三八
茸飯
――竜飛岬の宿の 二五六
艶めきてゐる 二四五
――鶏が掻きだす 一六五
岬の宿の 三一〇
黄菅咲く 二四一
黄ばむ田の 二三一
北上川 二五六
北前太鼓 二九七
桔梗や 二三九
菊花展 三二四

吉書揚げ 三二一
――聞くがうれしと 一二二
キップ売場に 一五五
機動船 三六
着ながしの 二四七
木流しの 三二八
――疾風しきりの 二〇六
木の芽和 一二四
木の芽田楽 三三七
木の芽鍋 九二
木の芽味噌 六五
木場は秋 四二一
黄ばむ田の 二〇二
甘蔗刈りし 四二五
甘蔗刈るや 四五〇
甘蔗時雨 四五二
黄鶲の 四六〇
黄鶲 一〇〇
黍焚く火 四六〇
吉備の野に 一六四

黍の穂に
　──黍畑に　五二
木五倍子咲く　一六
木五倍子の実　三六〇
君の棺に　三六四
伽羅の御所　一八二
鳩舎繕う　三三
旧正や　四九
　──掌の鍬だこを　三六九
急潭の
　──鶏の餌散らす　一九一
教会の　三六七
経師屋の　六六
行者の鈴　一五六
行者らの　三五四
行商女　四六五
　──置く背負籠に　四九一
　──風鈴の音　四七四
　──麦茶を飲んで　三八六
鏡太郎忌
　──酒席にひかる　六六
　──無数のコップ　八六
夾竹桃
　──牛鳴きつづく　三三五

　──鯊溜りの
　　──水をそまつに　五六
峡中の　一四
鏡中の　四一八
虚子の忌の　四三五
魚板打つ　四二〇
きらきらと　四五九
霧ごめの
　──丹波の山や　三三〇
　──山墓に桃　一七七
　──百合の香つよし　三三〇
茎立や　一〇四
桐咲くや　四二〇
霧雫　一五六
霧に濡る　三六三
桐の花　三一三
　──少女は窓を　三三
　──鶏放し飼ふ　三三五
　──切干の　三九一
きめなき　五一五
きはやかに　四〇一
黄をつくす　一六二
　──金鳳華　四二〇
　──牛鳴きつづく　三三五

　──ダム工事場の　三二四
金木犀
　──青空仰ぎ　一四一
　──雨の雀が　二〇四
　──草に臥す　五三三
　──草擦つて　一六四
喰積や　二四一
水鶏啼く　三二七
空也忌の
　──いつか殖えゐる　三三二
　──球根土に　一九七
久遠寺の　二四四
九月むなし　三二一
　──茎立や　一〇四
　──大菱喰の　四二五
茂吉の墓に　四二五
括り桑　一三三
草市
　──荷の鬼灯の　五八四
　──荷を解けばすぐ　一九五
草雲雀　
　──墨堤に澄む　四二一
草市へ　
　──杉の匂ひの　三六五
草市や
　──野鳩の番　四二八
　──跣足の海女の　四二〇
　　──くさむらの　五三二

　──草蚊遣　四六二
草刈るや　三〇
草虱　二七六
　──青空仰ぎ　一四一
　──雨の雀が　二〇四
　──草に臥す　五三三
草の花　　
磯の祠の
　　──啄木の碑に　四三八
　──いつか殖えゐる　三三二
草の穂に　五〇〇
　──球根土に　一九七
草の実の　五〇〇
　──草の実の　
　──こぼれ浮きぬる　三六八
　──たちまちにつく　二六七
草の実や　
草の絮
闇門開く　三五九
　──鯊の厚き　三六三
草雲雀
　──荷を解けばすぐ　一九五
草の穂　
　──墨堤に澄む　四二一
　──月さしてゐる　四六六
野鳩の番　四二八
草木瓜や　二九八
草むしる　四二〇
　　──くさむらの　五三二

草萌や 二九三
草若葉 四六〇
葛の花
――足柄地蔵 一〇〇
――雨截つて飛ぶ 一〇〇
――流るる水の 一六〇
――古き風鈴 四七五
――簗場の径を 二三八
薬狩り 四七五
薬掘る 四六四
崩れ簗 五三九
口つけて 五四九
梔子(くちなし)の
――花や真昼の 三一
――実が風に鳴る 一三三
山梔子や 二七六
蒲葵笠を 一七七
蒲葵の花 三九六
配り餅 三五三
句碑除幕 三八五
句碑を覆ふ 四八三
茱萸嚙んで 三八一
汲み水を 五五
雲の峰 四七三
雲深く 五二一
暗い倉庫の 五七
くらがりに 一〇一
蔵守りの 一四三
くりかへし 一五八
クリスマス 四〇
庫裡の下 二四
庫裡の戸に 三四六
栗の花 三三五
栗拾ふ 二三〇
栗飯や
――肥えたる女 一四一
――八尾の夕べ 五三二
栗飯を 二三〇
栗山に
――懸巣の声の 二〇五
――栗の毬焚く 一四一
――雉の声 一四一
――ひつそりとゐる 一四一
栗山の 二〇五
車組み 三三四
車座に 四九九
暮るる江に 三六七
昏(暮)るるまで
――影を散らして 四四三
――相馬路晴れし 四〇四
暮惜しむ 四八八
暮れかかる 三九七
暮れがたの 四九〇
暮れそめて 二七〇
昏れてきし 三一七
暮れてなほ 一六六
暮れどき(昏れ刻)の
――鼬でて来し栗番屋 二〇四
――子雀わが頭 九八
黒い枯葦 四七
黒川能
――客も主も 一九九
――囃す農の手 一九九
――夜更けて雪の 一九九
――夜更け吹雪と 一九九
黒つぐみ
――桃の枝より 二一六
――雪の蔵王嶺 一四六
黒南風や 四九五
黒葡萄 四四九
桑摘女 四四五
桑解きし 三〇四
桑の枝に 二九三
桑の根を 二四三
桑の花 一七三
桑の実捥ぐ 五三七
桑の実や
――島の社は 一四四
――母校にありし 五二九
鍬始 二三三
桑畑で 三五三
桑畑に
――きく鶏鳴や 一三三
――据ゑられてある 三〇一
――雀の声や 二六九
――炭挽いてゐる 二九〇
――ばらついてゐる 三一二
――鶲の声の 二七一
――日の温みあり 三三〇
桑畑の
――木の間を来たる 一三三

――蚕神の祠 三〇三
――秩父の空の 二五〇
――日に曝されて 九九
桑畑を
――出し初蝶を 一六五
――探梅電車 一五六
――出て獅子の笛 三九二
群羊の 三〇二
薫籟や 二七
夏安居や 三八六
啓蟄の
――紙漉小屋に 一九三
――杣の地下足袋 五一七
――鶏が膨れて 四一三
――蟇へはやくも 四二五
――守宮がつつと 二七三
啓蟄や
――永昌院は 一〇八
――紙漉小屋の 一九四
――朽葉いろして 二一五
――昂る牛の 四一三
――胴光らせる 三八二
――野寺のゆるき 二五一
鶏頭に 一〇五
鶏頭の
――枯れざまに年 一七〇
――枯れたるを見て 一四五
――種採るときに 二二二
雞頭を 三四
鶏鳴の
――颪に乗り来る 二五一
――川越えてきし 一八一
――路地にこもれる 四三七
軽雷や 一三三
渓流を 七〇
今朝秋の 三六三
罌粟の花 九八
結氷の 四五五
月明下 五五〇
毛見の衆 四三三
毛虫焼き
――終りて酒に 五一〇
――怠けてをるや 二〇一
――昼酒に刻 四三七
毛虫焼く 一四四
欅の秀 四二三
螻蛄ないて 三一
螻蛄鳴くや 三〇八
玄関に 三八一
紫雲英田に 一七四
げんげ田の
――上の雪嶺を 一九五
――父雪嶺を 一三七
建国祭 五二五
賢治の碑 一三三
幻住庵 一四〇
献饌の 四八四
原爆忌 三三
濃紫陽花 四四六
鯉池の 二五二
鯉売りの
――顔見せてゐる 一七八
――声きこえたる 一七九
――声のしてゐる 四一四
鯉汁に 九七
鯉汁を 八九
恋猫を
――子がみる小さき 二三
――咳入れて呼ぶ 二六
鯉の影 三二
恋の猫
――悪声となり 三五五
――大山門の 三六九
――寺の斑雪を 五一六
――文知摺石に 二九三
鯉ばかり 二一三
鯉運ぶ 二一二
古伊万里の 二〇六
鯉を割く 八九
高架線で 六一
高原の
――霧俄かなり 七〇
――星の明るさ 二五
坑口へ 三四
仔牛出て 三七〇
仔牛見に 三八三
講衆の
――手渡ししてる 三四〇
――夏炉をかこむ 四三七
耕人は 一一七
鉱泉宿
――一《と》雨あとの 一八五

──日灼けの畳 二九六	──ふくろふの声 四三	──女の声や 三三	
──老人ばかり 三一〇	──声が力の 四一	──雉子の声せり 一〇四	
鉱泉宿に ──暁の太鼓に 二七四	──声出して 四二	──蔵王の春の 一二四	
鉱泉宿の ──大き南瓜に 九五	講宿の ──井戸汲む海女や 一五〇	──頭を揃へたる 一〇六	
光太郎忌 ──風に鳴る注連 一〇二	──担ぎて来たる 二九六	こけし屋の 四九二	
構内に ──南瓜のふとる 一四〇	──波に押し出す 四一三	五合庵 三三五	
講の旗 ──行場の池の 二一〇	声強く 三二七	五合庵へ 四六二	
紅梅の ──金剛杖や 二八六	肥鮒 六三	五重塔 五〇五	
──空青々と 一五六	──白妙の餅 二三六	声太き 二五九	
──満開の艶 四九三	──天狗の下の 四九〇	氷水 二三七	
紅梅や ──天狗の面へ 三七二	小綬鶏の 九四	小綬鶏が 一三六	
──念仏和讃 一六九	子蟷螂 二二	小綬鶏や 五〇六	
鉱夫らの ──和讃のあとの 五〇七	木枯に 三六	古書漁る 四二四	
河骨の ──焼印の濃さ 二一〇	子鴉 四二五	小正月 一〇六	
──黄がてんてんと 一三	──古りたる鏡 三〇六	護岸工事の 四二	
──黄は星のごと 一四〇	──魔除けの綱へ 四七二	──古書街に 二六五	
河骨は 二〇二	──湖岸の灯 二六	──肩叩かるる 一六	
──仔馬見に 二九六	──小刻みに 二四八	──古書街の 三六五	
蝙蝠や ──和讃のあとの ──極月の	髭の若者 二四〇		
蝙蝠に 二八六	極月や ──宵の雨あり 二九一	──古書街の 三五一	
講宿や ──講宿や ──夕富士をみる 四一	──古書斎に 二五二		
──瀬の音のする 一六	──黄落や 三二五	極暑の倉庫 四五	
──束ねし杖や 四二六	──強力が 二〇三	こけし師 二六九	
──茶飲みばなしの 四一二	──声あげて 四一一	こけし屋に 二六九	
──来る浅間嶺の	──声落としゆく 三六八	小書斎の 四一九	
──火を恋うてをり 二二〇	──鵙葉桜の 五六	古書展に 二〇五	
		──朝顔の種 一九二	子雀が 九二

599　初句索引

子雀の	九六
子雀睦む	一四
古利より	三七二
古戦場	二〇六
古戦場に	二一一
去年今年	
――鶏頭の種子	二〇五
炬燵古りし	一四二
炬燵熱し	一三九
炬燵酒	三九一
東風波に	一〇八
東風の艀	五〇
子燕や	四五
今年竹	
――寺にあそぶ子	一二五
――葉擦れの音を	三二八
――巫女仰ぎ来る	四五六
――夜越しの雨	三二七
今年また	
小鳥網	四五五
――沢水飲んで	一七〇
――鳥打帽の	四八八
小鳥屋へ	一三五

木の葉雨	一〇八
木の実落つ	三六
木の実拾えば	三二二
木の実踏んで	三三一
小走りに	三二三
――岩飛んで来る	一六〇
――掛取の来る	二六九
小春凪	
――欠航解きし	四二四
――渚にならぶ	四八九
小春日の	
小春日や	二三一
小春仏	二六四
昆布干場	三二六
辛夷咲き	一〇八

――雲の中なる	二二四
――雲の湧きつぐ	三〇六
――出羽三山の	四七
――雪にいたみし	三三六
濃山吹	四六九
駒鳥鳴けり	一六〇
小瑠璃鳴く	一六六
小瑠璃の巣	二六五
駒の	五二〇
――鴉降り来し	九二
高麗の里	一七四
こまやかな	四二
こまやかに	四六
ゴム園に	五三
ゴムホースで	五四
――繫れてゐる	四二二
子別れの	四三六
更衣	四二四
鴉木の枝	四三
――鴉鳴きゐる	四七二
海猫帰り	五一〇
海猫の雛	四一九
海猫渡る	二五五
菰の花	四〇三
――霧晴れて出る	四九五
昆布干し	

菰巻を	五三三
小山田に	三一〇
小山田の	五二〇
濃山吹	四六九
小瑠璃鳴く	一六六
小瑠璃の巣	五五七
小六月	
――鴉降り来し	九二
高麗の里	三〇九
――繫れてゐる	四二四
子別れの	四三六
更衣	四二四
鴉木の枝	四三
――鴉鳴きゐる	四七二
声高の	三五二
金剛峯寺の	二〇一
こんこんと	四七三
昆布舟	二九五
海猫にまじる	二九四
海猫の声	四九〇
海猫の雛	四一九
――浮き沈みして	二九八
胡麻煎りて	
護摩済みし	四〇四
駒鳥啼くや	二九五
――霧の中なる	三二三
――丸太嚙ませて	三八六
昆布干し	一三三

さ行

斎の膳		蔵王嶺の	
──大雨となる	一九四	──どの家も径	八六
歳晩の		──まつ暗がりの	三三
──葬花車かさかさ	四六〇	──禰宜が注連かへ	三六
歳晩や		鷺飛んで	一九一
──漁夫青帯	二七	──野良の薬鑵の	二四
──漁夫竹箒	三三九	さきぶれに	四四
海女かかへ来る	三〇〇	──蔵王嶺は	一六五	桜の芽	
雪加の声の	三六一	──雪襞光る	四五九	桜まじ（桜南風）	三二
──早苗飛びくる	一七六	岬山の	二六一	──沖空かけて	二五五
囀りに		──ざくざくと	一六四	──猿養塚に	九二
囀りや		佐久の田の	四九九	桜芽吹き	
──早乙女の	九二	佐久の人	八九	──海を近みの	五三
廃銀山は		佐久山の		桜餅	
──箱根は晴れを	四七〇	──雪加の声の	五〇九	桜紅葉	
雪吊の縄	一三四	桜烏賊	四六二	──丹波の山の	二五七
遡る鮭	一〇四	桜落葉	四三三	さくらんぼ	
酒場ボルガの	四一	桜藻		──買ひ山水に	一九五
酒蔵の	二五九	──降る曇天を	二六	──霧雨つづく	二六七
早乙女の		桜鯛		──園に古櫨	二六五
早乙女や		──息のかぎりに	二七四	──旅の顔剃り	四二一
──買ふ明るさの	一三六	──岩越す浪を	四一	──掌にして句碑の	四三五
──雪一枚	一二三	──大き飛沫を	五八	──とるに小梯子	四二六
蔵王夏雲	一〇八	──軍手もともに	五三七	──人なつかしむ	一六六
蔵王嶺に	三〇五	左義長の		桜鍋	二〇七
蔵王漉紙		左義長や		──奔流耳を	一五五
蔵王路に	三三四	──厩もつとも	二〇〇	桜の実	一二五
蔵王残雪	一〇四	──灰かぶり来し	二六八	茅葺の屋根	
蔵王嶺は	一六五	──外井に行者		──眩しきほどに川の渦	一七五
				──眩しきほどに最上川	

鮭網の 一七二
――追込みの声 四七六
――鮭とめどなく 四七六
――狭まりてきて 二四八
鮭颪 二四八
酒買ひに 三九七
酒臭き
――御師が囮を 一六一
――寒鮒売りが 二八二
酒提げて 六九
鮭突き場 四〇四
酒の瓶 一〇〇
鮭のぼる 二六四
酒飲むや 八九
酒飲んで
――栗食ひちらす 九〇
――沢水飲むや 二四七
鮭簗に
――勢子の一団 二四八
――相馬盆唄 二四八
栄螺舟 二八四
笹囲ひ 一八四
笹子鳴く 三二一
笹鳴(き)の
――音だけの籔 二六
――来て昼を打つ 三八
――桑畑伝ひ 二六五
――来しと思へば 四二三
――強き音に父 四二三
笹鳴や 五〇二
さざ波の 四六八
山茶花の
――雨に咲き散る 四七七
――日の没り際も 一一九
挿木する 四四五
鶚飛ぶ 四六一
座禅草 四八一
左千夫忌の 一六九
杜鵑花咲き 一〇九
五月闇 三八四
さつさつと 五一八
猟人が 一一四
佐渡おけさ 二一四
里神楽 一三六
佐渡目ざす 三〇二
早苗とる 二五
早苗饗に 二七五
早苗饗の
――酒欲る人を 五三七
――灯のとどきゐる 二二七
――襖を外す 五三七
早苗饗や
――厩の灯し 四七一
――茂吉の家の 一〇九
鯖鮨に 二〇二
鯖鮨や 四〇〇
鯖釣りに 三五六
猿羽根峠 一二〇
佐原の町 二〇二
錆ういて 三九
淋代や 三六四
錆び鉄線を 六一
寒い雲雀 六〇
寒き胃に 六六
作務僧の
――首手拭や 四四九
――腰手拭や 二四五
――ふどしの見ゆる 三四七
作務の僧 四七八
鮫糶りし 一八〇
覚めてゐし 四二九
早桃はや 三三七
爽けしや 三五〇
さゆれなき 五〇七
鱵船 五〇四
皿盛りの 五七
皿を割る 二七七
さり気なく 三三三
猿の腰掛 二一三
サルビヤの 五一
沢音の 二七六
さわがしき 四六四
沢桔梗 二五六
爽やかや 三〇八
三月尽 二三
残菊の 一九二
三光鳥
――宿坊裏は 三九九
――嬬恋村を 五三〇
山椒魚
――月山の霧 一八三

—月の山より　二八七
山椒喰
—色増してゐる　三八四
—峠田の水　一〇九
山椒の芽　四四五
残雪に
—大き幣とぶ　一八六
—声出してとぶ　二〇九
残雪や
—庇の軒に　三四三
—野鍛冶の土間に　一二四
山中に　二七六
三伏や　五二〇
秋刀魚豊漁　三六六
秋刀魚水揚げ　三六六
杉籟に
—雉子の一と声　二九六
—揺らめく蝌蚪の　三三一
椎落葉　八六
椎の根に　二〇一
椎の花　四二八
潮垣に　四八五
汐騒の　四六一
塩鮭売り　四二四
塩鮭の　二四〇
塩鮭を　九一
塩つかむ　四〇
鹽といふ　三七一
潮の音　三三六
潮の香の
—染みし風垣　四四三
—神域に散る　四一八
—強き若布を　五三六
潮干狩　五四五
慈恩寺に　五一〇
地下足袋で　四二八
しかとした　三四四
鹿の声　四七六
叱られて　三〇三
しきたりの　四六六
子規の碑に　二六四
時雨るゝ空　五三
しぐるるや　五〇一
時化あとの　二八六
時化雲の　二五六
茂忌の　四四七
獅子独活に　二六三
猪垣に　四六四
猪垣の　一五四
猪垣へ　二五七
猪垣や　二五七
猪垣を
—繕ふあけび　四四〇
—繕ふ桑の　四四〇
獅子頭　五〇三
猪鍋の　二五九
獅子の笛　三六七
地芝居の　五三三
地芝居へ　二四七
猪番の
—交替となる太鼓の音　四八七
—交替となる触れ太鼓　三七八
獅子舞が
—すたすたゆけり　五二二
—富士を見てゐて　三一九
—面のうちより　三八〇
獅子舞の
—納めし寒さ　一〇一
—笛の吹かるる　三〇二
蜆売り(蜆売)
—コーヒー店を　一七二
—門前市の　一五八
蜆買ふ　八三
蜆殻　二四七
蜆舟　五一七
猪宿に　二四二
刺繍糸　二六四
猪除けの　四八七
賤ヶ岳　一一一
しづけさや　四〇〇
沈まずに　五五〇
沈む日の　二五〇
地蔵堂に　九四
紫蘇の実嚙んで　九六
紫蘇の実や　三八七
紫蘇畑　一〇九
紫蘇畑に　一一七
紫蘇畑の　一一八
紫蘇は実に　四六
羊歯(歯朶)刈の

――声の聞える　二七一
――御僧声を　二六五
滴りに　四七四
滴りの
――音こまごまと　二八七
――音一念と　三三四
滴りや
――父母恋ひの　三八六
――湯殿の山の　三九九
舌巻いて　四六八
十方に　三四
自転車に　六二
櫨の実　四五五
自然薯の　三七八
自然薯掘り
――札所に礼を　二四八
――藪の匂ひを　二二三
自然薯を
――さげ来し巫女と　四四一
――高々と父　二五八
――褒められてゐる　三七七
――掘りきし父の　四二一
忍び音の　四五〇
芝桜　三四七
芝焼きし　三三二
しばらくは　三四一
地雲雀や　一七四
渋柿を　一六三
飛沫なか　三九〇
蕊太き　三一
島つつじ　三九八
島の日の　二一〇
島人の　四一八
注連飾る　六七
注連作る　三一一
注連太き　四〇〇
注連貰ひ　二五一
下北や　一一〇
霜くすべ　二一〇
霜晴や　四七九
霜日和　二六九
じやがたらの　五三八
著莪の花
――濃淡の霧　五〇八
――羽黒の巫女の　四四五
――芭蕉塚前　一〇九
尺鯉の　二五五
石楠花や　二五四
写真工場に　一〇三
軍鶏小舎の　三四四
軍鶏小屋を　五一三
軍鶏抱きて　三四三
軍鶏の籠　三六六
軍鶏の雛　三四七
社用に恪勤　五一
車輪梅　三九八
じやんがら踊　一四七
じやんがら念仏　二一八
朱印所の　三九二
秋燕に　一六一
縦横に　一六二
集団就職　四九
秋灯に　三五
十薬干し　一四〇
十薬や　三〇
十夜僧　五三三
秋霖や
――汽車発着の　五八
――仏足石に　四〇二
宿坊に
――酒が匂ふよ　一八五
――干しある胡桃　二八八
修正会の　一〇七
出勤や　八九
出港の　三六四
出漁へ　四一六
修羅なして　四九九
棕櫚の花
――沖より来たる　二五三
――夕べしたしき　三〇六
春禽や　二七二
浚渫船　五一九
浚渫船の　五三
春潮の　九七
春潮や　六〇
春泥の　四四
春泥を　四四
春分の　一一五
春雷の　一五六
春蘭や　五一七
春嶺の　一七四
巡礼を　一一七

正月の
――桑畑駈ける　二八二
――凧上げてをり　二〇〇
――凧入間野の　二〇〇
――凧両神山を　三八〇
生国の　四一七
掌中に　六五
焼酎や　二八六
庄内の
――青田千枚　四八五
――青田まぶしみ　四三八
――雨の野に鳴る　三三〇
荘内の　三三五
庄内や
――植ゑし田にはや　五三〇
――はや早苗田に　四七〇
常磐線に　六三
尉鶲(尉びたき)
――郭にとなる　一七八
――ちらと見えたる　二七一
――啼き移りゐる　三一〇
小満の　四六〇
松籟の　二五
松籟や　三七一
松例祭
――魔除けの綱の　四八九
――雪に明けたる　三一二
――雪の杉より　三一二
――夜更け深雪と　四九〇
鐘楼に　四一六
植樹祭
――谿の水音　五二八
――始まり雨の　八五
――始まる前の　三九七
書庫守の　五三五
書斎出て　四八〇
書斎まで　四七三
書に痴れて　四四三
白魚舟
――暁けの星空　二八二
――戻り市場の　五一六
白樫の　五二四
白河の
――関筍積んで　一〇三
――関の番所の　五三二
白菊に　三五
二樓忌の　一六〇
城垣に
――掌をおけば来る　一二八
――触れさわだてる　三一〇
城垣も　三一〇
しろがねの　五二八
代田馬　二八六
城の空　三六九
白木槿
――ごつてり盛りし　二〇四
――父の忌の火を　一九六
城山に　一三六
城を見に　二二七
師走富士　三八
新小豆　四八七
新芋を　三〇七
しんがり(殿)の
――牛鞭たる　四一五
――冬至南瓜の　二〇六
深閑と　五一〇
神官の　三三七
神鏡に　一二九
深谿の
――蒟蒻畑を　二四六
――蓮華峰寺道　二八四
信号を　一〇五
真言の　五一三
震災忌
――青田の上に　一一二
――鯉がつづけて　三七六
――蜂の古巣に　三〇八
新じやがの　四三〇
深秋の　三五
新宿の　三五一
新樹の香　四四五
しんしんと　五三二
新茶淹れ　四二八
新茶汲む　二一七
新茶着く　二三六
新茶煮る　二九
沈丁花
――茶を淹れてゐる　一九四
――鋲打ちてをる　一三七
――山伏宿の　四二五
新海苔の　五〇一
新聞を　二〇四

新米搬ぶ	一〇四	須賀川駅	三九	——驟雨眼に入れ	二五四
新涼や	五五	簀囲ひの	四三	声かけつづけ	二五四
——鯉手捕りしと	四八	づかづかと	四二六	——杉を付けきし	三五二
——ポプラの風の	三三五	すが漏りの	四二九	——みどりにゆらぐ	三六七
新藁を	三六八	すが漏りや	三三六	——すぐに止む	三一〇
——西瓜売り	三六八	巣鴉に	四五五	末黒野の	三三二
——厚き筵を	一六二	巣鴉や	三三三	——両肩に泥	二五四
——夕空に声	三二九	——吹く風匂ふ	四二六	——灸のあとを	二五二
西瓜食ふ	一三三	スキー靴	二〇九	——篠の子飯	一〇九
スキーヤーに	四八	末黒野を	三三三	——篠の子の	二五四
芋茎剥く	二九〇	菅笠の	二九八	篠の子の	二五四
酔客も	二一	巣ごもりの	五五五	雀自在に	二五二
——水郷の	三六五	杉の花	五五一	雀蘭や	二三二
水神の	四一九	杉の霧	三一九	——鮨食ふや	九六
——木の香まとひて	三一五	——すさまじく	四六八	雀の稗	二三五
水神に	二三四	杉谷へ	三三二	涼風は	二六〇
水仙や	八三	——国上寺に	四三二	鱸汁	一七〇
——鳥の羽根浮く	四五八	芒野の	四三二	——垣根つづきの	一七五
水筒の	一六二	すく揺れて	六二	——誘ひ啼きして	四六九
水平に	三五六	杉の秀の	四〇〇	塩桶ならぶ	四四一
——杉の秀の	三三六	——山のかこめる	一〇六	——山のかこめる	四三五
睡蓮に	九四	空は青空	二三五	巣作りの	五〇七
睡蓮の	三〇六	——雪を散らせる	二六八	巣立の	五〇四
——蕾巻葉に	三三六	杉の間に	二二三	——捨て猫の	二六三
——密を覗きて	三三六	杉の雪	二一一	——捨て窯の	四三二
睡蓮や	三三六	杉山に	三七一	煤竹の	三六八
陶窯の	五一八	杉山の		煤のあと	五〇五
				煤鳴きの	五三二
				——近くにどつと	三三八
				——腹のささくれ	二七三
				篠の子採り	

捨て船を　三五五
ストーブが　九一
巣の鴉　三三七
巣離れの
――鴉声張る　四八四
――鮒をたやすく　四八一
須磨寺の
――鶯の声　三三四
――白玉椿　三三四
炭小屋を　五一八
炭運ぶ　二四一
炭焼が　四一二
炭焼夫　一三五
李咲く　三三〇
寸鉄の
――軍鶏の蹴爪や油照　四一九
――軍鶏の蹴爪や日照草　四〇一
製材の　三八三
青天を　三六八
制帽を　五四八
青巒の　一三九
関址に　三一九
関址の　二五七
石炭夫　二一三
関の家に　三六五
寂寞と　五一四
石油の香　一一三
鶺鴒あそぶ　一一〇
せきれいが　一一八
鶺鴒(せきれい)の
――桑畑走る　三〇一
――声よく透る　二六〇
――番ひ来てゐる　二五五
――つぶらなる声　三七五
雪加鳴く　二八五
石棺の　一一九
接岸の　五三六
石窟へ　四〇三
雪渓が　一六〇
雪渓に　三八五
雪渓は　二五四
雪渓や
――底の水音　一三〇
――鳥海山に　三七三
雪渓を
――女行者の　四七二
――行者の鈴の　二〇三
――真上の酒田　二九七
雪原が　六六
雪原へ　三四三
石工の
――大弁当や　四二六
――巻尺の音　四七二
雪洞に　三八八
節分の
――一樹に鴨が　一二四
――峡行く貨車の　二四一
――夕日の沈む　一八〇
――雪に外燈　二一三
絶妙に　二七六
雪嶺が　一一七
雪嶺に　一〇八
雪嶺の　二〇八
雪嶺は　一二四
雪嶺へ　一九五
雪嶺より　九三
背戸に炭　一九三
背戸の扉の　二五五
蟬時雨(蟬しぐれ)
――左千夫の家の　一八六
――絶壁どれも　二八
――琉歌もれくる　四六一
蟬取りの　一八六
蟬の穴
――思ひのほかに　四四七
――覗く寝起きの　四七四
芹青し　二四
羅あとの　四三一
羅市の　四三四
芹摘みが　三五五
芹摘みに
――一日暮れて　八八
――つぶてのごとく　四六八
芹摘みの　八八
羅果ての　三四二
芹焼や　二〇七
脊をまろめ　三七
善光寺　二〇一
線香を　三六五
洗濯バサミ　六二

選炭婦　四三四
船頭の　二五五
先頭は　三一八
先輩の　二五五
せんべいを　三一一
ぜんまいを　五三六
倉庫暗し　四三
倉庫の隅に　四六
操車区の　二五五
淙々と　四五九
憎と見る　四一六
早梅に
——相搏つ風の　二九二
——風がすさぶる　二六
早梅や
——雀が飛んで　一五四
——礫のやうな　三九三
——鳶の下りきし　五〇四
相馬路の　三八九
そこはかと　三六三
底冷の　三五四
注ぐたび　二五三
蘇鉄の実　一七六
外井戸に
——鎌研ぐ砥石　四九三
——髪洗ふ海女　三〇五
——小鳥の羽音　三五六
卒塔婆に　三一四
蘇東坡の　三一六
日照雨あと　三八七
杣小屋の　四四四
杣の家に　二三三
杣の家の　四六七
杣人が　一七三
杣人の　二八五
蚕豆や　六一
橇組みの　三一九
それとなく　四八二
ぞんぶん(存分)に
——筒鳥の啼く　四七二
——羽根を散らして　五〇九

た行

田遊(び)の
——揃ひの衣裳　二四二
——太鼓大根　三七〇
——華やぐ焚火　二四二
——星空仰ぎ　二四二
大学に　二五七
たいくつな　三一四
大根馬　四六六
大根蒔く　五二一
大根も　五四九
泰山木　二八六
橙の　三六八
颱風が　八九
大菩薩嶺の　八四
當麻寺の
——茶垣を覆ふ　一一九
——東西の塔　五〇七
鯛焼屋　二四二
鯛焼や　四七七
田植あと　四八三
田植期の　四九四
田植寒　三三三
田植縄
——すぐ山雨に　一五八
——散らばつてゐる　二五三
田植餅　一六六
田打鍬　四四三
田打女を　三一一
田鰻の　三一七
たをやかに　三九七
田が植わり　五二九
田掻馬　一八二
高下駄の　四五八
たかしの墓　一七八
高館の　三一七
高遠城　一七四
鷹の子の　一一六
高稲架の　二一二
鷹柱　四七六
高幡の
——あぢさゐ山へ　四三三
——後山かがやく　四四五
篁に　五一五
耕して　四七一
鷹渡る　四五〇
炊きあがる　三一九
滝浴びて　三八五
滝浴びの

——行者かすめる 四六〇
——行者の声や 五三二
滝行者 四三八
たぎちつつ 九五
滝壺の 五二六
滝壺へ 四七四
田草取りの 五六
柝の音 二四〇
啄木忌 五四五
啄木の 二三九
焚くほどに 三三〇
竹馬で 四三四
竹落葉 四一七
竹伐りの 二三〇
竹伐る音 二三九
丈なせる 二三八
竹煮草
——磧の径の 二四六
——鉱泉宿は石のせて 一三五
——鉱泉宿は石の屋根 一九一
——湯殿山の磴の 三八六
竹の秋 四一八
筍の
——叺学僧 四三八
——皮散らばりぬ 四二八
筍飯
——月山隠す 三〇五
——月山よりの 四六〇
——心旅めく 一九
——出勤前の 二三六
——天狗の面の 三五六
竹の春 三三一
竹藪の 二四二
茸山へ 五四七
岳よりの 一二八
竹を伐る 四三〇
蛸壺に 二八三
田仕舞の 五三二
たたなはる 四八三
漂う盆供 四二
立葵
——蜑の部落の 二八六
——篤農多き 三一
立ち寄りし 二七七
竜飛岬 二九四
竹瓮舟 三五三
楯のごと 五〇三
蓼の花 三六
立て干しの 二八九
立山を 四六五
たなご漁
——荒磯大きく 一一〇
——燈台指呼に 一一〇
七夕竹
——飾る信濃の 八九
——夜業の窓に 六一
七夕の 三一九
谷川に
——橿鳥の声 一四二
——鷽の声や 三三三
谿深き 二七四
種芋の 三五六
種胡瓜 三三一
種鶏頭 九六
種差や 二三七
種茄子の 四〇一
種浸し
——大粒の雨 四九三
——斑雪田にある 一二八
田のなかの 四八九
田の墓の 二七四
旅鞄に 六三
旅に買ふ 三四〇
旅に嚙む 五四
旅の夫婦 四三
田鷚や 一八四
旅人入れて 九三
旅人に 三七〇
旅をして 九六
田舟にも 三〇九
玉子酒 二五八
卵抱く 四二五
玉子丼 二二五
玉解きし
——芭蕉に昼の 三三二
——芭蕉や路次に 三九七
玉解く芭蕉 三三二
玉苗に 二七五
玉苗の 二八五
多摩の嶺の 一五三

多摩晩夏 ――捨て湯の堤を	五二六			
玉巻く葛 ――長屋に夜干し	五〇六	――青蛙ぬる	三一九	父の忌や
溜まる汐木	五一	――秋の熊蜂	三一九	父の辞書
鱈売女 短日や	五三八	――よく日の澄めり	三二二	父の字の
鱈さくや 炭塵の	五三三	竹林の	一四一	父の死や
鱈躍つて 探梅行	五三三	――青にうつとり	一九二	父の夢
だらだらと ――あとに蹤くこと	二六三	――かがやく日なり	二一一	秩父路の
楤の花 ――軍鶏を抱へし	二〇七	――日向きらきら	四三三	秩父青空
楤の芽の ――野川の底の	四〇〇	父生れし	三三六	――枯桑畑に
楤の芽や ――野寺の法鼓	六一	牛乳買ひの	三三四	――谿行く電車
楤の芽を 丹波栗	二七六	父がとりだす	六二	――尖りたる風
鱈場終へ 暖房車	三四〇	乳しぼり	二四七	秩父路や
鱈船に たんぽぽ(タンポポ)や	三六八	父の家の	三五四	秩父早春
鱈吹雪 ――開け放たれし	一七一	父の忌の	二一〇	秩父嶺に
鱈漁の ――池の上なる	二七三	――浮きて沈まぬ	二〇〇	秩父人
誰彼と ――海を脚下の	五三二	――黒土匂ふ	五二一	秩父女の
誰彼の ――寺に鉱夫の	五三五	――地梨に胸を	二三二	――縮まつて
たわたわと ――野川背にして	四九二	――捨て梨つつく	四二九	――千鳥啼く
俵編み ――とのさまばつた	三三一	――磯の祠の	二〇九	秩父嶺や
チーズ直ぐ	四三二	――砂に埋れし	三三一	――谿行く電車
田を越えて 近ぢかと	一三五	梨畑に聴く	二六二	地に触れて
炭鉱の 知己のごと	四八八	墓を笹鳴	五〇一	地の隅に
――捨て湯の流れ 竹夫人	五三二	ふるまひ酒の	四九五	――木槿を濡らす
――捨て湯の匂ひ 竹林に	五五〇	木槿を濡らす	三一九	地のひゞはしる
	五一四	夕風散らす	三六五	乳呑児が

初句索引

茶簞笥に 三一九
ちやつきらこ 四九一
茶の花や 五三三
茶碗酒 五九二
鳥海(鳥海山)の
　霧晴れ狩の 三一七
長城の
　雲の下り来し 二九七
長城の
　青き胡桃を 三三五
長城は
　道るいるいと 三三五
朝礼の 三三五
貯水池の 四三
貯炭場に 五四七
ちらちらと 三〇一
塵取で 三八七
塵取りに 三一〇
塵取りを 二〇九
追儺会や 二七二
接木藁 二五九
継ぎたしの 五二一
月の瀬や 三一
月見草 二六三

土筆野に 二六一
土筆萌ゆ 二九四
つくづくし 二六〇
つくばひの 二七七
つくばおろしに 四三二
筑波路に 二五七
筑波路の 二五二
筑波嶺の 三二三
　大きく晴れし 三二五
大谷小谷 二五六
　風のきらめく 三三一
遠浮雲や 四七二
　ふところ深く 二五四
　見ゆる戸を開け 三六六
筑波晴 三二一
鶉ゐて 三二七
つぐみ喰う 六四
月読の 三二四
漬梅の 四八四
漬けこみし 二五二
土の器に 五五一
　山寺の杖 一〇九
土の芯まで 五九一
つづけざま 四四九

つつじ満開 五〇
つつじ山 三一七
筒鳥や 五一四
　冷たい牛乳 六一
　日照雨に濡れし 二八四
　藪のなかなる 一六
つつぬけの 四五六
　艶めける 一〇二
　鳥語頭上に 四三二
椿咲かせて 四九
椿の下に
　梅雨明の 二八
椿の実
　音立てて落つ 三六八
　拾ひ風垣 三三五
つばくらめ 四九二
つばくろの 四七〇
　開拓村に
　舟板塀の 二六七
つばなの穂 三九九
燕来て 三二七
燕来る 三二七
燕の子 六二
貌をそろへし 一八二
　鞍馬の寺 二六四
　こけし屋の戸の 二四
　地蔵堂より 一〇〇
僧の作務衣の 四八三
　旅の牛乳 四二
　船板塀の 三八八
　林檎畑の 二〇四
梅雨鯰 一九二
つぶて雨 五九
妻癒えて 二〇〇

妻の客 三五五
妻の留守 四一
妻留守の 五一
艶話 三三二
　戻り鰹の 四三三
梅雨明の 二一八
梅雨茸 三六六
露草や 五二
　開拓村に
　舟板塀の 二六七
露けくて 一一〇
露けしや 一一〇
馬市ありし 一九六
貌をそろへし 一八二
鞍馬の寺 二六四
こけし屋の戸の 二四
地蔵堂より 一〇〇
僧の作務衣の 四八三
旅の牛乳 四二
船板塀の 三八八
林檎畑の 二〇四
梅雨鯰 一九二
つぶて雨 五九
梅雨の明け 五一九

梅雨の蝶　三三
梅雨晴るる　一三七
梅雨晴間　三三五
梅雨冷えや　一三七
強き酒　三七四
強霜や　三七八
釣鐘草　八九
釣茶屋の　五〇三
吊橋渡る　八四
釣堀に　四六七
釣堀の　三三一
釣宿に
――家鴨の声や　五三八
――まだ置炬燵　二五九
鶴川村　三一一
吊し柿　四六四
つれづれに　五一三
石蕗の花
――木を挽く音の　四三三
――相馬罅焼　三八九
――豆腐屋水を　一〇一
――白秋の碑に　二六九
――一と日波郷の　四〇五
手焙や　二三一
定家かづら　三三七
ていねいに　四八五
泥濘の　五五〇
手籠に透く　五〇
手賀沼に
――畦径多し　一一四
――鰻を食ひて　九〇
――旧道があり鴨の声　一九三
――旧道があり鴨睦む　一三六
でこぼこの
――南瓜ごろりと　三五三
――橘柏匂ふ　三九八
手摺れたる　五四八
鉄線花　四七一
手伝ひに　五四七
鉄積む運河　四六
鉄積む艀の　五七
鉄板を　三九三
で丶虫の　二三〇
でで虫や　二八五
手捕りたる　四九五
掌に重し　九五
手にとどく　四六二
手にねばる　六〇
手にのせて　四四九
てのひらの　四八一
デパートに
――絵皿の薔薇や　三三
――鯉池売れり　一〇三
手花火の　三三七
手袋を　三八
出穂の香や　四二〇
手毬歌　一六三
出水跡　一〇五
寺にゐる　一九七
寺の菜園　四五
寺の釣瓶　四七八
寺の鶏　三四五
寺道の　二〇一
寺道を　三四八
寺守の　四二八
寺山に　四二四
寺山の　五三三
照り戻る　一四四
照りそめて　三〇六
手渡しで　五二八
手渡しに　三三一
出羽の国
――苗代に花　一二五
――ひろびろと田を　一五八
掌をひらき　一五七
手をひろげ　二八二
天衣無縫に　三三五
電工夫　二〇三
天山文庫
――芽吹き明りの　一四六
――芽吹く裾廻の　二一六
電線に　六五
電線の　五三八
天壇の　三三六
電柱に　一二五
天道虫　二一七
テント張る　二五四
天宥の　四三八
天龍川の　一五七
戸板に梨売る　五二

籐椅子や ――小昼にとばす	四六五	――崖隼を	四九	道路工事の
堂押祭	五八	――草叢の紫蘇	三九	――遠稲妻 二六
――鍬を打ちこむ	五三	海猫見てもどり	三七七	遠い蜩 四二
――声をしぼれば	三四	冬至粥	八七	遠郭公 三五五
――見てスキー宿に	三四	湯治客	四二四	遠きサイレン
唐辛子 ――深雪を踏んで	三三三	湯治櫃	四七七	――冬菜が乾く 五五
		冬至とて	四五六	冬霧まとい 六四
――これ見よがしに	四七	冬至晴	三五二	灯（燈）台の
――したたかに干す	三九五	踏青に	一五六	――丸太の動く 四五
――吊りて土工等	三六	踏青や		見にゆく蜜柑 五二六
陶乾く ――ひききて老婆	二〇六	――伊豆の天城嶺	一五四	遠き日の 四九
渡岸寺	二五	――酒の匂ひの	二九五	冬暖の
		塔婆書く	四〇〇	――遠くゆく 二六
東京遠し	四一	――リュックに入れし	二八二	通し鴨
冬暁の		豆腐屋に		――いつしか場所を 三四七
――明るき日照雨	二九	燈台に	二六二	――潟の夜更けに 四六
東京や	二九	――竹藪径や	一六六	力つくして 三六四
闘鶏師	三八二	荒磯の音や	一七七	塵焚く煙 二三二
闘鶏に	三八二	陶片の	二六九	遠筑波 五〇四
闘鶏の	三八四	倒木に	二六九	遠野路の
――大粒の星	四一四	笛牡丹に		――青き稲架竹 三〇二
――大浪見ゆる	三一一	堂守りの		遠野人 五四
峠みて ――枯葉飛ぶ音	一九六	――逗留の	二七三	――廐ともせる 四九六
峠より	一九一	――霧うすうすと	二六三	冬嶺が
――飛雪の音や	一九一	冬嶺が	五四	蟷螂生る 九五
冬耕に	一五二	蟷螂生る	九五	遠花火 三〇
冬耕の		燈籠が	一四七	戸隠の
――鍬音ひびく	四三三	御空のひかり	三八一	蜥蜴出づ 一六一
		灯（燈）台の		蟷螂の 三〇九

613　初句索引

ときをりは 一二七	年用意	──拾ふ冷たさ 一四七
時かけて 一八一	泥鰌喰う 二一〇	突風に 八五
時ならず 一二四	泥鰌鍋	土用蜆 二九六
時なしの 四二六	──囲む顔振れ 三二八	とらへたる 二七
どくだみや 四三六	──つゝき怪談 二一〇	トラックの
鋭声なす 一二〇	──夕映えの川 三二六	──土堤焼く火 三〇二
どこからか 四七七	葭戸に透けし 四四七	ドラム荷役の
常闇の 一〇三	利根川の	──滞る 四四六
登山駅 一二三	──砕ける浪を 三三四	鶏合せ 五二七
登山電車の 四八一	利根堤 一八七	──水車小屋にて 一七一
年男 一五四	利根の波 三五四	──雪を散らして 二九一
年木樵	──夜風すさまじ 二九九	鶏売に 五五九
──鴉の羽を 四二四	どの道も 三〇一	鶏売の 二九六
──手折りてきたる 四六六	鳶が輪を 一二三	──雛餌売る 六六五
年木積む 三九一	とびとびの 四三五	鶏雲に 一八三
歳の市 一二九	鳶の声 五〇八	鳥威し
歳の市を 三九一	──枝こまやかに 二六	──入り少年と 二七
年の炭 九一	──たぶ山を背の 五〇五	──ボートを洗ふ 一五六
年の瀬の 二六八	鳶の羽	鳥曇り
年の瀬の 三六七	──海鳴りつづく 二五〇	──海鳴りつづく 五〇五
──土地値上り 一六	鳶の輪の 一九三	──斧の木魂の 四一一
年の畔を来る 一七	鳶の笛 二一〇	──塵労の身に 一二五
──鶏殆りゐる 三〇二	飛火野の 四二七	鶏小舎に
年の湯へ 三九二	とぶ霧に 三二〇	──卵三つ四つ 二四八
──橡の花	とぶ燕	──灯の点きてゐる 二四七
橡の実の 三一〇		
──橡の実を		
どしやぶりの 一五五	──盥に洗ふ 四三二	土間隅に 鶏小屋の 一五四

鶏小舎を	二九	鳴きやんで		五三二
鶏提げて	三六九	勿来の関		
採りためし		——崖径を蛇		八六
西の市	三七二	——寒の田を打つ		一〇七
——酒醒める刻	四〇	菜種刈る		五六
——鮮の洩れ火		菜種梅雨		二四六
鮓ひては仰ぐ	五一	菜薊の		
鶏の餌の	三九	——海近ければ	一九	夏暁の	二一〇
鶏の骨		——白樺の梢	三一四	夏薊	
鳥の巣や	四六六	——縄屑風に		荒磯の雨は	
——男入りゆく	四二一	苗木売り	一二九	——むらさきの濃き	一六七
鶏揺る	一二一	苗運び	一六六	梨の花	三六
——男が藪へ	三一一	直会の	一六七	梨売るに	八六
泥臭き	三九	那珂川を	三六	梨売に	一〇七
泥辣韮	四一	長靴干す	四五二	梨のころがる	三七五
とろろ汁	二三〇	長梅雨や	四〇一	梨畑に	三五二
笈を沈め	二九四	長梯子	二二〇	大粒の雨	
団栗や	五四〇	長病みの	二五八	なつかしや	五〇一
どんどの火		——母が匂ふと	五九一	夏蛙	八五
とんとんと	四二	——母へ花莫座	二一七	夏落葉	五六
蜻蛉(とんばう)や	一六〇	菜殻火や	五〇二	夏座居	三二四
——一茶の里に		流れ昆布	三四八	夏安居	三六七
——山より昏るる	五三一	拾ふ渚に		——貨車が棚田を	
		——干す夕風の	三八四	——風止みてより	一九五
な行		鉈あてる	二五三	——放ちたる鶏	二七四
地震過ぎて	四二三	茄子の紺	三二〇	夏木立	六九
地震のあと		那須嶺より	四八二	夏蚕あがり	五二〇
苗木市	五一九	那須野路や	五〇一	夏蚕匂ふ(う)	
		茄子の花	九一	——奥の秩父の	四四六
		夏空の	四〇〇	——部落夜更けて	七〇
				夏潮や	二九
				夏水仙	三九
				夏座敷	
				山坂がちの	六二

夏蝶の　二六一
夏蝶や　三三八
夏つばめ　三二六
夏念仏　四〇一
夏の鴨　四七三
夏の蝶
──牧の仔牛の　四七三
──路面電車の　四四七
夏の炉に　一七六
夏の炉や　四七二
夏萩や
──禰宜のもてなす　三八六
──羽黒の霧に　三七七
夏星豊かな　五七
夏山の　四三〇
夏山や
──いま最上川　一一九
──薬草採りの　四〇二
夏蓬　九九
撫で牛に　三九九
ななかまど
──釘付け済みし　二九〇
──濡れて置かるる　二八七
何鳥ぞ
──枯る、葡萄の　五二
──よき声放つ　五一四
何もせず　三一一
菜の花に　二四
鍋底景気　四二
鍋焼を　二一三
鱠屋へ　四三一
波音や
──関址にしだる　五一一
──良寛堂に　四四二
菜飯焚く　二〇九
納屋隅に　三九三
納屋の錠　三九一
納屋の莚　四六五
成木責
──柿の木あれば　五二四
──蔵王嶺の風　二九二
──日照雨に濡れて　二四〇
──根雪を掻きて　四五七
なりはひの　四二六
鳴子縄　五三一
馴れし手で　四四〇
苗代寒ム（寒）
──風の雀が　一一六
──残り湯こぼす　一八五
苗代田
──満月に底透きてをり　一九四
──満月に底みせてをり　一三七
苗代に　一一六
男体山の　三三
なんばんの　四六〇
南風に　五五〇
荷役の熱気が　五五
鳰浮けり　九二
仁王の乳房　三五四
鳰の浮巣　二四四
鳰の声
──聞きゐて沼の　三六七
──聞き旅籠にて　四六五
鳰の子の
──舟の艪音に　四三〇
──水尾すぐ消えて　二四四
鳰潜る　四一二
二月尽　一二〇
肉買う春夜　五〇
荷屑で火を焚く　五三
肉焼いて　六二
逃げ腰の　九〇
煮凝や　四二四
濁り田の　一五八
濁り鮒
──あはれや草に　五〇八
──日のあやめ田の　二〇二
二三人　四三四
虹の足　三六四
荷橇馬　四六五
日曜の　一一六
日曜農夫の　四九
日記買ひ　一四五
二輪草
──炭窯残る　三七二
──良寛堂に　三二一
庭竈　三九二
庭下駄で　二〇三
庭先に　一五九
鶏が縄　一五四

にはとりの
——置去り卵　三八二
——声よき方へ　二九二
——孵に鳴ける　八三
にはとりを　三〇四
庭に眼を　二一五
庭の葱　一四三
忍者屋敷に　一一三
人蔘・牛蒡　一〇二
人夫の太い手　五五
縫初めの　四一三
ぬかるみに　三〇五
ぬかるみを　一五七
脱ぎ捨てし　三五〇
幣よりも　四二七
盗人の　一四一
蓴舟
——漕ぐより傾ぎ　五〇九
——午後は日照雨の　三六一
——沼底擦つて　三六一
——見え隠れする　三六三
沼の底の　三六一
沼のほとりの　六八
沼へはみだす　六八
濡れ靴に　一〇七
濡れしまま　五〇五
寝惜しみて　一四〇
根尾人の　一五五
根方より　五三五
葱積んで　一七九
葱抜いて　四七九
禰宜の家の　三五二
葱の香の　五二四
葱畑に　三一一
葱鮪汁　一七一
葱を引く　五三三
猫の子が　三〇四
猫柳
——燈台守が　九二
——雪雲込めし　三八一
寝酒飲み　八九
根白草　四四二
寝過して　二九六
鼠とる　一三八
根木打　一六八
涅槃会の　四六八
涅槃西風　四九一
佞武多いま　三二四
佞武多絵の　五一二
ねぶたの娘　二九八
佞武多囃子　三三五
佞武多笛　二六三
睡いゴルフに　六八
念入りに　三九三
ねんごろに
——落鮎を焼く　二三八
——蝗煮てをり炭焼夫　一三五
——蝗煮てをり母の家　一九二
年酒酌む　一九八
念仏衆　四七五
農具市　四三五
農小屋へ　四一七
野兎の　三七七
凌霄花　二六三
能の人　一八六
農婦来て　四二
能舞台　一四五
農夫の掌　三四七
能見むと　一九八
野鍛冶屋に
——鶯の声　四五八
——立ち寄つてゐる　四三六
野菊濃し　四一二
野菊晴　五三八
軒先に　三一〇
軒下の　三九一
のけぞりて　三六六
残り柿　一一七
残り鴨　四八〇
残る鴨　一〇七
残る蛍　四三二
残る虫
——たかしの墓に　三〇一
——納戸に猫の　三五二
——太き丸太の　二七八
野施行や　五〇三
乗込みの　四一四
能登朝市
——終りしあとは　六五
——冬烏賊漬と　六五

のどけさよ	五一七	
能登人の 海苔舟が	五〇九	葉がくれの 薄暑くる	四一
野鼠の 海苔舟を	三五四	墓道の 泊船の	一三九
野分晴	三五三	墓守の 白鳥の	二六九
野火止の 墓山に	二九五	——声大雪を	三〇四
野火の闇 掃き納め	四一	——声燦々と	二九一
野火守が 萩こぼれ	五四	萩咲けり	一〇〇
のびやかな 萩の紅	五八	——波ふくらませ	一五二
野蒜摘み 萩に	五一九	——水輪の泰き	二〇二
野葡萄の 廃銀山	六六	白桃に	一〇三
野葡萄や 廃坑に	二二四	白桃の	三六
登りきて 廃坑の	二九九	波郷忌が	三一九
のぼりくる 廃鉱の	一六七	波郷忌の	二六
灰皿汚して	五三	——いきづきてをり	二〇六
は行		——浮き立つごとし	三〇七
		——青空鴨の	三八
野分晴	四六六	——泉に夕日	二五〇
		白桃を	一二五
野馬追の 廃船の	四六二	はぐれ鷹	四六六
野馬追の 敗兵に	二九八	はくれんへ	二一六
野馬追祭	三一〇	——蕎麦屋混み合ふ	三一〇
野良猫の 梅林に	三三〇	——夕波のたつ	三六七
野良の靴 ——しばらく焚火	二五二	羽黒山	四〇
海苔掻女 ——多摩の横山	一六五	——合祭殿の	一二四
海苔粗朶に 梅林の	五一六	——神の松蟬	五一五
乗初めの 梅林へ	二九五	——杉の暗さを	九七
海苔簀に ——吊橋揺らぐ	二六九	——涼し木綿しめ	三七七
海苔簀の ——門を開けたる	五〇五	——空かがやけり	二七七
——波音ひそか 蠅生れ	一五四	羽黒路に	二五九
——夕日を戻る 蠅取リボン	四七六	羽黒路や	三〇九
羽織るもの 蠅叩くや	四六二	羽黒宿坊	二九六
	六九		
	二四七	佐久の農夫は	八八
		女日傘を	三五五

羽黒の坊の　一三〇
葉鶏頭
――たかしの墓に　四八七
――日暮は色を　四八七
函館を　三三五
箱詰に　二四一
箱に詰る　四二
羽子の音　四七九
はこべらや
――鍛冶屋の庭に　四六七
――石炭の貨車　五四六
――放ちし軍鶏の　四七〇
葉桜の
――影濃き野川　五一九
――洩れ日床几で　三八四
葉桜や　四八三
葉桜を　二八四
稲架裾に　一九二
稲架の径　一三八
稲架を組む　四三三
はしきよし　五二一
孵から　三五三
孵の音　六〇
孵の音に　五五
橋の霜　三八
芭蕉葉に　二六三
芭蕉布　一七七
走り梅雨
――塗るセメントに　三〇
――太薪を積む　四七二
走り湯に
――磯波の音冬椿　二六四
――磯波の音紅椿　二七一
走り湯の
――音なまなまし　三〇三
――磴に置かれし　四二七
蓮池に　一一〇
蓮根掘り　三五二
蓮の花　二三九
蓮の葉の　三五一
蓮掘に　一二六
はづむごと　四三五
鯊舟に　三〇八
鯊船の　三四九
櫨紅葉
――窯出しの炭　一七〇
――天狗の面の　二八九
畑打ちの　三五五
畑屑を　三九三
幟染むる　五一九
はたはたと　四九三
巴旦杏　二四六
蜂飼ひの
――箱鮮らしき　一四〇
――箱並べたる　二〇一
八月尽　三四
八月や　三四
蓮田に　三一八
蜂の巣を　五四五
鉢を乾かす　四七
初午へ　三四三
初うまや　三九二
初蛙　二四三
初鰹
――いはき七浜　四八二
――大きな父の　三〇五
――糶の氷片　三三五
初鴨の
――声そこはかと　五一二
――さだかな水尾の　四四九
――殖えきて闇の　三五六
――群の遥けき　四三九
――群を暮靄の　四三三
初鴨や　五三二
初鴉
――面を上げて　一五三
――鎌倉山の　二四九
――秩父の山に　三〇二
初雁を　四六三
初汲みの　四七八
初氷　三一一
初東風に　四九〇
初東風や
――浮藻寄りくる　五一五
――雉子一と声の　二五〇
――雀の散らす　五〇三
――とろとろ燃ゆる　三六八
初護摩の　四六七
八朔の
――穂田をほめ合ふ　二九九
――夜空は山の　一六九
八朔や

——いよいよこぞる 二四六
——からからと鳴る 一五八
——声凜々と 四四八
——デパートにはや 二三〇
——羽黒詣の 四七五
初桜
——朝の雀が 一七三
——犬の掘りたる 三〇五
——かがやきましぬ 五〇七
——貨車つなぐ音 三〇四
——風音聞きつ 五四六
——川波白く 三八一
——しろじろと泛き 三七〇
——捨て湯日差しに 四〇五
——竹瓮の雪の 三九五
——光をこぼし 五二七
——味噌倉の扉を 三二一
初鮭の 四三九
初秋刀魚 四七五
初しぐれ 一六二
初霜や
——雉子翔つ音の 四二二
——むらさきがちの 三一〇
初松籟 三一一
初蟬の
——かなづるごとく 五三八
——声の澄みゐる 二七五
初凧の 三一一
バッタ跳ぶ 二二三
初旅の 一〇七
初秩父
——扇ひろげし 二九〇
——雉子一と声の 三四二
——空のひろさの 三三〇
——機屋の大き 三八〇
——札所に花火 二五〇
初蝶の
——黄の眩しさよ 二六〇
——陽の力えて 三八二
——見えかくれする 四二七
初蝶や
——打ち合つてゐる 三一三
——桑畑にとぶ 一二七
——隙間だらけの 二六〇
——竹藪に凍て 三三三
——戸を開け放つ 二七二
——山刀伐峠 九三
——にこ毛つきたる 五〇六
——野に来て石屋 五〇六
——日がたつぷりと 二一六
——丸太打ちこむ 四一三
初筑波 四七九
初つばめ 五四八
発電所 四一六
初寅や 二〇八
初鶏の
——相睦まじき 三九二
——蹴合ひそめしは 三五四
——声が親しや 三三〇
——声のまどかや 二七一
初鶏や 五三四
初荷船 二八〇
初の鵙
——天満宮は 二一一
——遥かなるもの 四三九
初花や 五三六
初花を 五三六
初日いま 三七九
初ひぐらし 二七六
初雲雀
——湖の香つよき 二七三
——声をやはらげ 三四四
初富士に 四九〇
初富士の
——純白の雪 五一五
——全容の雪 五〇三
初蛍 三三三
初御空 二八〇
初詣 四九〇
初紅葉 一七〇
初山に 四七九
初山へ 一五五
初山や 四九〇
初雪が 一〇七
初夢の 二五八
初雷の 二〇〇
初漁に 五三四
初漁や
——焚火うけ継ぐ 一一三
——どんどん燃やす 三〇一
——船に真直ぐ 一二二
鳩鮮し 四九

鳰が胸　五七
花アカシヤ
――馬が貌出す　二五四
――峡の痩田は　七〇
――渓谷底まで　七〇
花通草
――駆けだす構へ　三四四
――こけしを飾る　五二八
――蔵王こけしの　一〇四
花杏
――煙出しゐる　二七三
――雪嶺明りの　二〇一
――田舟の櫂の　三三〇
花筏　二九六
花烏賊を　二四三
花苺　二七
花卯木(花空木)
――欠けし仏の　三七二
――月山の霧　二七五
――白河関へ　一八五
花おしろい(花白粉)
――音こめて打つ　一〇五
――黒き実をもち　一一七
花くわりん　四三五
花木五倍子　三七一
花桐に　六一
花曇り
――工員いつもの　二五
――工員が消す　二五
花胡桃
――厩の口の　一八一
――句碑へ秩父の　二七五
――峠の口の　三三三
――鞴鳴らして　一九一
花辛夷　四六九
花石榴　四二九
花サビタ　三七六
花山茱萸　三四四
花紫菀(苑)
――暮光が墓地に　一一一
――乱れてすぐに　五四六
花樒
――桶屋の音が　五四六
――風ざうざうと　一六八
花菖蒲　一〇九
花蘇枋
――大きく明けし　三三三
――扉を開けてゐる　三九五
鼻筋の　四五九
花芒
――牛は頭を　一一〇
――鮭の簗場の　三九〇
――夜も開けてある　二八八
花菫　四一五
花蘇鉄
――闘鶏のあと　四四七
――袋小路の　一七六
――辺戸の岬の　四六一
花種の　三五四
放ちし犬に　四八
花菜風　一五四
花合歓や　三一
花の運河の　六七
花の種　三三一
花の寺　一七三
花畑に　一四八
花畑の　一四八
花冷の　二〇八
花冷や
――一茶の住みし　五一八
――鳩の羽音の　三九六
――母いくたびも　二〇八
――母炭ついで　一四四
――湯気込めてゐる　四一五
花人の　一七四
花片の　四九三
花ヒルギ　三九八
花福木　三九八
花札を　三六二
花吹雪　三四五
花糸瓜　三〇八
花街の
――あかあか灯り　二一八
――時雨れてその後　三五
花マンゴ　三九八
花蜜柑
――髪の根解きて　一〇三
――湯町つらぬく　二八四
花水木　二九六
花御堂
――虻きてはやも　三三四
――葺き終へ仰ぐ　四六九

花茗荷 一〇五	――汲みあげ井戸や 四六五			
花木槿 二一〇	――零余子いつしか 四七六		――花のなかより 四二七	春鯣
花守に 二六六	――母の忌の		――実にしろがねの 三〇八	――いわき七浜 三七〇
はなやかに 三二二	――磐城は春の 三二二		――玫瑰の実や 五一三	――いわき訛で 二五五
花八つ手 三五一	――風が椿に 二二七		玫瑰や	春落葉
――いつしか破れし 五三三	――桜ひたすら 九二二		――潮汲馬車の 三六三	――大き伽藍の 二六三
浚渫船が	――籾殻の底 二三二		――羽ぼろぼろの 二六八	――きららかにふる 九四
巡礼寺が 一三二	――浜松に 二〇五		――しきりとみたる 一二九	
花山番所 二六	――薬罐噴きおり 六六		――焚きねて受ける 四五二	
花林檎（花りんご）	母の忌は 五二七		――ふむつまさきを 二一七	
――蔵王は雲の 一九四	母の忌や 六六		――夕べの富士は 九八	
――堰に漬けある 二六六	――咲きそむ花へ 四四九		春蚊出て 一〇八	
花山葵 四二六	――蓬髪われは 二六		遥けさの 四三	
馬肉屋や 一七五	母の手を 三五六		隼や 二五四	
羽抜鶏	亡母の雛 一六五		春駒や 四五一	
――井戸端に来て 一六六	母の文		腹で打つ 四五	
――盥の水を 一六六	――いつもかな書き 四九一		薔薇に日闌け 五九	
――つつじの中に 一六六	――余白が多し 三九一		薔薇芽吹く 五一七	
――廃銀山は 九六	母のみが 九四		針供養 二八〇	
――はね泥乾く 五一	母をこす 六七		――時なしに鳴る 二五二	
柞紅葉 八八	葉牡丹や 九六		――日射せる池の 三八〇	
跳ね泥を 五九	浜街道 一四七		――木魚佳き音を 一七二	
――母の家の	浜名湖の 一〇七		春一番	
母の	玫瑰の		春隣	
	舟に積み込む 四一四		――窯つくろひの土匂ふ 二九二	
			――畝の崩れし 四四三	
			――窯つくろひの土運ぶ 二九九	

——猫の寝てゐる	三二一
——蓮田に残る	二七一
榛名湖の	四〇
春名湖の	三〇
春の湖	二三二
春の風邪	二三二
——鴉の声の	二六一
——妻に強ひらる	二六一
春の鴨	二九五
——しづかにおのが	二九五
——ためらひぬしが	四一四
春の雲	六〇
春の暮	二八三
春の競馬	五五
春の鯉	
——暮れぬ甲斐路の	二一四
——大き飛沫を	三一〇
——影を濃くして	三三二
春の駒	二六
春の鷹	
——珊瑚の垣に	二九六
——翔つとき光り	二九五
春の滝	
——おもむろに落ち	三九四
——力を出して	四一四

春待つ寺	一七一
——ちらつきはじむ	五四五
——傘立に傘	三九五
春の雪	二四
春の山	一八四
春の星	二四四
春の鮒	二七三
——眩しみ葬り	一八〇
——子が駈けだして	二四
判官に	
万愚節	
——濠の白鳥	二六
——荷屑のなかの	一二五
番所跡	八五
番所に一つ	二六
番所守	
磐梯山は	二一二
——夜は蘇鉄に	二〇四
——蛸壺あまた	二六五
——風矢おもての	三三二
避寒宿	
彼岸河豚	二六
彼岸寺	二一四
彼岸会や	一六七
彼岸会を	三八一
——露船のおろす	五五七
——蘇鉄の影の	三二二
晩夏光	四七
晴るる船渠	三一一
晴れつづく	五一
晴れし日の	四二二
晴れた海へ	四二三
春行くと	五三七
——波郷の墓を	一二四
——炭鉱の汽笛と	九七
鋤きし匂ひの	三二一

春まつり	三九五
春深雪	
日当れる	五一九
雛の日	三二一
——身近に鳩の	三二一
——ビール酌む	一六六
射干や	五二〇
光りきしは	二九一
光る蚯蚓に	六〇
——木魚叩かれ	三二二
青空佐渡ヶ島	三二一
——パンを焼く	八九
ひきがへる（蟇）	
墓出でて	二一二
墓あゆむ	二六
榛の花	三五五
墓あゆむ	二二七
墓出でて	五〇五

――肯いてまた 三九四
――ぬつたりと出し 二〇〇
――夕日に向きを 四一八
引鴨の 四一四
引鶴の 四七〇
蟇つるむ 二三五
蟇出たり 二三九
引く鴨に
――風こもりゐる 一五五
――東京湾の 五一七
引く鴨の 二六〇
ひぐらしが
――霧の上より 二八
――朴の根方に 三二一
ひぐらしに 二八
久方に 五三六
日盛に 三三七
日射すまで 一八一
膝の上に 二九
菱喰の
――湖を離るる 三九四
――帰る大きな 四五八
――帰る翼が 四一四
――水尾風の出て 四四一
菱採女 三三七
菱の実の 四二三
菱の実や
――雀の遊ぶ 二八八
――水浴ぶ鴉 四六四
菱舟に 四七七
ひそみ音の 三三八
日高路に 四六二
日高路の
――明るき牧場 四六二
――潮風匂ふ 四九三
――馬柵の海音 四四一
日高路や 三〇九
ひたすらに
――潟をめぐれる 五〇〇
――ミュンヘンビール 一六六
ひたひたと 三五一
ひたぶるに
――浅間嶺の風 五〇四
――大瑠璃の声 一五七
――初鶏の声 三九一
干鱈焼く 一八一
引越荷 一九七
穭田に 二四七
穭田の 三八九
日照草 五三〇
一と網に 四一五
一と雨の 四八五
一と声で 四三二
人声に
――さとく離れし 三八一
――ま近の鶲の 二〇二
人声の 三三九
人混みを 一七九
一つ一つ 四三四
一と摘みす 五〇三
ひとときは 五一九
一ところ 二四三
一と村は 二五六
一と群の 三三八
ひとり来て 五三一
雛飾り 二三四
日向ぼこ 二八一
雛壇に 三四五
雛の日の
――市場に鯛の 三八二
――雉子の出て来し 四八〇
――蒟蒻を煮る 一〇二
――デパート混めり 八四
――日差しゆたかな 四九二
日に融けし 二三二
日にとんで 一〇六
日にまぶし 四六一
日の没りの 三四六
火の神の 一一三
日の昏れの 一七五
日の出前 二七〇
緋の木瓜を 三四六
火の山の
――秋風にとぶ 二八
――暁とぶ蝶の 二八
――霧降る夜の 二八
檜葉垣の 二九三
雲雀東風 五〇六
雲雀の巣 五一七
火伏祭 四五五
火祭終え 五四

火祭の
——終へたる富士の 四二〇
——燠が夜更けに 四二一
——終りしづめの 四二一
——点火に声の 四二〇
——橅の切株 四二〇
火祭や
——明けそめてきし 四七五
——宮世話人の 四二〇
向日葵や 一〇五
日もすがら
——越路は雪よ 五三二
——鶫の声の 四七六
——墓が光るよ 九〇
ビヤガーデン
——終り余白の 一一七
——空の天井 五六
百姓に 一四六
白檀の 三三四
日焼海女 一一八
日焼して 一四〇
冷し馬 二七八
氷上に 三〇四
病床の 三九六
病棟の 三四五
氷片が 五一
鵯高音 三〇二
ひよどり草 二六三
ひよどりの 三三六
鵯（ひよ）の声
——城目ざすごと 二七一
——殖ゆ法華寺の 二四五
鵯の子の
——声いとけなし 三七三
——巣立ちの声や 二八四
平泉
——晩夏の鴉 一四七
——詣での汗に 一〇六
比良八荒 二七三
比良よりの 二七三
ビル街に 五〇六
昼顔や
——砂に滲みゆく 二八五
——砥石浸けある 三四七
——鰊番屋の 二五六
昼灯す 三七〇
昼なかは 一一八
昼寝覚 三七三
ビルは無番地 五三
昼も夜も 一〇四
鰭酒の 二九〇
鰭酒を 二〇五
枇杷熟れて 三〇
枇杷すする 一一五
枇杷の種 三三三
枇杷の花
——銭湯へ行く 二七〇
——船板塀の 四六六
鶸の群
——紙漉小屋の 二七九
——声こまやかや 二八三
——筑波の峰の 四三三
——靄濃き谿を 四〇四
鶸渡る 一六一
枇杷を掌に 五〇八
日を受けて 三七九
火を焚いて 一七七
火を焚く海女に 六三
鬢付を 四〇一
鞴の火 三七二
鞴祭の
——鶏頭に来る 一二六
——炎のあかり 三六七
風鈴が 三〇
風鈴の 五三〇
深霧の 一四一
ふかし湯の 二五四
深濁る 三三六
蕗の雨 六九
蕗の薹
——海女焚く生木 五〇五
——板谷峠の 三〇六
——摘むにはじまる 二一六
蕗味噌の 二〇九
蕗味噌や 一八一
蕗を煮て 四七一
福寿草
——日の照る縁に 五二四
——郵便受に 二五一
福達磨
——くるくる廻し 二四一
——蚕籠に背負ふ 三八〇

河豚鍋や　一六八
梟の　四八〇
梟や
——門かたき　三三九
——神苑の闇　五三二
——坊をかこめる　四六五
富士隠す　三三五
節しかと　四八四
富士に砲熄み　四四
富士の嶺に　四七九
藤の花
——いつか汗ばむ　三二八
——風出て影の　四九三
——旅のはなしの　九八
——連珠をなせり　一〇三
富士見ゆる　二〇五
不揃ひな　四三九
札納め
——風の蘇鉄の　三〇一
——してゐる海女に　二八一
ふたたびの　二九四
普陀落の　二八八
ふだん着に　三八二
文机に
——置く去年よりの　四三九
——しばらく置きし　三〇五
——洗濯挟み　二六〇
仏桑花
——黒糖しぼる　二四五
——古き壺屋の　四九五
仏飯に　二五三
仏間まで　三一〇
筆買ひて　三九三
蚋子燻し　二七六
蚋いぶしして　四四八
蚋いぶす　一七四
葡萄熟れて　四六
葡萄園
——風をおこして　八四
——楽器抱へて　一八七
——枯れ鶏鳴の　八四
——雪嶺のせて　八四
葡萄園の　八四
不動尊　四八六
太占祭　一五三
船具屋が　一六三
舟倉に　二一〇
舟倉の　二三九
船小屋は　二五五
船底の　四七
山毛欅の花
——機関車峡を　一八二
——落石の音　九三
舟(船)宿の
——朝せはしなや　四八七
——上を隼　二九〇
——切貼り障子　三五一
——軒に櫂干す　四四八
舟に飼ふ　三三六
文月の　二〇二
文月や　五一一
冬浅し　三六五
冬泉　一一四
冬蝗
——萱ごもりして　三三一
——翅のみどりを　二八九
冬うらら　二五八
冬終る　一一三
冬柏　一七九
冬鷗(冬かもめ)
——朝の利根川　一八〇
——去り運河に星の　三九
——艀溜りに　五一四
——油槽煤けて　六七
——両国駅の　一八〇
冬鷗が　三九
冬鷗群るゝ　六三
冬菊に　三七
冬木樵　四四一
冬草に　四八九
冬桜　五三三
冬座敷　二四〇
冬白浪
——障子におのが名　六三
——燈台に鵜の　四一三
冬芒　六三
冬菫(冬すみれ)
——くづれがちなる　四八八
——肥曳く牛に　四九
——燈台日誌　九二
——灯台の畑　四七
——利根の女が　二一三

初句	頁
冬薔薇――亜浪の墓が	二〇
冬田水――大銀杏の根	二九
冬蝶の――寺の泉を	三五〇
冬怒濤	一九六
冬菜青し	四〇
冬凪や	二四一
冬浪の	五三二
冬沼に	四八
冬の海女	六四
冬の磐城へ	五九
冬の運河に	四〇
冬の果樹園	六六
冬の蜘蛛	四〇四
冬の仙人掌	五四
冬の旅	五九
冬の蝶――詩鈍き日の	五二
冬の鳶――地に落ち夜を	四〇
冬の薔薇	六四
冬の富士	四八八
冬の井戸	四一
冬の鴨――朝日が多摩の	一三二
冬薔薇の咲くのを待てば	五五五
冬浜の	三二
冬日に乾いた	五五
冬日の駅の	五五
冬日の窓に	四〇
冬雲雀	一六三
甘藍畑に	九〇
桐畑を行く	一七六
田神の祠	三二二
稲架美しく	三七六
引込線が	一九二
鰤起し	四〇
古芦に	二八
古井戸に	三一九
古井戸の	三八
裏へ猪垣	四四九
庭に初音や	二三五
あたり溜り場	二三五
大きな蓋や	三二
古口に	三三五
古蔵に	七〇
ふるさとに――雨降りつづく	一八二
――帯をゆるめて	二三八
ふるさとの帰りもたさる	五一
一つ咲きしを	五五
地梨がどかと	二六〇
山の音聴く	五四
桶干してある	三九
すさまじきもの	二〇三
梶みちのあと	二〇八
古径が――入りたる寺の	三三
降る雪や――入るときはらり	三六
フレームに	一七一
風呂の火の	四〇二
大楢運ぶ	一七九
常磐木落葉	一七五
分校の	三一九
ふんだんに踏んで消す	二〇五
北京青空	二一六
平林寺	一二四
紅差せる	三三六
紅花に	二六一
紅花の	二二七
枯れ畑を打つ	四六八
芽が古寺に	五〇二
辺をたもとほり	九二
紅花も	一〇二
紅花を	一〇二
蛇穴に――入ると騒がし	一八二
蛇穴へ――一途な思ひ	四四八
――金剛力を	四六二
――ひそけき音を	三五一
蛇隠る	五五
蛇捕りが	四六八
――慈恩寺径を	一八二
ふんだんな	

627　初句索引

——廃鉱口を 三六二
蛇捕りの 三七四
蛇の衣 一五九
遍路の鈴 三九四
ペンを枕に 四四一
ほいほいと 二三七
鳳凰堂に 一五六
鳳凰木の 四六一
報恩講 一七九
箒目の 一六八
芒種雨 四九五
豊熟の
——稲田や関の 三四九
——丹波の栗に 二三〇
放生会の 五三一
方丈に
——せせらぐ音や 二六一
——鉄瓶たぎる 五一五
——ほどよく匂ふ 四八二
鳳仙花 四三一
棒鱈の 三〇三
牡丹の 一八一
牡丹(ぼうたん)や
——大きく開けし 五一九
——峡深く来し 四七〇
呆とみし 四三六
忘年会 三一三
豊年や 一二六
坊の井に 三七三
奉納の 五二三
ぼうぼうと 四四四
坊守りの 二七三
抱卵の 二三七
豊漁の 四九一
帽を阿弥陀に 四六
箒草 三〇
頰白が 一七二
頰白の
——来る御師の家 一六三
——巣籠る多摩の 四八一
——鉄路にあそぶ 九七
——吹きとばされし 一九七
頰白や
——海よりの風 一五四
——千年杉の 三四五
——多摩の野川に 四二六
鬼灯の 五四七
鬼灯一荷 九九
朴の花
——一瓣さはに 一七五
——講の女が 一五八
牧牛の 二七七
穂草波 四〇二
北大の 三八八
墨堤に
——かはたれの星 五〇二
——澄む船の笛 三八七
——船のこだまや 三八四
——往き来の艪音 五二七
墨堤の
——上げ汐の空 五二一
——大潮匂ふ 一七〇
墨堤を 五一一
墨東の 四八九
ポケットに 二三五
木瓜の昼 四五
鉾杉に 二六二
干し梅の 二七七
星鴉
——こだまをかへす 一四一
——牧閉づ音に 五一〇
干鰈 二三三
乾草踏み 六二
干し草を 二五三
星涼し 五七
星空の 一七二
星空や 四四二
干菜吊る 五三三
干す梅に 九四
穂芒や 五二一
細き手で 五九
菩提寺の
——朝より雪の 四九一
——塔婆括るや 四〇二
——昼のしづけさ 四八六
榾小屋に 四二九
榾ぼこり 二八二
ボタ山に 二一三
蛍火の 五二九
蛍見に 五四八
墓地裏を 九二
墓地沿ひに 一三九

|---|---|
墓地の陽に	四一一
ほつほつと ――青唐辛子	三四七
布袋草 ――燈台の沖	二二八
ほと（と）ぎす（時鳥） ――桃畑に桃	四三七
――甲斐の奥嶺の	六八
――山湖は霧の	二一七
――茶籠ころがる	一七五
――馬柵に干しある	四七〇
杜鵑草 ――匂ふ林檎の	二二九
ほどほどに ――夕かけてまだ	二六九
ほどほどの	三二一
穂麦風	五九二
海鞘抱へ	四九四
鰡釣りに	四八八
鰡跳ねて	三五一
鰡飛ぶや	一六〇
鰡飛ぶと	二八九
盆入りの	四〇〇
盆唄 ――男が寄れば	二二九
盆唄や ――声を絞りし	一六九
盆唄の ――喉やぶれしと	三四九
盆唄や ――路地の古井へ	五二一

初句	頁
盆踊 ――桃畑に桃	一九六
盆踊	五九六
本郷に	一八五
盆太鼓	九二
盆燈籠 ――曲り家の	二七
――牧閉ぢし	二二九
――夕かけてまだ	五〇〇
盆浪や	一四七
盆の雨	二一九
盆の物	二八
盆梅が	四九一
盆梅の	三二一
盆梅や	二二七
盆花と	一八二
盆櫓	三八六
盆休み（盆休）	四三二

ま行

初句	頁
碼頭どこも	三二七
舞ふ鳶の	三三二
本家に	四八四
曲り家の	二七九
牧閉ぢし	二二〇
――抱きて韓人	四二四
――遊ばせておく	二〇六
負け鶏を	一七六
負け鶏の	三三一
鮪挽く	三二一
――つなぐ帆綱の	二九
大渦たてて	二九

初句	頁
鮪宿	三三七
鮪挽く	一七六
牧の扉の	四六〇
開け放ちある	四五〇
牧の柵 ――傾きぐせや	四四〇
牧に積む	四四〇
牧に牛	三二四
牧閉ぢて	四四七
――にんにく臭き	二〇八
――わづらはしきと	三二四
真菰刈り	三四一
真菰の芽	三三二
真青なる	五〇二
柾の実	一五三
馬柵うちの	二九五
馬柵の戸の	四三七
馬柵開き	一四七
まだ赤き	二六〇
紛れなく またあがる	三三二
蠛蠓（まくなぎ）や	三四九
サーカス小屋の	三四九
納屋に積みたる	二九六
錆釘が浮く	一〇四
納戸の猫を	二二八
聴禽書屋の	三九七
鮪船	
町工場の	三二二
町の銭湯	五七
松ヶ枝や	二〇七
松風の	二九五

松越しに 五二四
まつ先(まつさき)に
――塩桶とどく 四四二
――自然薯の蔓 二八九
松島に 一九五
松過ぎて 三
松過ぎてより 三
松蟬の
――一気に鳴きぬ 四六九
――声の揃ひし 三三七
――鳴きたつ杉の 三三七
松蟬や 一五八
松の蕊
――湖園に古塔の 三三六
――吹き上げてをり 一一六
松の花
――渚にちかき 一三九
――山伏村に 一一六
松葉牡丹 四二
待つほどに 三四二
松山に 二一九
待宵の 五一一
祭馬 三八三
祭太鼓に 一一七
祀りたる 五三一
祭近し 四五
祭笛 九五
真鶴岬の 三〇三
魔の山を 三七
間引菜に 四〇五
間引菜の 四六三
眩しみぬ 五一九
眉茶鶊 二三三
真向ひに 五三三
まむし屋の 二二
豆の花 一七二
豆稲架が 三七七
豆撒いて 二四二
豆撒きの 三四三
豆撒く声 四四二
豆飯や 四八二
繭玉に 三
繭玉の 二三三
繭玉や 三七九
繭のごとき 二四四
檀の実
――大き礎石に 一六三
――農一句碑に 四一一
――瑞牆山の 二八七
――山宿四方に 二三〇
――夕月ほのと 三〇九
真夜中の 三一二
マラリアに 五五〇
丸善を 五一八
まれといふ 四六七
まろやかな 三四三
満開の
――花に近づき 三〇五
――杜鵑花旅籠に 一〇九
まんさくの 三四三
まんさく(金縷梅)や
――尾長の声の 二七二
――紙漉小屋の 一九四
――紙漉小屋を 一三六
――紙漉く家が 四九二
――牛舎へ届く 五一六
――線香を練る 五一六
――峠の水の 一一四
曼珠沙華
――湖の日やがて 三六
――大山門の 三五〇
――渡舟出てより 三五
万燈会
――終りし闇も 一〇二
――深くほぐるる 一〇二
万燈会の 一〇二
満腹して 八五
万歩計 四〇五
満面に
――甲斐一宮の 二三六
――ふくらんできし 二九六
満目に 三三三
万両の 三六七
御影供の 四六八
御影供や 四六八
蜜柑山
――海に裾ひく 四五〇
――日向・日陰と 三三〇
水甕に
――浮雲映る 三三八
――水張る朝や 二四八
水口に 五一一

水汲めば　五三三
水栽培の　六七
水溜り　二三六
水鳥が　二六
水鳥の
――うつつに覚めて　五〇二
――かこみてをりぬ　四五五
水鳥を　六八
水に沈む　三八六
水温む　二三四
水の秋　五一二
水芭蕉　五〇七
水張つて　二八四
水洟や　五三
水番の　三六二
水虫痒く　一〇四
水餅や　一〇一
水餅を　二三
三十三才
――紙漉く家の　四七八
――萱積んである　三六九
――寺の背山の　四五六
――野鍛冶の音の　四七八
――仏間近くの　三六七
溝浚へ　四七四
味噌樽の　一二三
溝萩や　五八
みちくさに　五四六
満ち潮の　三五一
道しるべ　三一九
みちのくの
――関の岩坂　九七
――噴湯を高く　三四九
――夜汽車冷えゆく　九三
みちのくは　二六
三日晴れ　二
緑憂し　三
嬰児の声　六二
漲れる　二三七
嶺の風　五〇四
蓑市の　一五八
簀の小屋の　一〇〇
御仏に　四四一
身ほとりの　三二九
耳たて、　三
都鳥　五三九
深雪晴　三三〇
深雪宿　一九三
茗荷の子　三四九
民宿に　二七七
迎火の
――終りかすかな　四四八
――炎鶏小舎　二四五
むかご蔓　一六一
麦鶉　三八四
麦打の　五二八
麦刈つて　四九四
麦踏の　二五八
椋鳥わたる　三五
むささびの　四八九
武蔵野の　三七
虫篝　四一九
虫時雨
――ことのほかなる　三三八
――混浴の風呂　二四七
虫の跡　三二
虫干や　三二九
武者幟　一三五
無住寺に　一五五
無造作な　四〇二
無造作に　四八一
陸奥湾の　五一〇
陸奥湾を　四八六
胸にくる　三二
胸分ける　三三二
村へ来て　三三〇
室生寺の　一〇七
鳴雪忌　二三
メーデーの　二九
若布（和布）刈海女
――乳房しめらせ　四五八
――ときどき雪を　二九四
――夕潮さして　三三三
若布刈る竿　四七〇
目刺焼く
――頃夕雀　一二四
――突貫工事の　一二四
目白籠　四七
目立屋の　四四七
滅法に　五〇七
芽葡萄と　六〇
眼細啼く　四七二

芽柳や 四三
芽をふく玉葱 五九
毛越寺
──寒の鴉の 二三三
──菖蒲田に落つ 五一九
──祭の終り 一三五
──山雲の下 一三五
毛越寺の 二一九
最上川
──梓大樹に 三九七
──未だ昏れ残る 四六〇
──声こまやかな 一五五
──とつぷり暮れて 一八六
──雪崩のあとの 一二八
──水かさ濁る 五〇四
──みる虎杖を 九四
──烈風となる 一九一
虎落笛 五一四
藻刈舟
──雲がま上の 二五五
──漂ひて闇 二一七
茂吉忌の 一六五
茂吉忌や 三七〇
茂吉の書 二四〇
茂吉の寺 一〇四
茂吉の墓 一〇四
木犀の
──香の犇めくと 四四〇
──散りゐる地震の 三〇八
土竜打 二四一
木蓮や 二六〇
海蘊売 二八〇
鵙の声 二七九
鵙の鋭声 三七
鵙の昼 三四
鵙日和 四六三
餅搗き(餅搗)の
──終りて庭木 四四二
──かがやいてゐる 二九一
──かまど火を噴き 五三四
黐の花
──行者の宿の 四四七
──銭湯の戸の 二三七
──母の使ひし 三〇六
──はらはらこぼす 二五五
餅花を 二五〇
もつてのほか 三三九
もてなしの
──大き西瓜の 三四八
──甲斐の葡萄酒 四四四
もどかしき 二〇六
戻り鴫
──雨の夜空に 四六九
──風のこもれる 三五五
──昼月白き 四六九
──光を放つ 二八五
物置に 一五九
ものの芽や
──老仲間にて 一〇八
──蛇籠に芥 四五七
紅葉坂 三四〇
紅葉晴 一一八
紅葉宿 二一三
ももいろの 三九六
桃売が 一二五
桃熟るる 五三三
桃車
──来て町の灯の 一四一
──霧湧く町に 二〇四
百千鳥
──雨後の艶めく 二九六
──湖にそばだつ 五一八
──声存分の 四九四
──筵束ねの 三九五
桃の汁 五三三
桃の節句
──いつしか雨と 二〇八
──大雨となり 一四三
桃の花
──仔牛鼻輪を 四五八
──蔵王朝より 一九四
──大菩薩嶺に 二三六
──父の山墓 一四六
──濡れ土に鯉 八八
──日当つてゐる 一三七
──満開人の 三三三
──炭鉱の祭の 五四五
桃冷やす 一二九
桃を食ふ 二〇三
靄あとの 五〇六
森青蛙 五〇八
諸子舟 四九一

門開けし　五二〇
文殊堂　二四七
文殊詣り
――風出て溢る　一一八
――蒟蒻掘りし　一一八
文殊詣りの　一一八

や行

灸花　五〇〇
八重干瀬に
――声とどめゐる　三九八
――春一番の　五一六
八重干瀬の　三九八
焼きあがる　三五四
焼栗の　四一一
焼栗を　五一二
厄日過ぎ　三五〇
焼け石の　三三二
椰子の葉の　五五〇
安い苺　五〇
八束忌の　四一八
八ヶ岳　八五
谷戸深く　一六五
簗納め　四三三
柳川の　二一八
柳鮠　二〇九
簗小屋に　四二七
簗小屋の　四四〇
簗小屋を　一〇〇
簗の杭　五〇八
簗番が　三四七
簗守り(簗守)の
――日焼の胸の　三六二
――夜更かし酒や　一一二
屋根替へし　三八二
屋根替の
――青竹擦つて　四九二
――萱積んで舟　二四三
屋根替や　三三五
矢のごとき　二九七
弥彦嶺の　三三三
弥彦山より　五二七
藪入の　一〇三
藪えびね　四一六
藪かげの　二四二
藪からし　四四九
藪柑子
――心ゆくまで　三三一
――塔の風鐸　四二四
藪なかに　二五四
藪峡間　三七五
破れ傘　一五九
山薯の　一九三
山上の　一七五
山国の　一八四
山暗し　二〇一
山古志の　四八九
山桜
――折りきて母へ　四一六
――雲のかがやく　二八五
――尿前の関　一五三
――黄昏さそふ　一四四
――散り込む佐久の　四一六
――牧を繕ろふ　三八三
――弥陀堂の池　三七一
やませ風(山瀬風)
――馬に涙の　二七〇
――厩に積める　五〇八
――空の厩に　四七一
――捨て網つつく　四六一
――幣濡れてゐる　四四六
――太薪けむる　四七〇
――馬柵の扉口の　四四六
――夜更けも馬の　四八三
やませ吹く　三四七
山田植ゑ　三四六
山鳥の
――尾のささりゐる　三五六
――羽音つつぬけ　二〇九
――羽落ちてゐる　五四九
山の井の　一七六
山の影　五二三
山の蛾の　二六四
山の子の　一三〇
山の清水に　六八
炭鉱の少年　三七
炭鉱の捨湯　九一
山の墓　九九
山の湯に　一七〇
山の湯の
山墓に　一一五

──遊び疲れし	一九一	山女釣	一六九	──夕昏れ（夕暮れ）の
──戸惑ひてをり	九一	山焼く日	三五五	──雨となりたる	三六
山墓の	二五	闇深く	一〇六	──落葉を焚く香	二六六
山初め（山始め）		病む馬の	三六六	──讃へて戻る	五〇一
──斧の木魂の	五三四	──富士に笠雲	四一七	夕焼の	
──伊達の桑折の	一三六	守宮出し	四二九	──杉山と湖	一二三
山畑の		守宮鳴く	四五一	──刻得て真紅	二六一
山晴や	四七	──亀甲墓の	四五五	──夕餉たのしむ	五一
山晴れに	四一	──珊瑚の垣の	四六一	夕されば	二六九
山畑を		──ややこしき	四六二	──夕東風に	四六七
山吹の	一一七	破れ（破）芭蕉		夕潮の	三二一
山開き	二九八	──大き目つむる	四二三	──木綿注連に	四七三
山吹に		──風邪の薬を	三二〇	夕昏や	三四八
──雨粗き日の	二一	──納屋入口に	三六七	夕雀	四〇〇
──田水明るき	一六六	破れ蓮	三六五	夕澄みて	一六九
山伏の	三二三	──湯浴みして	三四七	夕空を	二九六
山葡萄		夕市へ	三二二	──きびしき音の	五三五
──いま朝日満つ	二一	夕顔の	四四九	──こだま重なる	三〇四
──すぐに濡れたる	三七七	夕風に	二六	夕立に	五三〇
──火床で鍛冶屋の	四四九	夕風や	五四七	雪掻いて	
山法師		誘蛾燈	三三七	──のこぎりでひく	一六六
──磴のぼり行く	三六四	夕雉子	二〇八	雪風に	二六二
──よき鈴の音の	五〇八	夕汽笛	二五〇	雪沓を	一七一
山繭に		夕昏れて	四六四	雪国を	二一三
	一三二	夕富士を		雪解愛し	四六六
		夕日の前まで	五四七	雪解風	四六六
		夕日なか	四八九	雪解の	
		夕日肩に	六一	──安土の城に	一八〇
		夕日いま	四六六	──羽搏ちて飛びし	二三五
		夕映えの	四六六	雪解田に	二三二
		夕凪や	一六六	雪解田へ	二九六
		──烏賊舟満を	二一〇		
		夕闇や			
		──雪折れの	二六九		
		──床下を	三二一		
		──雪折に	二三二		
		──ゆうゆうと	二三一		
		夕闇に	二六一		

初句	頁
雪解晴	二五五
雪しまき	一九八
——松例祭の篝火に	三一九
——松例祭の火を擽ふ	三二
雪代の	三二
雪代に	二六九
雪女郎	三二
——身のうちにして	三二
——青木の朱実	二九
——いよいよ金目鯛	二六一
——手摑みで売る	二二四
雪空や	二二四
雪吊り（雪吊）の	
——終りしあとの	五二四
——雫の音や	三一九
——たそがれてきて	三一〇
——縄絞る声	二一〇
雪となる	三四〇
雪鳥に	一四一
雪に漉きし	一二三
——振りむくときに	一九
雪に映え	
雪に舞ふ	二九三
雪の駅	一九八
ゆきのした（鴨足草）	
——朝の旅籠の	四六
——鎌かけてある	三八五
雪の能	
——馬も厩に	一九八
——雅びに雪も	一九八
雪の日の	三九
雪の夜の	一九八
雪海苔摘み	一九八
雪海苔に	一九八
——風浪ただに	一三九
——風浪高き	一九八
雪海苔を	
——摘むに合羽を	一九八
——摘むや指先	一四一
雪花に	
柚子山や	六六
雪晴の	
雪蛍（雪螢）	
——深谿を背の	三七九
——線香持てば	三〇二
夕立晴	
雪間草	
——溢るる音の	三二三
——庫裡にかさねし	四六
湯殿大神	
湯の神の	二六
湯の神は	二六
湯の岳の	二六
——つづく羽黒の	五〇五
炭焼小屋の	一二五
雪虫に	二九
遊行柳	一八二
——稲の香はげし	一八二
——水音がして	一八二
雪割に	
行く年の	
——湯けむりの	二六七
——ゆらぎゐる	二六一
行く春や	二六七
ゆさゆさと	三〇二
湯状なす	四二
柚子の香や	一九六
柚子山の	
柚子の香や	
——神鶏の	四三二
ゆるやかな	四二九
百合匂ふ	二九一
百合鷗	三〇二
ゆらゆらと	三五七
湯屋の戸の	三五二
夢のなか	二二五
柚餅子食む	二七九
柚子干す	一九五
湯花干す	一八二
湯の町の	一八二
湯の神	一二七
夜明けはや	
——田舟漕ぐ音	
夜仏けはや	五〇四
羊蹄木の	
酔ふときが	四〇一
夜蛙や	三二〇
ゆで栗に	
油点草	四二一
夜明けはや	
夜蛙や	
予期せざる	五六

635　初句索引

よき松の 三六七
よくころぶ 二九二
よく晴れて 二五六
横利根に
——かかる石橋 三八九
——鷭の声する 四四五
横利根の 四一四
横利根や 四五五
汚れずに 一二〇
夜桜に 三三四
葭切に 五〇九
葭切(よしきり)や
——田舟を覆ふ 三六二
——筑波嶺よりの 四四七
——水垢に錆ぶ 四二九
葭五位の 三七四
義経堂 二六三
夜濯ぎや 三一四
四十路近し 三八
四十路迅し 九六
夜鷹啼き
——雨気ひしひしと 四二九
——講衆酒に 三七四
夜鷹啼く
——蚕飼の部屋の 四二七
——刻過ぎてより 三一
酔つて帰る 八五
夜に入りて
——霧濃くなれり 二二〇
——まことまどかな 三五三
世に隠るごと 一九六
夜荷役の 四三七
夜の雨に 三四九
夜の羽蟻 四五
夜更けまで 四四六
夜振火や 一五九
よべの雨 四三一
夜干し梅 二〇三
嫁が(ヶ〔ケ〕)君
——厩にゐると 四六六
——こけしばたばた 二九二
——梁縦横の 三三一
蓬摘む 一九五
蓬の香 四一五
寄合の 一五九
夜長し 八七
夜に入る 一六五
夜の炉に 二三
夜更けて 三三五
よろぼひて 三八四

ら行

雷あとの
——流れきららに 三八七
——柩涼しく 四二〇
雷はれて 一〇五
辣韮の 二八七
喇叭吹く 三七七
立石寺
——大瑠璃鳴ける 一〇八
——風にむらだつ 三〇五
——霧こめてをり 一三七
立春と 三四三
立春の 二三
立春や 五二五
立冬の
——風曳く朝の 三八
——薬缶高鳴る 二五七
——路地深く来し 五一三
立冬や 四八八
流燈の 四二〇
竜の玉 二八一
流木に 三〇七
流木の
——くすぶる焚火 二七八
——火を絶やさずに 四八二
流木を 三三八
猟銃音 一一三
料峭や 四五八
両手に冬菜 五三
療養の 四六四
旅客機過ぐ 四四
緑雨いま 二七五
林檎売り 一三五
瑠璃の声 二七六
礼帳や 二四〇
麗々と 六五
烈風の 一八〇
れんげうの 四一五
老鶯に 五一〇
老鶯や

──湯殿の神に	三八五			
──莚束ねの	五五〇			
──炉の火絶やさぬ	三二			
老眼に	一〇一			
臘月の				
臘梅や	二六九			
──日のすぐそれし	三二四			
──夕影の濃き	三八〇			
蠟涙の		わ行		
──いまゆらゆらと	一九〇			
──香がゆらゆらと	二三六			
──学の灯遠し	四〇一	若楓		
六月の		──石の面が	九一	
六月や	三三二	──禅寺は戸を	一二〇	
ロザリオを	一六七	──墓地は鴉の	四九二	──夕日消えゆく城山に	一五二
路地奥に	四五〇	若衆の	四八二	かに	
──炉の母が	四八二	若鮎や	四四六	──夕日消えゆくこまや	一五二
──炉噺の	六〇六	若布負ふ	三二七	──奈良の土塀の	一五一
──驢馬の荷に	三三六	病葉に	二二	綿虫や	一九六
──早稲田へ	二一二	山葵田に	五五六	棉の花	四四五
──早稲田刈る	二二二	山葵田の		わだつみの	一七六
──早稲の香や	五三二	──音滾滾と	四八七	藁屑を	四三二
──佐原祭の	五六四	──水ゆたけしや	五五五	渡し守	二六〇
──炉火明り	五二三	渡良瀬や	三三六	罠かける	三二四
		渡良瀬を		渡る鷹	一八三
		──葭焼きを見て	三七一		
		──濃き闇を縫ふ	四九九		
		──雨また強し	三三八		
		渡良瀬の			
		渡良瀬に	五五六		
		若葉	四六一		
		──日照雨かすかな	三二	渡り漁夫	一八一
		──白鳥声を	二六四		
		──海猫の羽搏ちの	四三一		
		──渡り来〔き〕し	三三六		

季語索引

* 全句の季語を現代かな遣い五十音順に配列した。
* 見出し季語は概ね『角川俳句大歳時記』収載の季語に従った。
* 数字は本文掲載頁を示す。

あ行

愛鳥日(夏) 三七二

青嵐(夏) 九五・三七・三六八

青通草(夏)

青胡桃(夏) 八四・八五・二九・三三五

青梅(夏) 三二・二〇一・三四七・四二〇・四九四・

葵(夏) 五〇

青山河(夏) 三・二五九・三六六・三六・

青山椒(夏) 一六・一四七・四三・四九四・五一九

青写真(夏) 二六三

青歯朶(夏) 四八五

青鵐(夏) 二七五

青芒(夏) 三六一

青簾(夏) 三三

青柿(夏)

青模欄(夏) 一六七・四三二

青田(夏)

青木の実(冬) 三五・一〇

青甘蔗(春) 三五・三八・三〇四

青栗(夏) 一〇五・三〇・二七

青唐辛子(夏)

青饅(春) 三九二・三三三

青葉(夏)

青芭蕉(夏) 一六七・五一九

青葉潮(夏)

青葉木菟(夏) 三・三二・四八四

青葡萄(夏) 四二・六一・六二・四四七

青麦(春) 五八・五五七

青林檎(夏) 八六

アカシアの花(夏) 七〇・二五四

赤蜻蛉(秋) 二六八・三六四・三五五・四六二・四六六・

秋鰹(秋) 三五九

秋惜しむ(秋)

秋風(秋) 二九・三三八・三四一・四二三

秋扇(秋) 三四・四二二

秋(秋) 三四・三六六

赤彦忌(春) 一五七

赤腹鶫(夏) 四三・五〇一

茜掘る(秋) 四八

秋草(秋) 三三・五二

秋桜(秋) 三五四・四四五・四六二

秋高し(秋) 一一〇・一六三

秋蚕(秋) 二六七

秋出水(秋) 四〇三

秋の雨（秋）　五八・四〇二
秋の霞（秋）　三三九
秋の蛙（秋）
一八三・二三九・四四九・五〇〇
秋の雲（秋）　三五
秋の暮（秋）　三五一
秋の潮（秋）　三七六
秋の蟬（秋）
一四五・二二一・三二七・四四八・四七五・
四八六・五三〇・五三一
秋の田（秋）
一二一・一三二・一三三・三四九・三六五
秋の蝶（秋）
二八・四三・三〇〇・三五一・三六五・
三八九・四〇三
秋の蜂（秋）　二一九
秋の日（秋）　三四
秋の灯（秋）　三五
秋の蛍（秋）　一一一・四三三
秋の水（秋）　三三・三八九・五一二
秋の山（秋）　三三九・五二三
秋薔薇（秋）　四七・一六七
秋彼岸（秋）
一二一・一三八・三〇八・三五〇・四四八
秋旱（秋）　三六三・四六三
秋深し（秋）　三五
秋遍路（秋）　四〇四
秋祭（秋）　一七九・一九二
通草（秋）
一三三・二四七・四三九・四四〇
通草の花（春）
一〇四・三四四・四四四・五二八
朝顔（秋）四六・三五〇・三七四・四〇二
朝顔市（夏）　二一一・三七四
朝顔の実（秋）
一〇〇・一九二・三八一・四一一
朝顔蒔く（春）　五四五
朝曇（夏）　四八五
胡葱（春）　一五六・三八三・四四四
朝焼（夏）　一八二
浅蜊（春）　九二・四三五
鰺（夏）　二八六・四三〇
芦刈（秋）
二四三・二五六・二九〇・三二七・三三八・
三三九・四三一・四七六・五三二・五三八
紫陽花（夏）
二九五・三三七・四一八・四九九・五〇八
紫陽花の芽（春）　四二五
明日葉（春）　三七一
蘆の角（春）　四四四
蘆の花（秋）　二七八
葦の若葉（春）　五五〇
小豆（秋）　三五〇・四八七
小豆粥（新）　一一三・一七一・三四三
梓の花（春）　二〇二
汗（夏）
二八・三〇・四六・六二・二三七・五四九・
五五〇
畦塗（春）
二四四・二五三・二六〇・三五六
熱燗（冬）　四六五
厚岸草（秋）　二六三・三七六・四六四
暑し（夏）　五六・六九
虻（春）　二三四
油照（夏）　四一九・四七四
油虫（夏）　一六七
海女（春）
六四・二五二・三八〇・四二八・四九二・
五〇五・五三六・四八二
雨蛙（夏）　五五〇
甘茶仏（春）　三八三
甘干（秋）　一三七・四六四
水馬（夏）　五二九
渓蓀（夏）　二〇二
鮎（夏）
一二一・一五九・二九七・三七五・三八七・
四〇二・四一九・四三〇・四三八・四四七・
四六〇・四八二・四八五・四九九・五〇九
洗膾（夏）
四六・四一八・四七三・四九九・五二〇
新走り（秋）　三四〇・三四一
新巻（冬）　五三四
霰（冬）　二五〇・三〇二・四八八
蟻（夏）
二九・四二・五一・一二八・四三八・四七二
蟻地獄（夏）　五八・二〇三
亜浪忌（冬）　九〇・九六
鮑（夏）　四一七

見出し	頁	見出し	頁	見出し	頁
安居（夏）	三四・三六六				
鮟鱇鍋（冬）	三五〇・三六三・三三〇・三八一・四四九	苺（夏）	三〇〇・三六八・四四〇・四四九	萍（夏）	三六・三三三・四四〇・五〇九・五二〇
杏の花（春）		苺の花（春）	三七	浮巣（夏）	二六二
	六二・一四〇・二〇一・二六三・三三〇	無花果（秋）		鶯（春）	
烏賊釣（夏）			三一・二六三・二八七・三五〇・四〇四・		一六六・二一七・二三九・三〇二・三六三
	二一〇・二九八・三二六・三六四・四六五・	鳶尾草（夏）	五〇一・五五〇七	井本農一忌（秋）	四九
桑鳴（夏）	五〇九	銀杏散る（冬）	三三五・四三八	蝶蜆（夏）	二一〇
池普請（冬）	二六二	一茶忌（冬）	五三	色鳥（秋）	二〇〇
泉（夏）	一四三・二〇五	凍解（春）	三七・二九	雨月（秋）	一一七・三二九
磯遊（春）	二〇二	鰯船（秋）	五〇・三五三	五加木（春）	四六
磯竈（春）	一八六・三六四・三七一	鰯雲（秋）	四九	牛蛙（夏）	一八五・四九五
磯菜摘（春）	三六・三六二・四九三	岩茸（秋）	三六四	雨水（春）	二四五
磯鴨（夏）	二三四	岩煙草（夏）	一九一・二四七	打水（夏）	四五
鮠（冬）	二六三・五一〇	岩燕（春）	四七	空蝉（夏）	一〇五・一六〇
貂罠（冬）	二七	岩魚（夏）	二七五	独活（春）	一〇四・二七四
犬ふぐり（春）	三八・三二六	岩檜葉（夏）	三〇六・三四七	鰻（夏）	四七三
	一一三・一三一・一七四・二五一・四二三・四四三	岩雲雀（夏）	二七五		
虎杖（春）	四二四	隠元豆（秋）	三六八	鵜（夏）	八六・一四六・一九六・二〇一・二二八・
虎杖の花（夏）	九四・二一〇・五六		一二五		二五五・三二七・四七四
一位の実（秋）	五一	植木市（春）	三三五	卯波（夏）	二九・二三六・二七九・三二六・二四
	三八・二六二・三六三	稲刈（秋）	三〇〇・四四九		
寝積む（新）	三四二	稲の花（秋）	三六八・五〇〇		
		猪（秋）	三六八・三八六・四四七		
		芋植う（春）	四六		

海胆(春)　六〇・一九五・三七一・四一五・四九四
卯の花(夏)　一八五・二七五・三七二・三九九
卯の花腐し(夏)　一七五
姥百合の実(秋)　二三八
馬市(秋)　二五六・四一二
馬追(秋)　三三九
馬の仔(春)　二九四・三九四・四五九
厩出し(春)　一七四・三一三・三九四・五一七
海の家(夏)　二三六
梅(春)　二三・四一・五〇・八三・八八・一〇一・一二七・一五四・一六三・一六四・一六五・一七三・二五一・二七二・二八二・二九一・三二二・三三三・五〇五・五〇八・五三五
梅干(夏)　六一・九二・九三・九四・一一六・一四五・一七二・二〇三・二七七・四四六・四七四・四八四・五四七
梅見(春)　二〇七・二四二・二五一・三〇三・四八〇・四九二
梅擬(秋)　一二六
末枯(秋)　二三九・三五二
浦佐の堂押(春)　二四・二三三・四九二
盂蘭盆会(秋)　四二・一〇五・二四五・四七五・四八五・五一一
麗か(春)　五四九
瓜(夏)　三四八
瓜番(夏)　二八六・三〇七
浮塵子(秋)　九六・三五〇
運動会(秋)　八六
えごの花(夏)　三三三
枝豆(秋)　三〇七
越冬燕(冬)　一六四
恵比須講(冬)　二六五
海老根(春)　四一六
恵方詣(新)　九一・三七九・三九二
魞挿す(春)　一八〇・二七四・四四三・四四五・四六七・五一六・五二六・五三五
炎暑(夏)　三一
炎天(夏)　五七・二三七
えんぶり(新)　二九三・三三〇
扇(夏)　八六・三三四
扇置く(秋)　四三一
黄蜀葵(夏)　二〇四
楝の花(夏)　三四六
楝の実(秋)　四一一
黄梅(春)　三三三
車前草の花(夏)　一二六
大晦日(冬)　二八一
大瑠璃(夏)　三一・一〇八・一八五・四三六
翁草(春)　二九二・四二七・四五九
沖膾(夏)　四〇一・四二九
沖縄忌(夏)　四六一
晩稲(秋)　五四七
白粉花(秋)　一〇五
遅桜(春)　二五三・二六一
落鮎(秋)　二三八・二七八・四二一・四三九・四四〇・四六二・四七六・四八六・五〇一・五三一
落葉(冬)　三九・六三・一七九・三一〇・四三三・四六六・四七八・四八八・四八九
小千谷祭(秋)　一九六
乙字忌(冬)　一〇七
男郎花(秋)　三三九
威銃(秋)　一四七・一七七・二一九・二三〇・三四〇
落し文(夏)　二六一
落し水(秋)　二九九
囮(秋)　一六一・一七七
踊(秋)　一四七・二一八・二三八・二四八・二六四・五四六
尾花(秋)　一一〇・二八八・三九〇・五二一
尾花蛸(秋)　二一四
泳ぎ(夏)　二八七
織初(新)　三三〇
御柱祭(夏)　一七三

か行

蚊（夏） 三一・六一・一二六

蛾（夏） 七〇・一六四

買初（新） 一一九

鳰（冬）
九三・一二四八・一三六七・四二三・四五五・

海棠（春）
一七三

外套（冬）
三七八

貝割菜（秋）
五九・二三二・三四六・三九八・

楓の芽（春）
二四・二三七

帰り花（冬） 三二八・三四四・四八九

帰る雁（春）
三四・四一七・二四七・四四三・四五九・四四〇・

帰る海猫（秋） 四九一・五三六

鏡餅（新） 二三一・二九〇

ががんぼ（夏） 二五二・三三六・三四八・四三〇

柿（秋）
四三・八七・二一七・二六三・

牡蠣（冬）八七・一六四・二一七・二四〇・五五一三六・三六・五〇・

柿落葉（冬） 二一〇

燕子花（夏） 一六五

牡蠣鍋（冬） 二三二

柿の花（夏）
一〇・一二一・一二六・四一七・五二三・

柿紅葉（秋） 三五五・五三三

柿若葉（夏）
五九・二三二・三四六・三九八・

額の花（夏） 四八

角巻（冬） 三九五

掛乞（冬） 二六九

懸巣（秋）
一四一・二二三・一八二・一〇五・三二二・

懸煙草（秋） 二三六・二六四・四〇三・四四八・四六九

陽炎（春） 三三一・一七七

鵲（秋） 四〇三

風除（冬） 一一三・一四三

風花（冬）
三一・六一・八七・二一〇・一二六・一六六・二六八・四一九・五四七・五二〇・

風除解く（春） 一九

風の盆（秋） 二〇四・三六八・四〇一・五二一

風邪（冬） 四一三

風薫る（夏） 二七・三四三

霞（春） 二〇〇・三五五

柏餅（夏） 四六

柏落葉（夏） 四六

鍛冶始（新） 四六七

樫の花（春） 九五

河鹿（夏） 九九・一五五・三六三

飾売（冬） 一一九

河童忌（夏） 五九・四六二

蝌蚪（春） 二七・四二・二二一

方頭魚（冬） 一六四

蟹（夏） 四七・二六五

鐘供養（春） 三七二

鉦叩（秋） 三三七

黴（夏） 五六

南瓜の花（夏） 五一・一四〇・二〇二

竈猫（冬） 二六九・二六七

髪洗ふ（夏） 三〇五・三三三

天牛（夏） 一五九

紙漉（冬） 一一三

雷（夏）
二八・三二・一二三・一九五・一〇九・一二一・

鰹（夏） 六〇・四一七

郭公（夏） 五六・一六七・二三六・二六五・二七三・

神の留守（冬） 三六八・四二一・五三一

鴨（冬）
　四三・二二・三六・九三・二二三・
　二八一・三五三・三六九・三九一・四二三・

鴨の子（夏）
　四五七

萱（秋）
　二〇二

萱刈る（秋）
　一五〇・二四八

茅潜（夏）
　一三五

蚊遣火（夏）
　一三九・二六二・二四九・四六二・五四八

乾鮭（冬）
　二五〇

烏瓜（秋）
　二一九

鴉の子（夏）
　九三

鴉の巣（春）
　二六八・一八五・三二二・三三三・二五五

空梅雨（夏）
　四五九・二六六・四八一・五〇七・五一八

雁（秋）
　三五・一八七・二三〇・二九六・二六八・

鴨の子（夏）
　一五〇・二四八

雁帰る（春）
　一一四

猟人（冬）
　三〇九

刈上餅（冬）
　三七・四一・二二三

狩（冬）
　四六二・四七七・五三

雁渡し（秋）
　三八・四三三

梶榔の花（春）
　四三五

梶榔の実（秋）
　三九・二四〇

枯る（冬）
　三七・四八・二一八・一三三・二六七

軽鴨（夏）
　一五九

刈萱（秋）
　一四七・二六九

枯木（冬）
　四・四七・二二一・二六五

枯葦（冬）
　四八・五九・四八八・五一四

蛙（春）
　四六・二九・一九六・二二・二八〇

枯律（冬）
　二一一・五三二

枯真菰（冬）
　四七・二一八・一九七・二一二・二八〇

枯箒草（冬）
　二六九

枯蓮（冬）
　八三・九〇・一六二・二三五・二三六

河原鶲（春）
　一五五・一六六

寒明（春）
　一五五・一六六・二三一・二三四・五五三

寒鴉（冬）
　一八四・二三三・二六五・三〇二・三〇三

枯桑（冬）
　一三二・五一四

枯獅子独活（冬）
　三六六

枯芒（冬）
　六三・五〇二

枯蔓（冬）
　六五

枯野（冬）
　三八八七・九六・一二二・一九一・二九一・

枯葉（冬）
　六六・九六・一九七

枯萩（冬）
　一三一・二三四

枯芭蕉（冬）
　五三

寒垢離（冬）
　四二四

寒肥（冬）
　二三八

寒鯉（冬）
　三二二・三二五

寒菊（冬）
　三七・九〇

寒鴉（冬）
　三三〇・四三四・四五七・四六五・四六七・

甘蔗刈（冬）
　四五・四五〇

元三忌（新）
　三九・二六六

寒雀（冬）
　三五・二六一

寒天造る（冬）
　一三三・一〇七・五〇四

寒釣（冬）
　三三一

寒椿（冬）
　八二・一六六

寒造（冬）
　八五

寒卵（冬）
　八七・二六八・五〇三

寒施行（冬）
　五五・一〇二・二三・二六〇・二三一

カンナ（秋）
　三一一

神無月（冬）
　五五〇

寒念仏（冬）
　二五九

寒の雨(冬) 二五二
寒の入(冬) 四〇・二〇六・二二三
寒の内(冬) 一〇七・一六九
寒の水(冬) 五九
寒の鷽(冬) 二五九
寒波(冬) 五三三
干瓢剝く(夏) 一六六・二三五
寒日和(冬) 五三・一四九・二六九
寒露(秋) 五〇・三
寒林(冬) 三八・二〇二
寒流(冬) 六六
甘藍(夏) 七〇
寒餅(冬) 三二七・二〇六・二六八
寒牡丹(冬) 一〇七
寒鮒(冬) 六五
寒鮒(冬) 二六二・二九一・三三二
寒日和(冬)
菊(秋)
桔梗(秋) 三五九
寒露(秋) 五〇・三
寒林(冬) 三八・二〇二
菊(秋) 三五・三三五・二七六・一八三・三三六
菊芋(秋) 四三三
菊花展(秋) 一七六

雄(春) 三五四
着莫蓙(夏)
菊日和(秋) 四三三
菊の苗(春) 一六六・三二五
菊人形(秋) 三五二
菊挿す(夏) 三二
菊瞻(秋) 三二九・三四〇・四三二
義士祭(春) 二六一
黄水仙(春)
寒露(秋) 一六五・二五六・三〇二・三一〇・三二三
寒林(冬) 三一〇・四五・五〇七
甲子雄忌(春) 八六・三六六・三七七・四四九
菊花展(秋)
木の芽和(春)

木の芽鍋
木五倍子の花(春) 三七〇・三七一
木五倍子の実(秋) 四六〇
黍嵐(秋) 三五・二六八
黍(秋) 一〇〇・五二二
切干(冬) 五九一
金魚藻(夏) 五一九
金盞花(春) 二六八
金鳳華(春) 二四四・三四五
金目鯛(冬) 二五〇・二五一
喰積(新)
水鶏(夏) 二二
木守(冬) 四三三
球根植う(春) 六七
旧正月(春) 一九六・二六九
牛馬冷す(夏) 二六八
鏡花忌(秋) 五〇〇
鏡太郎忌(夏) 八六
夾竹桃(夏) 四六・六六
御忌(冬) 三三四
虚子忌(春) 一六五・四三五
霧(秋) 三一・一七七・二〇四・二二八・三二〇

桐の花(夏) 三三六・一〇四・二六六・三三五

九月(秋)
空也忌(冬) 二三七・二三六・二四六〇
茎立(春) 二四
草いきれ(夏) 四五一・二五九・四一五
草市(秋) 三三五
草刈(夏) 二三〇・三四八・四〇一・四三一
草取(夏) 二三六
草の花(秋) 三九・四三八・四六二
草の穂(秋) 四四八・五〇〇・五〇一・五三三・五五三

644

草の実（秋） 三六三・三六九・四〇一・五〇〇
草の花（秋） 三三一・三八七・三六八
草の芽（春） 九四
草の若葉（春） 六二・七〇・一三二・一四一・一〇四
草雲雀（秋） 二四七・二六五・四四八
草木瓜の花（春） 二〇五・二三〇・二六四・三四〇・四一一・
草萌（春） 二五九
草餅（春） 三二五
草紅葉（秋） 二六一・五三七
草狩（夏） 四六四・五三三・五四七
葛（秋） 二〇二
葛の花（秋） 一〇〇・一二七・一三五・一六〇・二三八・二六三・四四八・四七五・五三二
薬掘る（夏） 四〇二・四七五
崩れ簗（秋） 一九二・四六四
楠若葉（夏） 五三九
下り簗（秋） 一三九
梔子の花（夏） 四八六
朽葉（冬） 二三一・二六六
熊手（冬） 九六
茱萸（秋） 三七五

蜘蛛（夏） 五九九
雲の峰（夏） 五八・五九
暮の春（夏） 一三〇・三二七・四七三
栗（秋） 一二五
栗の花（夏） 一八・一九・一七五・三三三
栗飯（秋） 三二五・五九
車組む（春） 三三五・五三
胡桃（冬） 三三四
胡桃の花（夏） 二四〇・二六八
クリスマス（冬） 四四〇・五二二
鶏頭（秋） 二一〇
毛糸編む（冬） 三五四・六二・一〇五
桂郎忌（秋） 一六一
夏書（夏） 二二一
夏至（夏） 一六九
罌粟の花（夏） 五八
夏花（夏） 五八
蟇（夏） 九九
螻蛄鳴く（夏） 三一・三二八
毛見（秋） 五六・一四五・二〇一・二〇九・二三二
毛虫（夏） 四三七・五一〇

桑の実（夏） 一二四・五一九・五三七
鍬始（新） 二三三・三二一・三九二・四五六・五二四
啓蟄（春） 二三一・四六四
源義忌（秋） 一四六・四六六
濃紫陽花（夏） 二三・二四六
楮蒸す（冬） 一一三
光太郎忌（春） 一〇二
紅梅（春） 二五七
河骨（夏） 一五〇・一〇二
蝙蝠（夏） 二五九・二六六・三八六・四二九・四三七・
黄落（秋） 三六九・四〇三
黄葉（秋） 三五
氷（冬） 三〇四
氷解く（春） 二五二・三二三
氷水（夏） 二三七
蟋蟀（秋） 二九六
蚕飼（夏） 四三七
木枯（冬） 二六・八七・一七六
極暑（夏） 四五
木下闇（夏） 二七・一〇一

桑の花（春） 一七三
桑解く（春） 九二・二〇四・四三三
桑摘（春） 八九・四四五
桑括る（秋） 二〇九・三二二・三〇七
桑（春） 四九六
黒南風（夏） 二一六
黒鵜（夏） 一六六・二一六
黒川能（冬） 一九九
原爆忌（秋） 五五八・五三五
建国記念の日（春）

小綬鶏（春） 五〇六・五三六
小正月（新） 一〇六・二九二
子雀（春） 五五・六五・九三・二九八
去年今年（新）
　一四三・二〇五・二四九・四六八・四九〇
小鷹（夏） 六二
炬燵（冬）九七・一二九・二四〇・二九一
小晦日（冬）
　三六・五〇・一〇八・四六七・五〇五・五〇六
今年竹（夏） 三六七
　二五・一六五・二一〇・二二七・二六四
小鳥狩（秋）
　四二六・四三八・四六一・四八二
小瑠璃（夏） 一六六・三六七
小六月（冬） 三〇〇
更衣（夏） 四三六
木の葉（冬） 一〇・一三〇・四〇四・四八八
木の実（秋） 一〇六
木の芽（春） 一三二・三三八・四三三
小春（冬）
　一五七・二三四・三〇三・三〇五
昆布刈（夏） 三六七
蒟蒻の花（夏） 二六七
蒟蒻掘る（冬） 二八
　九〇・一二六・一六二・二二二・二三一・
　三四一・三六四・三七一・四〇九・四三四・

駒鳥（夏） 四七・四六八・四六九
独楽（新） 一〇六・二九二
辛夷（春） 四七九
海猫（夏） 五一〇・五二〇
海猫渡る（春）
　三六七・四一九・四六一・四六二・四八五
海猫帰る（秋） 二七七・二七八
二一〇・二三七・二六八・三六四
左義長（新）
　一三・一八五・二〇〇・二二三・二五一・
　三〇一・三二四・三六八・四三四・四五五
酒田祭（夏） 二九七
早乙女（夏） 一六・一三七・三六一・五〇九
囀（春） 九八・一二四・一八一・四七〇
西行忌（春） 四六
桜（春）
　六〇・九二・一二五・二三五・三六〇
桜蘂降る（春）
　四六・二九五・二三六・三八一・三八二
桜鯛（春）
　一三六・四五二・四五四・四五七
桜鍋（冬） 三〇七
桜の実（夏） 一二五・一二八・一九一・二三八・二四五

さ行

鮭（秋） 二六四・二六五・二八四・三四〇・三五五
鮭打（秋） 四六四
鮭螺（秋） 二四八・二九〇
鮭嵐（秋） 二四八・二九〇
栄螺（春） 二七二・二八四
笹鳴（冬）
　二六・四五・五八・六五・八七
山茶花（冬）
　三六七・四二二・四四〇・四五〇・五〇一
挿木（春） 四五

桜まじ（春） 二九五・三二一
桜餅（春） 二六四・二九二・三〇五
桜紅葉（秋） 二五七・五二三
さくらんぼ（夏）
　一〇八・一三〇・一五九・一六六・一七〇・
　一七五・一八五・二七六・三六八・四五三
石榴（秋） 四〇四
石榴の花（夏） 四九

鮭（秋）
三七三・三五五・四二八・五三七

座禅草（春） 四一六・四八一
左千夫忌（夏） 一六九
杜鵑花（夏） 一〇九
皐月（夏） 一四〇
五月闇（夏） 三八四
里神楽（冬） 一三六
早苗（夏） 一六六・一七五・二七五・二八五・三〇六・三四七・五〇九
早苗饗（夏） 九四・一〇九・二二七・二七五・三四七・四七一・五三七
鯖（夏） 三五六・四〇〇・四九四
佐原秋祭（秋） 五三一
佐原夏祭（夏） 二四六
さびたの花（夏） 一六七・二五四・三六二・三七六
寒し（冬） 四九・五三・六〇・六四・六六・五〇四
鮫（冬） 一七八・一八〇
鱵（春） 五〇四
晒井（夏） 二四五・三七五
猿の腰掛（冬） 二一三
サルビア（秋） 五一
沢桔梗（秋） 二五六
爽やか（秋） 三〇八・三五〇
三月（春） 八八
三月尽（春） 二三
三が日（新） 二〇六・三三〇
三寒四温（春） 八三・二〇五・三一九・四六六・五二五
三鬼忌（春） 二三五・五〇六
残菊（秋） 一一九・一九二
三光鳥（夏） 三九九・五三〇
山茱萸の花（春） 三四四
山椒魚（夏） 一八三・二八七
山椒喰（春） 一〇九・三三六
山椒の花（春） 一七五
山椒の芽（春） 四四五
撒水車（夏） 四六
残雪（春） 一〇四・一二四・一八六・二〇九・三四三・三七二・三八三
三伏（夏） 五二〇
秋刀魚（秋） 三六六・四七五
椎落葉（夏） 八六
椎の花（夏） 二六二・三三六・四二八
塩鮭（冬） 九一・二四〇・三三〇・四二四
潮干狩（春） 五四五
紫苑（秋） 一一一・五四六
鹿（秋） 四七六
四月馬鹿（春） 二四・二六
子規忌（秋） 三八八
樒の花（春） 一六八・五四六
時雨（冬） 三五・三七・五三・六五・三〇二・三一〇・三四〇・四五七・五〇一
獅子独活（夏） 二六三
猪垣（秋） 二五七・四四〇・四四九・四六四
猪鍋（冬） 二四二
地芝居（新） 二四七
獅子舞（新） 五二・一〇一・三〇二・三一九・三五三・三八〇・三九二・五〇三
蜆（春） 八三・一五八・一七二
蜆取（春） 五一七
柳葉魚（冬） 一六八
紫蘇（夏） 一〇九・一二九・三三八・四七三
地蔵盆（秋） 二八八
紫蘇の実（秋） 四六・九六・三八七
歯朶刈（冬） 二六五・二七一・四七八
滴り（夏） 二八七・三二四・三八六・三九九・四七四
枝垂桜（春） 五〇六・五一七
樝子の花（春） 二九四・四一五・四二七・四六八
樝子の実（秋） 四一二・四三九・四五五
自然薯（秋） 一六一・二一三・二三二・二四八・二五八・二八九・三七七・三七八・四一一・四四一・五一二
芝桜（春） 三四七
芝焼く（春） 三三二
清水（夏） 六八
地虫穴を出づ（春） 四九

注連飾(新) 二五一
注連飾る(冬) 六七
注連作(冬) 三一一
霜(冬) 三七・三八・五三・二六九・三七八・四七九・四八九・五二四・五四六
霜くすべ(夏) 二一〇・三七一・四二八
霜の夜(冬) 三七
霜焼(冬) 二九二
霜除けとる(春) 一八一
馬鈴薯植う(春) 三八一
馬鈴薯の花(夏) 六八・九八・五三八
著莪の花(夏) 一〇九・四四五・五〇八
石楠花(夏) 二五四
麝香草(秋) 四八六
沙羅の花(夏) 二九八
車輪梅の花(春) 三九八
十月(秋) 一〇一
十三夜(秋) 三五・四〇三
十二月(冬) 四〇・二二二・二二三
十夜(冬) 五三三
淑気(新) 二五〇・二七一
修正会(新) 一〇七
棕櫚の花(夏) 二五三・二九六・三〇六・三八四
蕁菜(夏) 三六一・三六二・四四八・五〇九
春潮(春) 六〇・九七
春泥(春) 四
春闘(春) 五九
春灯(春) 五三六
春分(春) 一一五
春雷(春) 五三六
春蘭(春) 五一七
生姜(秋) 五〇一
正月(新) 二八二
正月の凧(新) 二〇〇・三一一・三八〇
焼酎(夏) 一七七・二八六
菖蒲(夏) 二七・五一九
菖蒲湯(夏) 三三五
小満(夏) 四六〇
常楽会(春) 四九一
松例祭(冬) 三一一・三二二・三一九・四八九・四九〇
昭和の日(春) 八五
初夏(夏) 五五
暑気中り(夏) 五一
塩汁(冬) 二〇七
白魚(春) 二五一・二八二・五一六
白樺の花(春) 四七〇
白鷺(夏) 六一
海霧(夏) 二六三・三〇九・四八四
代掻く(夏) 一八二・二八六・三四六・四九四・五〇九・五二九
代田(夏) 一六六
師走(冬) 三八・四〇・四一・一〇六・一二三・二八九
新藷(夏) 三〇七・三三七
震災忌(秋) 一二三・三〇八・三三八・三七六・五一一
新馬鈴薯(夏) 四三〇
新樹(夏) 一三五・一六九・四四五
新生姜(夏) 二七八
新茶(夏) 二九・二一七・二三六・三九七・四一七・四二八・四八二
沈丁花(春) 一三七・一九四・三八二・四二五・四八〇・五二七
新年(新) 一四三・五一五
新海苔(冬) 五〇一
新米(秋) 五八・一一八
新涼(秋) 一三三・三二五・四四八
新緑(夏) 三一
新藁(秋) 三七八
西瓜(秋) 一三三・一八二・二二九・三二六・三四八・五一一
芋茎(秋) 二三二・二九〇
水仙(冬) 八三・一八〇・二八九・四五七
水中花(夏) 三八四
睡蓮(夏) 九二・九四・一三七・三〇六・三二六・

三三六・五二一
すが漏(冬) 二八二・三五四
スキー(冬) 四九
杉菜(春) 六八
杉の花(春) 一二五・一七三・二三四・二八四・四五八
鮓(夏) 二〇二・二四五・四〇〇
涼風(夏) 二七〇
芒(秋) 六三・一〇〇・四二三
鱸(秋) 一七〇・二七七
涼し(夏) 二六二・二七六・二八七・三三六・四一八
篠の子(夏) 一〇九・一七六・二五三・二五四・三九七
煤掃(冬) 九一・三五三・三七八・三七九・五三四
納涼(夏) 三七四
鈴虫(秋) 八九
雀隠れ(春) 三七〇
雀枯色(冬) 一〇六
鈴蘭(春) 二三五
巣立鳥(夏) 一七五・二八四・三七三・四三五・四四四・四六九・四八四
ストーブ(冬) 六六・九一
炭(冬) 一九三・二八〇・四四二
炭斗(冬) 二四〇
桷の花(夏) 二二九
炭焼(冬) 一三五・二九〇・四二二・四二四・五三三
菫(春) 六七・八九・四一五
相撲(秋) 三五〇
李(夏) 一三七
李の花(春) 三二〇
成人の日(新) 一三
青畝忌(冬) 四三
石炭(冬) 二一三
鶺鴒(秋) 二一〇・一三〇・二五五・二八八・三七五・五三一
雪加(夏) 二八五・三六一
雪渓(夏) 一三〇・一六〇・二〇二・二〇三・二五四・二九七・三七三・三八五・四七一・四七二・五一〇・五三〇
節分(春) 二三四・一五六・一八〇・二一五・二三三・二四一・二九一・三三二
蟬(夏) 二八・九五・一〇六・一八六・二七五・二九九・四二〇・四六一・五三八
蟬生る(夏) 四四七・四七四
芹(春) 二四・八八・九三・一二八・三三三・三八三
芹の花(夏) 五一
芹焼(冬) 二〇七
線香花火(夏) 三三七
扇風機(夏) 四〇〇
薇(春) 五三六
早春(春) 一二〇
漱石忌(冬) 二四〇・二五七・三六七
早梅(冬) 二六・一五四・二九二・三九三・五〇四
蘇鉄の花(夏) 一七六・四四七・四六一
蘇鉄の実(秋) 一七六
蚕豆(夏) 四一・六一
橇(冬) 三一九・三四三・四六五・四七八

た行

田遊(新) 二四二・三七〇
大根引(冬) 三四一・四六六
大根干す(冬) 一六一・二二一・五二三・五四九
大根蒔く(秋) 四三一・五二一
泰山木の花(夏) 二八六・三三六
大暑(夏) 三八六
大豆干す(秋) 五三・三七七
橙の花(夏) 二六〇
台風(秋) 四六・五一・八九・九六
鯛焼(冬) 二四二・四七七
田植(夏) 一五八・一六六・一八六・二一七・二五三・三三三・三四六・三七二・四八三・五二九
田打(春) 一九五・二七三・三二一・四四三・四八一
鷹(冬) 三六八・四五六

鷹の子(春) 一一六
耕(春) 一三七・四七一
鷹渡る(秋) 三九〇・四五〇・四七六・五一三
滝(夏) 二〇三・二九七・四七四
滝浴(夏) 三八五・四三八・四六〇・四九四
焚火(冬) 五二・五八・六三・九一・二〇九・二八三・三三二・三六六・三六七・四四一・四五六・四九一・五三三
滝開き(春) 三七一
田草取(夏) 五六
啄木忌(春) 二六・五〇・一八五・三八三・五四五
竹馬(冬) 四三四
竹落葉(夏) 四一七
竹伐る(秋) 二〇六・二三〇・二三九・四三〇・四三三
竹煮草(夏) 一三五・一九一・二〇三・二三八・二四六・二六二・二八五・三八六・四七一
竹の秋(春) 二二八・一六九・四一八
筍(夏) 一〇三・一三〇・三八六・四一八・四二八
筍祭(夏) 三四六
筍飯(夏) 二九・二三六・三〇五・三五六・四六〇
竹の春(秋) 二三一
田鳧(冬) 四五五
凧(春) 三三・三七・二〇六・四一三・五〇七
太宰忌(夏) 四一八
竹瓮(冬) 三五三
蓼の花(秋) 三六
種井(春) 一九四
たなご(秋) 一一〇
七夕(秋) 八九・二二九
種芋(春) 三五六
種選(春) 二二八・三〇五・五三六
種胡瓜(秋) 二三一
種採(秋) 九六・二一二
種茄子(秋) 四〇一
種浸し(春)
種物(春) 二二八・三八三・四一六・四九三
足袋(冬) 一〇八・三二一・三五四
田雲雀(秋) 六四
玉子酒(冬) 一八四
玉葱(夏) 二五八
玉巻く葛(夏) 五〇
玉巻く芭蕉(夏) 三〇六
鱈(冬) 三二三・三九七
一五三・一七二・二八三・三四三・三七八・四四二・四五六・四六五・五二三・五三三
楤の花(秋)
楤の芽(春) 四〇〇
ダリア(夏) 六八・二七四・三七〇・五四八
俵編(秋) 七〇
橘柏(春) 四六三
端午(夏) 三九八
短日(冬) 九三・三七二
探梅(冬) 三七八
一五六・一八四・二九二・三五四・三九一・四一三・四六七・五三五
暖房(冬) 八四
蒲公英(春) 二三六・二七三・三四四・三八四・五四六
竹夫人(夏) 五五〇
遅日(春) 二九四
秩父夜祭(冬) 五四
千鳥(冬) 一六四・二八二・三〇一・三三一
粽(夏) 五〇七
ちやつきらこ(新) 四九一
茶の花(冬) 五一三
蝶(春) 三五六・四四四・五一八
追儺(冬) 二七二・四八〇
接木(春) 二五九
月見草(夏) 二六三・四八五
土筆(春) 五〇・二六〇・二六一・二九四
鶫(秋) 六四・四〇二・四七六
蔦紅葉(秋) 五四七
躑躅(春) 三一・五〇・八五・二二七・三九八
筒鳥(夏) 一八六・四七二・四八四
椿(春)

椿の実(秋) 二六一・二六五・
 三八一・三九〇
茅花(春) 三九九
燕(春)
 五五・八四・二三一・二三六・二〇九・
 三〇六・四一六・四四〇・四九二・五〇八・
燕帰る(秋) 五一九
燕帰る(秋) 五一
燕の子(夏)
 二六二・二七〇・三三五・三六九・三六三・
 四三・五〇〇・五三二
摘草(春) 一九五・二五五・二六八
冷たし(冬) 二九五
梅雨(夏)
 二〇・三三・五五・六六・八五・
 一一〇・二三六・三七六・四〇〇・
 四〇一・四七二
露(秋)

梅雨明(夏)
 二六四・二六八・四〇四・五〇〇
露草(秋) 二六七・五三二
梅雨曇(夏) 二七八・五一九
梅雨寒(夏) 五一九
梅雨茸(夏) 二三七・三六九
梅雨の月(夏) 二六六
梅雨晴(夏) 二六二
氷柱(冬) 二六五・三六六・五二六
蔓切(冬) 三〇四・三九一・四六七・五〇三
蔓手毬(夏) 四〇〇
石蕗の花(冬)
 一〇二・一三二・二六五・二六九・
 二八〇・三三九・四〇五・四三二・四四〇・
手焙(冬) 三二一
梯梧の花(夏) 三九六
貞徳忌(冬) 四〇
蟷螂生る(夏) 九五・二一一・四六
鉄線花(夏) 四七

手袋(冬) 三八
十日夜(冬) 一六三・四三二
出水(夏) 一六〇
照葉(秋) 二六・四二一
天道虫(夏) 三六・三六三
籐椅子(夏) 五八
唐辛子(秋) 二六・二〇六・四〇三・四七
冬耕(冬) 一九二・四三三・四六五・五二三
冬至(冬) 一三八・二〇六・三四一・四六六・四八二
冬至粥(冬) 八七
踏青(春) 一五四・一六五・一八三・二六二・二六五
玉蜀黍(秋) 二八
玉蜀黍の花(夏) 三〇七・四六〇
冬麗(冬) 二九
冬籠(冬) 一四七・二九・五〇〇
灯籠(秋) 一四七・二九・五〇〇
蟷螂枯る(冬)
 三〇・三三・三四一・四二三・四八八

灯籠流し(秋) 四三〇
通し鴨(夏)
 二二・二六二・三四七・三六二・四六一
蜥蜴(夏) 三二六・四六一
蜥蜴出づ(春) 二四・四六六
常磐木落葉(夏) 五八
戴菜(夏) 三〇・四〇・四〇六
心太(夏) 三六四
登山(夏) 二二〇
年男(新) 一五四
年惜しむ(冬) 三九一・四二四・四六六
年の市(冬) 一五五
年木樵(冬) 九一・二六・一九七・二二四・二三
年の内(冬) 一一九・四六六
年の暮(冬)
 六七・一四二・一六二・一七〇・一七六・
年の湯(冬) 三九二

年用意(冬) 一六一・二八・三六七
年忘(冬) 九〇・九一・三二三・三九一・四二四
泥鰌鍋(夏) 二一〇・二二六・三三四・三三六・三三九・
泥鰌掘る(冬) 三四八・三五九・四一七・四二九・四四六
栃落葉(冬) 一九六
橡の花(夏) 四六・四七一
橡の実(秋) 一四七・三二〇・四二三
橡餅(秋) 三六七
鳥総松(新) 一三三
海桐の花(夏) 三〇七
トマト(夏) 四六・五七
土用(夏) 一七七・三〇七・四七四
土用灸(夏) 三一七
土用東風(夏) 二九・二二五・二七五・三三七・三六二・
土用蜆(夏) 二四六
土用波(夏) 二五二

土用芽(夏) 三六二
鶏合(春) 一五五・三〇八・二五二・三三四・二四二・
鳥威し(秋) 一八三
鳥雲に入る(春) 二七・二五六
鳥曇(春) 二五四・三六三・三七五・四三一・四四〇・
酉の市(冬) 二四・二五・三五五・四八一・五〇五
鳥の巣(春) 五〇・一九八・四八二・五〇七
とろろ汁(秋) 三三〇
団栗(秋) 三一〇
蜻蛉(秋) 一〇〇・一六〇・二〇三・三一〇・三二七・
苗売(春) 三八八・四〇一・五〇〇・五三二・五三三

な行

苗木市(春) 三九五
苗床(春) 四九三
苗取(夏) 一二五
名越の祓(夏) 二九・四三六
名残の空(冬) 二八
梨(秋) 三七九
梨の花(春) 四八六・五〇一
茄子(夏) 九二・一九四・一二七・四五九・五一八
茄子の花(夏) 三〇・二〇三
菜種刈(夏) 九二・一七四・二四六・三二五
菜種梅雨(春) 二七・三八・五一九
雪崩(春) 四六・四四五
夏薊(夏) 一二六・四二・二〇九・二四二・三二五
夏蛙(夏) 一六七・三九七
夏草(夏) 八五
夏蚕(夏) 五五・六一・五八
夏の果(夏) 六八・七〇・八五・一六八・二七七・四四六・

納豆(冬) 五二
夏燕(夏) 三六
夏水仙(夏) 三五九
夏座敷(夏) 二八
夏木立(夏) 五二〇
夏念仏(夏) 四〇一
夏の暁(夏) 五七・二一〇
夏の雨(夏) 一七六・二七五
夏の風邪(夏) 四一九
夏の鴨(夏) 四七二
夏の川(夏) 六一
夏の霧(夏) 三三二
夏の雲(夏) 一〇八
夏の潮(夏) 二九
夏の空(夏) 四〇〇
夏の蝶(夏) 一三三・一六二・二六一・三〇一・二一〇・
夏の果(夏) 三二九・三〇七

夏の星(冬) 五七

夏の山(夏) 一六八

夏の畑(夏) 一三九・二九・二六六・二六五・四五七・四九一・

ならひ(冬) 一六八

夏萩(夏) 三七七・三八六・五一一

成木貢(新) 一四五

夏畑(夏) 二一〇

日記買ふ(冬) 一六六

棗の実(秋) 四〇二

涅槃西風(春) 二五一・四六八

夏蓬(夏) 九三・二九六

二百十日(秋) 三三九・三五〇・三六七

夏炉(夏) 九三・二一四・二一六・二三六・

鳴子(秋) 一八七・四一・五三二・五三三

伴武多(秋) 一五四・二六三・二六二・四九一

夏蕨(夏) 二一六・二六五・二六七・四七三

蕣生ふ(春) 五六

涅槃会(春) 一五四・二六三・二六二・四九一

ななかまど(秋) 九九・二六・二七六

温め酒(秋) 三六七

根白草(新) 四二五・四〇三

七種(新) 二六七・二九六・四九一

苗代(春) 一五四・一八四

縫初(新) 四三

根木打(冬) 一六六

菜の花(春) 二九一・四九一

苗代時(春) 一六・一八五

庭竈(新) 三九二

根分(春) 四六二

鍋焼(冬) 二一三

南天の実(秋) 三五一

葱の花(春) 四五五・五三二・五四

年酒(新) 一九六

鯰(夏) 一六一・二二八・二七六・二九九

縄飛(冬) 六四・六五・一七一・一七六・二六六・

二輪草(春) 一三二・二七二

農具市(春) 一九五・四三五

三五一・二〇二・三二一・三六七・四一二

根白草(新) 四二五・四〇三

鴨の浮巣(夏) 一〇一・三五二・四七七

二月(春) 五四・九七

猫の子(春) 二五三・三〇四

凌霄の花(夏) 二五二

生節(夏) 四〇二・四九五

二月尽(春) 一一〇・一四六・三三一・五三六・五五六・

猫の恋(春) 一三一・二一六・二〇七・二三五

野菊(秋) 四一二・五五二

菜飯(春) 一五七・二〇一

煮凝(冬) 四二四

葱坊主(春) 一八一

残る鴨(春) 四〇

濁り酒(秋) 一七六

葱の花(春) 四五五・五三二・五四

残る虫(秋) 四一二・五五二

生節(夏) 四〇二・四九五

濁り鮒(夏) 二〇一・三〇八

猫柳(春) 二五五・三〇三・三一一・三三〇・五一六

合歓の花(夏) 三三一・二三六・三三六

菜飯(春) 一五七・二〇一

虹(夏) 二九・五一・五二〇

練雲雀(夏) 四六二・五二〇

乗込鮒(春) 四八七・五一四

寝待月(秋) 一六三

鵞(冬) 三二二

長閑(春) 五七

野蒜（春） 六八・二六一・五四六
野蒜の花（夏） 六五・三六六
野葡萄（秋） 二九
野馬追（夏） 三四八
野焼く（春） 三四八
乗初（新） 二〇〇・二四九
野分（秋） 四三・二四七・四二九・四六・五三
海苔搔（春） 三五九・二七九・三三四・四八二・四九二・
萩若葉（夏） 三六七・四四〇・四六六
萩根分（春） 三六・一〇六・一二九・二三
波郷忌（冬）

は行

白鳥（冬） 二六四・二九一・三〇四・五三
薄暑（夏） 三〇
白菜（冬） 九七・二六二
萩（秋） 二九五・四四七
掃納（冬） 二三九
榛の花（春） 二〇八・二六九・二七三・三〇三・三六六・
端居（夏） 五一〇
蜂の仔（秋） 三六三
蜂の巣（春） 五五
初茜（新） 五〇二
初嵐（秋） 三六三・三七五
初午（春）
芭蕉布（夏） 一二〇・二六九・二七三・三〇三・三六七・ 一七七
蓮（夏） 一六二・三三六・三三四
蓮根掘る（冬） 八三・一二六・二三二
蓮の実（秋） 二九
蓮の葉（夏） 二〇六・二六
鯊釣（秋） 五一・二〇六・二四九・三五一・三二一 三五一・五〇一
櫨紅葉（秋） 一七〇・二八九・三二七
畑打（春） 三五五
裸（夏） 四五
跣（夏） 五八
羽黒山夏の峰入（夏） 一六〇
葉鶏頭（秋） 四七
羽子板（新） 四七九
はこべ（春） 四五・二六七・二七〇・五四六
稲架（秋） 四五
南風（夏） 三二六・三五一・三五〇
蠅生る（夏） 六九
蠅捕器（夏） 六九
袴葛の花（春） 五〇四
葉桜（夏） 二六四・三八四・四八三・五九・五六
葉月（秋） 三七六
初句会（新） 三二一
初景色（新） 三〇二
初氷（冬） 三一一
初東風（新） 三一一
初竈（新） 二六九・三〇一
初鴨（秋） 一二・二九六・四二三・四三三・四三九・
初神楽（新） 四九〇・五〇三
初霞（新） 二八
初鰹（夏） 三〇五・三三六・四八二
初鴉（新） 一五二・一九二・二二五・二四九・二八〇・二八・三二・三四二・三六八・四四一・

季語索引

初国旗(新) 二五〇・二六八・四九〇・五〇三・五一五
初護摩(新) 一六三
初勤行(新) 六七
八朔(秋) 三八〇
初雀(新) 三二
初松籟(新) 三一一
初霜(冬) 三一〇・四三三
初時雨(冬) 一六二・一七九・二八〇・三〇九・四六五
初桜(春) 一五五・一六七・一六八・一七三・
 一〇二・一五五・一六七・一六八・一七三・
 一八五・二三五・二四三・二五二・三〇四・
 三〇五・三二一・三三二・三三三・三五一・
 三五五・三五七・三八〇・四〇五・四〇七・五三七
初蝶(春) 二七一・三一〇・三二四・三四一
初鶏(新) 三五二・四三三・三〇五・三三三・三三
初寅(新) 二〇八
初筑波(新) 三五二・四三三・四七七・五〇六
初荷(新) 二一九・一二三・二六〇・四三二
初場所(新) 三六八
初花(春) 三五六
初日(新) 三七九
初富士(新) 四九〇・五〇三・五一五
初冬(冬) 三六八
初硯(新) 三九二・五一五
初刷(新) 三六八
初空(新) 二五〇
初詣(新) 一五三・二四一・四九〇・五二四
蜻蛉(秋) 二三二・二九九

初旅(新) 一〇七・一二六
初秋父(新) 一三六・二五五・一六四・四七七・四三一
初山(新) 一三六・二五五・一六四・四七七・四三一
初紅葉(秋) 一七〇・三八八
初漁(新) 四九三・五四八
初雷(春) 二〇〇
初夢(新) 二六八
初雪(冬) 一〇七
花(春) 一二四・一五六・一四二・一八六・二九
花烏賊(春) 四九三・五四八
花筏(春) 三九六
花曇(春) 一二五
花茣蓙(夏) 五四八
花御堂(春) 三二四・四四九
花衣(春) 三五六
花菖蒲(夏) 七〇・一〇九・二七〇
花蘇枋(春) 三三三・三二四・三六五
花種蒔く(春) 一〇八・四八二

初紅葉(秋)
花の雨(春) 一四・一九二・三三七・五三一
花畑(秋) 四二四
花火(夏) 三〇・七五・一八七
花冷え(春) 一〇七
花見(春) 一七四・一二五
花水木(春) 二六六
花御堂(春) 三二四・四四九
花守(春) 二九六
羽抜鳥(夏) 四九三・五四八
帯木(夏) 九九・一六八・一九一・二一〇
柞紅葉(秋) 五八
母の日(夏) 一二〇
葉牡丹(冬) 九六
玫瑰(夏) 三五六・三八三・四三七
玫瑰の実(秋) 三〇八・五三三
浜木綿の花(夏) 二九
破魔弓(新) 二一・二六四・三六〇
隼(冬) 一五一・一六〇・四七九

薔薇（夏）
　四五・五五・六九・八九・一六八・三七三

薔薇の芽（春）
　五一七

針供養（春）　一七二・二五二・三八〇

パリ祭（夏）
　三二

春（春）
　二一四・二五二・二八〇・二九八・
　三三一・四一・五五・八三・一〇三

春一番（春）　四四・四三・五一六
　一〇四・一六〇・一八三

春惜しむ（春）
　一二四

春落葉（春）
　二七・九八・一〇二・二三六・二七三

春時雨（春）
　二八三・四二六・四五七・四九三・
　五二六

春寒（春）
　五四八

春駒（春）
　五四・一四四・一五六・一六五

春炬燵（春）
　五二八

春障子（春）
　二三五・三五四

春スキー（春）
　一六四・二二五

春田（春）
　四六

春蟬（春）
　二五五・二九六

春の鰯（春）　二五五・三七〇・三四四・五〇八

春暖炉（春）
　一五四・二六三・三三三・五〇五

春近し（冬）
　二七二・二九二・二九三・三一九・三八一

春の湖（春）
　三四三・四二四

春の風邪（春）　二六・三三六・三六一

春の蚊（春）
　一〇八

春の鴨（春）
　六〇・五五七

春の鴉（春）
　四六八・四九三
　一〇七・二三二・二九五・三六一・四一四

春の木（春）
　三六九

春の雲（春）
　五〇

春の暮（春）
　六〇

春の鯉（春）
　二七〇・二六三・五四七

春日傘（春）
　二八三

春待つ（冬）
　一七一・五四五

春の海猫（春）
　三七〇

春の鷹（春）
　三五四・四一四・四二六・四三五・四四五

春の月（春）
　二七・一四二・二二九・二六七・三七五

春の鳶（春）
　二六・五〇六

春の鳥（春）
　二七四

春の日（春）
　六〇・一二四

春の鮒（春）
　二五三

春の雷（春）
　一五六

春の夜（春）
　五〇

春の雪（春）　九七・二二四・二八〇・二九四・五四五

春の山（春）
　二一四・一七四・一二四

春祭（春）
　三九五

春めく（春）
　三〇三

鶴（夏）　二〇一・四一八・四四二・四四五

晩夏（夏）
　四九・四六二・五三七

バンガロー（夏）
　五四九

半夏生（夏）
　四二七

日脚伸ぶ（冬）
　五三三

ビール（夏）
　五一・二七・一六六

稗（秋）
　二三二

射干（夏）
　五二〇

日傘（夏）
　一八四

避寒（冬）
　三九五

彼岸（春）　一二五・一五七・四二六・四三三・二八三・
　四一四・四五八・五一七

墓穴を出づ（春）
　三九・一六四・一〇〇・二三五・四二三・
　三六六

五〇五

季語索引

墓（夏）
　二七・一三五・一五四・二五九・三六五
　三八二・三九四・四一八

引鴨（春）
　一五五・二六〇・二七二・二七三・
　三〇四・三四五・三五八・三七五・四一四

引鶴（春）
　四二六・四五八・四九二・五一七

蜩（秋）
　三二四・四五一・四七〇

日盛（夏）
　二八・四二・九五・三二一・三九八・三六六

菱取る（秋）
　一八七・三二七

菱の実（秋）
　三三七・四四七

鵺（秋）
　二六八・四三三・四六四

　三二三・二七六・二四八・二七一・三一〇・
　四三三・四六四

稗田（秋）
　一八一・二〇三・二九六・四四四

早星（夏）
　二四七・三六九

人麻呂忌（春）
　六二

雛納（春）
　二九五

日向ぼこ（冬）　一四二・二六一

雛祭（春）
　八四・一〇二・一六五・二二五・三二四

雲雀（春）
　四〇・四九二

雲雀の巣（春）
　五七

火伏祭（秋）
　四五五

向日葵（夏）
　三一・一〇五・一二六

日焼（夏）

鞴祭（冬）
　二〇・三二九・四六六・四六九

蒲葵の花（春）
　一四七・一六八・五三三

鰭酒（冬）
　二〇五・二九〇

昼寝（夏）
　三七三・四六二

ヒルギの花（夏）
　二九八

昼顔（夏）
　二六六・二八五・三四七

蒟蒻（秋）

枇杷（夏）
　三〇・九八・一二五・一四〇・二三三・五〇八

枇杷の花（冬）

藤（春）
　四二一

噴井（夏）
　三三九・四六五・五三二

梟（冬）
　一四七・一六八・五三三

瓢（秋）
　三五六

河豚鍋（冬）
　一六六

福達磨（新）
　一三三・一四一・二六二・三六〇

蒟蒻（夏）
　一七六・二六六

仏桑花（夏）
　二五六・四九五

仏生会（春）
　一五三・二七一

札納（冬）
　二九・二八一・三〇一

鮒の巣離れ（春）
　四一

太占祭（新）
　一五三

葡萄の芽（春）
　六〇

葡萄（秋）
　四二・四六・一〇一・一六七・四二・四九

文月（秋）
　二〇三・五二一

吹雪（冬）
　一九

山毛欅の花（夏）
　九三・一六二

福木の花（夏）
　一八一・二〇九

蕗味噌（春）
　四三九

蕗の薹（春）
　一五三・一八四・二一六・二五四・三〇六

蕗（夏）
　四五・六九・八九・四七・四九

福寿草（新）

冬〈冬〉
三七・四〇・四三・五四・五九・六五・
六六・一四五・三一〇・四九一

冬浅し〈冬〉
六六・一四五・二二四

冬安居〈冬〉
三六五

冬終る〈冬〉
二六四

冬桜〈冬〉
一二三

冬柏〈冬〉
一七九・二〇七

冬鷗〈冬〉
六五

冬枯〈冬〉
三九・六三・六七・一六〇・二二三・二五一

冬着〈冬〉
三一・二四五・二八八・四〇二

冬座敷〈冬〉
三二・八四・四三三

冬桜〈冬〉
一七九・二四〇

冬薔薇〈冬〉
三五三・五三三

冬田〈冬〉
八四・八八・四五〇

冬近し〈秋〉
一〇八・一七〇・三六七・四六六・四八八・

冬椿〈冬〉
九一・五三三

冬菜〈冬〉
五四一

冬凪〈冬〉
五四・二六四

冬野〈冬〉
四〇・五三・五四・六三・一八四

冬の朝〈冬〉
二四一

冬の海女〈冬〉
六六

冬の海〈冬〉
三七

冬の烏賊〈冬〉
六四

冬の泉〈冬〉
六六

冬の蝗〈冬〉
一一四・二四一・五四

冬の草〈冬〉
三一・二六九・二九一・三三九・三四一

冬の霧〈冬〉
五二・五三三

冬の蜘蛛〈冬〉
六四

冬の空〈冬〉
五四・四〇四

冬の鯉〈冬〉
四八九

冬の滝〈冬〉
三三二・四三三

冬の蝶〈冬〉
四三四・四五五

冬の鳶〈冬〉
六四

冬の鳥〈冬〉
四〇・五二・五四・二七一・三五二・五三九

冬の梨〈冬〉
三六八

冬の波〈冬〉
一九六・四三三・五三三

冬の沼〈冬〉
四三

冬の浜〈冬〉
二三

冬の星〈冬〉
六三

冬の鵙〈冬〉
八六・一五三・二六七・四五・五〇八

冬の宿〈冬〉
一九三・四八・一〇六・三三九・三六七・

冬の山〈冬〉
二七

冬日〈冬〉
四五六・四六三・四八九・五〇二

冬雲雀〈冬〉
四二一・四四一・四八九・五二三

冬帽〈冬〉
四五・五六

冬芽〈冬〉
九〇・一六三・二四三・三三二・三六八

芙蓉〈秋〉
三三一

鰤〈冬〉
一二一・二四・四九一

鰤起し〈冬〉
五五

フレーム〈冬〉
六〇・一七一

文化の日〈秋〉
一七九

糸瓜の花〈夏〉
三〇八

紅の花〈夏〉
一五二・一九二・二三七・四五・五〇八

蛇〈夏〉
八六・一五三・二六七・三三三・三二四

蛇穴に入る〈秋〉
三三二・三三四・三六五

蛇衣を脱ぐ〈夏〉
二九・一六九・一七七・二〇六・二一〇・

蛇苺〈夏〉
一三一・二〇六・二七六・三〇〇・三三八

蛇穴を出づ〈春〉
四四八・四四九・四五三・四七六・五〇〇

遍路〈春〉
一五九・三三九・三三三

鳳凰木の花〈夏〉
三八・三三八

報恩講〈冬〉
二六三・一七六・二四〇

法師蟬(秋) 三五

芒種(夏) 四九五

放生会(秋) 五三一

鳳仙花(秋) 一五九・五三一

奉灯会(秋) 一〇二

豊年(秋) 二六

鮊鯎(冬) 一六四

朴落葉(冬) 三一〇・四四一

頰白(春) 九七・二七・一五四・一七二・二四五・

鬼灯(秋) 四六・四八一

木瓜の花(春) 四五・二六三・三四六
朴の花(夏) 二六八・一七五
干柿(秋) 三〇一・四八七
星鴉(夏) 五一〇
干鰈(春) 六五・二三三
干草(夏) 六二・一二五
星月夜(秋) 二五五
干菜吊る(冬) 五四・五三三

牡丹(夏) 一〇四・一五七・一六六・四〇・五一九
牡丹の芽(春) 二八二
牡丹鍋(冬) 二五九
布袋葵(夏) 四三七
布袋草(夏) 二八
杜鵑草(秋) 三八七・二七・四〇・五三一
海鞘(夏) 二三七・四八四
鰡(秋) 一六〇・二九・三五一・三六九・四三二

時鳥(夏) 三三四・三五六・四二六・四三五・四四三
牧開き(春) 二二〇・四三三・四四七
牧閉す(秋) 三二二

ま行

盆(秋) 九九・一〇五・一六六・一九・二八・二九・三四九・四〇〇・四二三・五三三
盆用意(秋) 二二一・三六六・四七四
盆休み(秋) 二三・二九・三六二・四二〇
盆路(秋) 一四七・二六八
盆花(秋) 一六二・四〇一
盆梅(春) 一三六・三一一・四九一
盆波(秋) 一四七
祭(夏) 四二・四六・九五・二九六・二六三
眉茶鷚(秋) 三二二
間引菜(秋) 四〇六・四八三
豆の花(夏) 一七二・二七・三〇五
豆撒(冬) 二四二・二四三・四二二
豆飯(夏) 四五二
繭玉(新) 三・二三三・三五九
檀の実(秋) 一五三・三一〇・二三六・二六七・二九・

真菰刈(夏) 三四・二四・二四〇一
真菰の花(秋) 四三二

松葉牡丹(夏) 二六・二九
松の花(春) 二二八
松茸飯(秋) 二五八
松蟬(夏) 一五一・二三七・二五三・四五九
松過(新) 三三
マスク(冬) 五九
柾の実(秋) 一五三
正木の葛(秋) 三三七
真菰の芽(春) 三二四

マラリア(夏)　五五〇
マンゴーの花(春)　三九八
万歳(新)　三三一
金縷梅(春)
一二四・一三六・一九四・二七二・三四三・
四九二・五一六
曼珠沙華(秋)
三五・三六・六二・九〇・二一九・三五〇
マント(冬)　一九八
万両(冬)　三六七
御影供(春)　四一六・四六八・四六九
蜜柑(冬)四四・三三〇・四五〇・五一四
蜜柑の花(夏)　一〇三・二八四
短夜(夏)　一四〇・四六二
水木の花(夏)　一八二・二九七
水鳥(冬)
二六・六八・一一八・一四二・三二八・
四五五・五〇二・五一三・五三三
水鳥の巣(夏)　三七四
水菜(春)　一六八
水温む(春)　二三四・五二六
水芭蕉(夏)
一四〇・二〇三・三七四・五〇七
水洟(冬)　五三
水番(夏)　三六二
水虫(夏)　一〇四
水餅(冬)　二三・四九・一〇一
鶺鴒(冬)
四七・三六七・三六九・四四二・四五六・
四七八
溝浚へ(夏)　四七四
溝萩(秋)　五八
三日(新)　二一・一〇六
緑の週間(春)八五・三九七・五二八
水口祭(春)　三九七
南風(夏)
四一・六九・三七二・四三〇・五一九
蓑虫(秋)　三七七
蚯蚓(夏)　六〇
木菟(冬)　四六五
都鳥(冬)
二〇五・二九一・三五一・五〇二・五三九
茗荷の子(夏)
九五・二五五・三四九・四九九
茗荷の花(秋)　一〇五・三五〇
迎火(秋)　二四五・四四八
零余子(秋)　一六一・四七七
麦(夏)　四九四
麦鶉(春)　三八四
麦打(夏)　五二八
麦刈(夏)　六一・四九四
麦茶(夏)　三八六
麦の秋(夏)
六九・八八・一一五・三九五
麦の芽(冬)　四七・五九
麦踏(春)　二五八
麦蒔(冬)　四二四
木槿(秋)
一一〇・一三八・一九二・一九六・二〇四・
三六五
椋鳥(秋)　三五・四六四
むささび(冬)　四八九
虫(秋)　二四七・三三八
虫篝(夏)　四一九
虫干(夏)　二三九・三六三
武者人形(夏)　一三五
睦月(新)　二九三
鳴雪忌(春)　二三
メーデー (夏)　二九
目刺(春)　一二四・三五四
目白(夏)　四七
芽立ち(春)
五九・六七・九二・一四六・二一六・五〇六・
五三六
眼張(春)　一四四
眼細(夏)　四五九・四七二
メロン(夏)　二七七
藻刈(夏)　二一七・二五五・三二六
虎落笛(冬)　四三三・五一四
茂吉忌(春)
一〇七・一六五・三四三・三七〇・四二五・
五一六
木犀(秋)
一四一・二〇四・三〇八・四四〇
土竜打(新)　二四一
木蓮(春)　二一六・二六〇
鵙(秋)
三四・三七・四三・四七・六二・一〇五・

季語	頁
海雲（春）	二三・二五・三二・三三〇・三七九・四三九・四四〇・四三・四八七
餅（冬）	二六〇・二九八
餅配（冬）	四一・四三・五〇五・二五二
餅搗（冬）	五三三
鱧の花（夏）	三六一・四三一・五三四
餅花（新）	八八・二九三・三四六・一四六・一五七・
戻り鴨（春）	二三七・二五五・三〇六・四四七
物種蒔く（春）	二八〇・二九一
ものの芽（春）	二六五・三五五・四五五・四六九
藻の花（夏）	九三
籾（秋）	一〇八・四四七
紅葉（秋）	一二八
紅葉狩（秋）	二八・一六二・二二三・二六八・三四〇・三七二・三〇〇
桃（秋）	三五六・四三一・四三三
	四四七

季語	頁
百千鳥（春）	五三
桃の節句（春）	一二六・二九五・四九五・二八
桃の花（春）	一三三・二〇八
諸子（春）	一八一・一九三・二〇六・二三六・二二三・
	四五八・五四五
	四九一

や行

季語	頁
八一忌（冬）	五三三
灸花（夏）	五〇〇
八重桜（春）	四六・四八一
八重葎（夏）	一五九
夜学（秋）	四〇五
灼く（夏）	五七・五四九
焼野（春）	五三
夜食（秋）	二八三・三二三・三四六・四四七
八束忌（夏）	四八・四四九

季語	頁
藪入（新）	一〇三
藪柑子（冬）	四九
藪枯らし（秋）	一〇二
藪巻（冬）	二四七
藪虱（秋）	五五五
破れ傘（夏）	一五九
屋根替（春）	一二五・一六五・二四三・三三五・三八二・
柳鮠（春）	一三八・二〇二・三三七・三九三
柳の芽（春）	四四・四四三
簗（夏）	二七
寄居虫（春）	五三一・五三三
やませ（夏）	三八三・四二六・四六・四六六・五一八

季語	頁
八手の花（冬）	三四・四二・一五二・二六五・三七一
山鳥（春）	四九九・五〇九
山開（夏）	二〇九・五四九
山吹（春）	一三八・二三七・二三九・三三七・三九三
山葡萄（秋）	四八二・五〇七
山法師の花（夏）	三七四・五〇六
山繭（夏）	一七三
山女（夏）	一六九
山焼く（春）	三五五
守宮（夏）	一五九
山遊び（春）	二六
山雀（夏）	二〇五
山桜（春）	
破芭蕉（秋）	三三〇・三七六・四三三

破蓮（秋）　三六五
夕顔（夏）　四九九
誘蛾灯（夏）　三三七
夕菅（夏）　二九七・三四八
夕立（夏）　二三六・四〇一・五三〇・五五〇
夕凪（夏）　一八六・二一〇
夕焼（夏）　四六・三三八・三八七
雪（冬）　三八・三九・四四・五九・六六・一一二・一一三・一三六・一三八・一三九・一六〇・一六四・一七一・一七二・一九三・一九七・一九八・一九九・二一四・二三三・二四二・二五一・三〇二・三〇四・三一二・三一九・三三〇・三三四・三九五・四二四・四五七・四八九・四九〇・五一三・五二三・五三三
雪折（冬）　一九八・三六九・五〇三・五二五
雪女（冬）　二六九
雪搔（冬）　三〇四
雪囲（冬）　三七九
雪囲とる（春）　一二四・四二五
雪合羽（冬）　六四
雪沓（冬）　一六三
雪解富士（夏）　四七二
雪しまき（冬）　三一二・三一九
雪しろ（春）　一三〇
雪代山女（春）　一五七
雪吊（冬）　二七〇・三一〇・三一九・五二四
雪解（春）　一三・二五・一五七・一七二・一八〇・二三五・三三三・三五五・三五六・五三五
鴨足草（夏）　二八七・三八五・四四六
雪の果（春）　五二六
雪海苔（冬）　一三九・一九九・二〇〇
雪晴（冬）　六六
雪間草（春）　一一五・三三三・四二六・五〇五
雪割（春）　一五六
行く年（冬）　一三八
行く春（春）　二六一・五三七
柚子（秋）　六五・四四九
湯殿詣（夏）　二一〇
柚餅子（秋）　二七九
百合の花（夏）　四六・一一七・一八二・三五六・三八七・四四七・五三〇
夜桜（春）　三三四
葭切（夏）　六八・三六二・四二九・四四七・五〇九
吉田火祭（秋）　四二〇・四二一・四七五
葭戸（夏）　四一七
義仲忌（新）　二三・二八二
葭焼く（春）　三七一
夜濯（夏）　三三四
夜鷹（夏）　三一・三七三・三七四・四二九・四三七・四四七・四七一
四日（新）　四七九
夜長（秋）　八七
夜振（夏）　一五九・三三三
嫁が君（新）　二九二・三三一・四六六
蓬（春）　三六一・四一五

ら行

ライラック（春）　三一六
落花（春）　一五五・三四五・三四六・四九三
辣韮（夏）　四一九
辣韮の花（秋）　二八七
利休忌（春）　五二七
立夏（夏）　一六五・一七二
立秋（秋）　一六七・三六三
立春（春）　二三・八四・三四三・五二五
立冬（冬）三八・二五七・四八八・五一三
柳絮（春）　二九四
竜の玉（冬）　二八一
流氷（春）　三〇四・五三五
良寛忌（春）　二八一
林檎（秋）　五四・一一八・一三五・一四七・二〇四・二一九
林檎の花（春）　一九四・二九六
瑠璃鶲（夏）　二七六

礼者（新） 二六〇
礼帳（新） 二四〇
礼文草（夏） 二五五
檸檬（秋） 二七九
連翹（春） 四一五
連雀（秋） 二〇五
練炭（冬） 四九
炉（冬） 一九三・二一二・三一二・三三一・三七八・五〇二・五三三
老鶯（夏） 三一・三八五・四八四・五一〇・五三〇
臘梅（冬） 二一四・三八〇
六月（夏） 三一・一六七

わ行

若鮎（春） 四四五・五二六
若楓（夏） 九四・九九・一三〇・二〇一・四二八
若葉（春） 四五九
若水（新） 四五六・四七八
若緑（春） 一〇四・一一六・二五五・三三六・四四五
若布（春） 五三六
和布刈る（春） 二九四・三三三・四二七・四四三・四五八・四七〇・五〇五
別れ鳥（秋） 四二二・四七四
病葉（夏） 二一七
山葵（春） 五二五
山葵の花（夏） 四三六
鷲（冬） 三〇四
早稲（秋） 一三三・一八三・四三二・五三一
棉の花（夏） 一九六
綿虫（冬） 三九・一四三・一六三・二〇七・二五二・三〇二・三七九・四四二・四五〇
渡り漁夫（春） 一八一
渡り鳥（秋） 一六一
罠掛く（冬） 一六一
侘助（冬） 四五七
蕨（春） 一〇四・三七二

無季

後書

「春耕」創刊五〇周年記念事業の柱として企画された『皆川盤水全句集』が完成したことを同人・会員諸氏とともに喜びたい。

皆川盤水先生は生涯に四五〇〇句余りを世に残し、俳句界に貴重な足跡を印された。句集は一二冊に上り、一九九三年には句集『寒靄』により第三三回俳人協会賞受賞の栄に浴しており、俳句人生七〇数年の間に独自の感性を磨き俳境を深化されてこられた。

しかし、第一句集『積荷』が一九六四年に刊行されてすでに半世紀以上が経っており、現在同書の入手は困難になっている。こうした状況にあって、盤水俳句を研究するための拠り所が失われつつあることが危惧されてきた。

このたび全句集が刊行されたことは、多くの盤水ファンにとって盤水俳句の研究を更に進めるときの一助になるものと確信している。

盤水先生が九一歳一〇ヶ月で亡くなられてから七回忌を迎える年に、また、「春耕」創刊五〇周年記念にあたる年に、さらに言えば、「春耕」の発行を盤水先生とともに陰で支えてこられた皆川美彌子令夫人の御存命中に『皆川盤水全句集』が刊行されたことを心から祝したい。

刊行にあたり、角川『俳句』の白井奈津子編集長、滝口百合さん、田中惣一郎さん、角川文化振興財団の金古直子さんほか、皆さんのご協力に感謝を申し上げる。また、生前から盤水先生が殊の外昵懇にされていたKADOKAWAの石井隆司さんの力添えによって本集が完成したことを、盤水先生もさぞ喜んでおられることだろう。

二〇一六（平成二八）年八月

春耕俳句会
皆川盤水全句集編集委員会
棚山波朗
池内けい吾
蟇目良雨
柚口　満
山﨑赤秋

みながわばんすいぜんくしゅう
皆川盤水全句集

初版発行　2016（平成28）年10月25日

編　者　春耕俳句会
発行者　宍戸健司
発　行　一般財団法人　角川文化振興財団
　　　　〒102-0071　東京都千代田区富士見1-12-15
　　　　電話 03-5215-7819
　　　　http://www.kadokawa-zaidan.or.jp/
発　売　株式会社 KADOKAWA
　　　　〒102-8177　東京都千代田区富士見2-13-3
　　　　電話 0570-002-301（カスタマーサポート・ナビダイヤル）
　　　　受付時間　9：00 〜 17：00（土日、祝日、年末年始を除く）
　　　　http://www.kadokawa.co.jp/
印刷製本　中央精版印刷株式会社

本書の無断複製（コピー、スキャン、デジタル化等）並びに無断複製物の譲渡及び配信は、著作権法上での例外を除き禁じられています。また、本書を代行業者等の第三者に依頼して複製する行為は、たとえ個人や家庭内での利用であっても一切認められておりません。
落丁・乱丁本はご面倒でも下記 KADOKAWA 読者係宛にお送り下さい。送料は小社負担でお取り替えいたします。古書店で購入したものについてはお取り替えできません。
電話 049-259-1100（9時〜 17時／土日、祝日、年末年始を除く）
〒354-0041　埼玉県入間郡三芳町藤久保550-1
©Taketo Minagawa 2016 Printed in Japan ISBN978-4-04-876373-8 C0092